相公換人做

3

文創風 316

麥大悟 著

目錄

第二十一章

李晟雙眸不知何時收斂起了懾人的光芒，面上掛著平靜舒朗的清淺笑容，左手微微收緊，手心裡是一片軟糯金黃的槐樹花瓣。青石路上鋪滿了仍舊蔥綠的落葉和繽紛的花瓣，先才溫榮踩過的地方，留下了軟淺纖巧的玉底鞋印。

守在青石路附近的侍衛桐禮見主子在原地一動不動地站了好一會兒，眼看夕陽已落於西山，猶豫了片刻，走上前提醒道：「主子，已近申時末刻，該回宮了，再遲怕會引起淑妃殿下懷疑。」

透過樹隙，李晟深深望了眼碧雲湖裡隨風輕輕搖擺的朦朧花影，片刻後恢復了往日平穩無一絲波瀾的語調。「備馬，某至穆合堂與老夫人告別後便回宮。」

穆合堂裡，謝氏正靠在矮榻上若有所思地撚著念珠。本是吩咐溫榮再往南院看看的，不想溫榮卻說趕著用蜂蜜沾松子做甜酥，捧著一攢盒的松子躲廂房裡去了。

李晟與老夫人告辭後，匆匆離開遺風苑，快馬往大明宮而去。

祖孫二人用過晚膳，溫榮伺候了祖母歇息後，沈默著回了廂房，端正踞坐於妝鏡前，取下兩支素簪，黑亮的長髮傾散而下。

綠佩自妝奩裡拿出卷花紋銀梳，為娘子輕輕地篦髮。

溫榮想起今日五皇子的舉動，面頰忍不住地發燙，心怦怦急促地跳著。

綠佩望著妝鏡裡那雙迷霧的杏眼，似乎有琥珀般的眸光在深處閃動。

溫榮陪五皇子去南院時，是綠佩在一旁伺候的，雖未時時地跟在娘子身旁，卻也瞧見了五皇子為娘子撿下髮髻上的花瓣，那動作再親密沒有，綠佩是一句不敢多言，心裡又高興、又擔心。在綠佩眼裡，五皇子要比林家大郎生得還要好看俊朗，挺拔的身子如秀竹一般，綠佩是一心為主子著想的，只盼娘子嫁到如意好人家裡。

主僕二人迷迷糊糊地懷揣心事，門外忽然傳來汀蘭的聲音，將二人實實地嚇了一跳。

「娘子可歇息了？」

碧荷放下銅盆迎了出去。「娘子散髮了，汀蘭姊有何事？」

汀蘭意味深長地笑了笑。「老夫人命婢子將此錦盒交與娘子。」

碧荷一愣，見汀蘭姊手裡捧著的是先才五皇子送老夫人的洪福青花紋錦盒，一時間不敢接下。「汀蘭姊，這……」

汀蘭掩唇笑道：「老夫人只說五皇子打幌子打得有誠意，她便替他做了這人情，其餘我是真不知曉了。妳將錦盒交與娘子便是，娘子聰慧過人，想必能懂的。」

送走汀蘭，碧荷將錦盒捧進屋子，放在了書案上。「娘子，可要打開看了？」

還未回過神來的溫榮迷茫地看了錦盒一眼，起身接過綠佩手中的梳篦，披散著烏溜溜的長髮，走到案桌前。溫榮本以為錦盒裡該是象牙或是犀角雕做的名貴擺設，不想打開後映入眼簾的竟是一套娘子所用的白玉首飾！一把正面雕著鴻雁銜枝紋、背面是盤錯忍冬草紋精緻的白玉花鳥紋梳；兩支雙蝴蝶戲花嵌金玉簪，花瓣尖上還有淡淡的粉色，如此顏色變化的瑩玉溫榮卻是第一次見到；最後是一對精緻的九節梅花紋玉臂釧。

娘子還未說話，綠佩心裡已豁然開朗，拊掌歡喜說道：「五皇子送的禮物果然更適合娘子呢，難怪老夫人會命汀蘭姊送了過來！」

溫榮瞧著亦是十分合心意，卻也未多想，命碧荷將玉梳和玉簪取出了放在妝奩裡。

照娘子吩咐收好後，碧荷好笑地將錦盒放在了櫥櫃裡。

綠佩頗不識趣，一臉驚訝地提醒道：「娘子，可是要用這禮物？」綠佩還記得溫榮命她們將林大郎送的羊毫存放時叮囑的說辭。

溫榮看了綠佩一眼，十分坦然地道：「這些是祖母與我的，和他人無關，如何就不能用了？」

碧荷聽言，忍不住噗哧一笑，原來娘子也有這般不講理的時候啊……

另一處，李晟回到蓬萊殿後，徑直去了硯松齋，在書房裡未見著三哥，本以為李奕已回內殿歇息了，遂打算一人去太華池散散心。才走出蓬萊殿幾步，李晟瞧見了不遠處倚楓玉石亭裡，一襲石青蟒紋袍服的李奕正自斟自飲。李奕曾多次言「歷朝有淳于瓊醉臥，因此不能敵」的典故，只說名將醉酒失烏巢，故酒非善物，而最近的喝酒誤事例子，便是二皇子了。
李晟酒量極好，但他知曉詩人可借酒縱情，他卻必須時時清醒。
月色裡，李奕眉目舒緩，嘴角輕揚，笑起時如一輪煥彩的明月。
李奕遠遠見到李晟，舉杯笑道：「五弟，如何此時辰才回來？」
李晟將今日自高昌僮僕處知曉的情況，據悉如實轉述與李奕。
若不是過午聖人特意命內侍至蓬萊殿，吩咐李奕下午到太極殿裡商議朝堂之事，李奕是會親自去那遺風苑的。李奕將蔓草改銀杯中的清釀一飲而盡。「準備何時去西州？」
「越快越好。我打算命侯寧與遺風苑的兩名高昌僮僕一道前往，若無意外，定在後日出發。三哥是否還有合適人選？」李晟走上倚楓亭裡，見三哥一副借酒消愁的模樣，不免皺起了眉頭。
「你身邊的桐禮與侯寧皆能靠得住，我這亦有兩名侍衛可一同前往，五人夠了，太多反而打草驚蛇，後日我會將玉符交與侍衛。」李奕頷首說道。
「玉符帶我的便可，若是有意外，莫叫此事牽連到你。」李晟自斟一杯清釀，飲盡後起身離開了倚楓亭。「今日無宴席，在宮中吃酒叫聖主知曉了，定會說教。」
李奕望著五弟的背影，一雙黑白分明的雙眼清澈如太華池裡的月光，嘴角的笑意有幾分清冷。是他算計著拆散了琛郎與溫四娘的親事，求而得之，捨而失之，要怪只能怪林中書令將琛郎護得太好，護得太過周全便會失去追求幸福的自由。

李奕自嘲一笑，如今自己偏就也缺了這份自由，他不是二皇子李徵，沒有長孫太傅那種三朝重臣幫忙，而應國公府更不是禹國公府，如果他此時再定下側妃，會得罪應國公，努力就付諸東流了……

兩日後，遺風苑來了三名常服侍衛，其中一人取出五皇子的紀王玉符與謝氏和溫榮相看。遺風苑裡選了塔吉和另一名精壯的高昌僮僕相隨他三人，那五人離開後，剩下的便只有等待。

不幾日，便到了霜天紅葉的金秋八月。

溫世珩下衙後徑直往遺風苑來了，臨近中秋佳節，聖主賞賜了文武百官一人一塊五彩酥飴圓餅。溫世珩思及黎國公府裡，大哥、二哥皆有得聖主的賞賜，他二人必定會奉與溫老夫人了，故他這份，該送到遺風苑來。

穆合堂裡，溫世珩將盛裝了圓餅的團花紋銀盒交與汀蘭。

謝氏笑著看向溫世珩。「照往年慣例，中秋端正月當日，無要緊事可提前半個時辰下衙，那日你與林氏過來一道吃了圓餅和蓮瓣瓜，再將榮娘接過去。」

溫世珩面露難色，垂首說道：「兒本有此打算，想著團圓日不能一家人拜月，好歹聚在一起吃圓餅了，可不想聖主要求兒過兩日啟程去杭州郡，如今還不知要幾月才能回京。」

謝氏撐起身子問道：「都已從杭州郡回京一年多了，怎還要過去？可是有事不曾交接妥當？」

溫世珩端起茶湯吃了一口。「並非舊事，是為了修建錢塘堤壩，工部選派了袁侍郎和兩名侍中、員外郎，御史臺是兒，皇親裡五皇子要親自去。」

溫榮頗為訝異，修建錢塘堤壩一事雖重要，可是否需要皇子親自前往？工部是掌天下川瀆、陂池政令的，故四品侍郎監督堰堤河渠一事他人能理解，但御史臺最多出御史監察相隨即可，阿爺是御史臺中丞，在旁人看來，不免有小題大做之感。溫榮忍不住想起江南東道鹽政官一案。

「五皇子在朝堂上主動請往。聖主很是欣悅，一口答應，約莫聖主是要歷練五皇子了。」溫世珩有幾分尷尬地笑了笑。

謝氏對五皇子的舉動倒是頗為贊同，頷首道：「讀萬卷書不如行萬里路，五皇子是腳踏實地沈得住的性子，若是一直安居盛京，再優秀出色也只是觀一井之天……」謝氏喉嚨一癢，咳了幾聲。

溫榮忙為祖母和阿爺盛了一碗槐花蜜釀的香柚飲。逢秋燥，謝氏容易誘發咳疾。溫榮見祖母不喜吃藥，遂請教了醫官，自釀了一小甕的蜜柚，槐花蜜清涼解燥，香柚涼潤酸甜，極對祖母的病症。

謝氏吃了口蜜柚飲，又叮囑溫世珩道：「你在朝為官，朝政一事我們婦孺自不當多問，可若此次你前往杭州郡與鹽政官一案有關，一人在外就要學會拿捏輕重，莫要莽撞行事。對了，五皇子與你都去了杭州郡，西州交河城的事要如何是好？」

溫世珩心裡一鬆，還好阿娘和榮娘皆未有疑惑，遂說道：「三皇子一直關注西州之事，若是有消息，想必三皇子會派人到遺風苑裡告知阿娘的。」

溫世珩啟程的日子定在八月十四，中秋前一日。

溫榮起了大早，先扶著祖母去南院散步。碧雲湖裡荷花皆已凋零，密密的荷葉翠色斑駁，唯獨高挑荷枝上的烏黑蓮蓬顯出幾分生機。

昨日溫榮領著綠佩、碧荷及遺風苑的婢僕，一道搖船採了好些蓮蓬，連夜將蓮蓬子剝出，炒熟磨粉做了蓮粉糕，想著給阿爺做路上的乾糧點心。

謝氏牽著孫女纖細的手，慈祥地說道：「一會兒去黎國公府為妳阿爺送行時，將這帶去了。」是一枚綴著平安結的浮雕荷花暖玉珮。「是妳祖父當年隨身戴的，荷花是平安如意花，保妳阿爺此行一切順利。」謝氏笑著將玉佩交到了孫女手裡。

玉佩是蘊含祝福之物，謝氏撚著念珠，只盼此玉珮能代代相傳。

見時辰快到了，溫榮帶著綠佩和碧荷往府門走去，主僕三人沿小路上了竹林夾道。走到竹林盡頭，溫榮遠遠瞧見石亭處負手而立的頎長身影。玉青色衣袂被風吹起，陽光下銀線織的四爪大蟒，似要一飛沖天。

正要前往穆合堂通傳的僕僮見到溫榮，忙說道：「娘子，五皇子殿下過來了。」

溫榮道：「我過去看看，老夫人那兒先莫要去說了。」

「是。」僮僕聽言躬身退下，回到了閣室裡。

李晟著黑緞靴，靴上繫緊了靴帶，一見便知要出遠門，身側佩了一把雲龍紋劍鞘短佩刀。

溫榮蹲身向李晟見了禮。「不知五皇子至遺風苑有何事？」

李晟蔚然深秀的眉眼舒逸，面不改色地說道：「某過來接溫中丞一道前往杭州郡。」

這樣拙劣的藉口……溫榮的嘴角忍不住淌出笑意。「阿爺在黎國公府，奴正要過去。」

李晟好似浮了一層霧氣的目光落在溫榮臉上，頷首。「那過去吧。」說罷，隨意灑脫地走下石亭，忽瞧見溫榮身後婢子捧著的孔雀紋大銀方盒，頗為詫異。「那是何物？」

溫榮笑了笑。「是蓮粉糕，昨日我做了許多，五皇子若是不嫌棄，往杭州郡的途中可嚐嚐。」

李晟幾不可一見地微微蹙眉。「好。」

溫世珩等皆已候在黎國公府大門外，林氏不放心地一遍遍叮囑相隨伺候夫郎的僕僮，憂心忡忡，恨不能親自跟去杭州郡。

送走了溫世珩，林氏的心似乎一下子空了，每日都盼著夫郎的信件，再數日子算夫郎何時能回京。溫榮見阿娘在黎國公府裡無所事事，心事越來越重，便時不時地將阿娘和茹娘接到穆合堂裡。祖母陪阿娘玩葉子戲，溫榮則教茹娘識字或是一起做女紅。溫榮想起五皇子離京時玉帶上繫的絞紋絲條，模樣極尋常，與五皇子貴氣精緻的長相不般配了。

這日主僕等人如往常一般在內堂裡閒閒地打發時間，汀蘭端著點心走進門，同老夫人和三夫人說道：「黎國公府裡鬧開了，黎國公養的別宅婦前兩日生了個男孩，可不想才生下來，便面色脹紅，抽搐了一陣就沒了。」

溫榮聽言，驚詫地抬起頭。大伯父院裡姬妾無數，有別宅婦也不稀奇，只不想大伯母竟然容忍別宅婦懷孕，甚至產下了男胎。倘若男孩還活著，別宅婦可仗著溫家血脈說話，如今男孩沒了，她這般不管不顧地到黎國公府鬧，至多讓大房和黎國公府沒面子，她本人卻是沒活路了。

林氏的臉唰地一白，緊張地起身。「這……這可怎麼是好？我回黎國公府看看！」

謝氏看不過眼，論精明，林氏不及方氏、董氏半分，林氏這會兒回去只會讓汙水沾到自己身上，遂說道：「好了，妳過去能幹麼？安生坐著，聽消息就是。」

溫榮與汀蘭問道：「別宅婦都說了什麼？」

謝氏讚許地望了溫榮一眼，這孩子每句話都能問到點子上，不想林氏那糊塗娘能有這樣的女兒。

汀蘭道：「那別宅婦說，孩子是被大夫人下藥毒死的。」

這話都敢說出來，可見別宅婦是豁出命來鬧的。

林氏還在坐立不安，溫榮嘆了一聲，垂下頭分好線，自鎏金盒裡取出梅花浮紋白玉珠，串上後開始結絲條。

單憑此事就可看出黎國公府裡為了爭爵位，鬧成什麼樣了。謝氏搖了搖頭，黎國公府的事，她是管不了了。

別宅婦張氏被僕僮拖進了黎國公府裡，可先才那番大聲哭嚎，兩巷裡都聽到了。這等茶餘飯後的談資，口口相傳不幾時就能傳遍安興坊，甚至全盛京的貴家。

溫老夫人氣得將枴棍狠狠拄地，瞪著跪在堂下的方氏怒道：「妳看妳辦的好事，都鬧到府裡來了！」

方氏擦著眼淚哭訴道：「阿家，兒真真是冤枉啊！兒照阿家您的吩咐，對張氏是照顧有加，知曉她懷孕後，若不是擔心府裡有人會對他們母子不利，兒早將她接到府裡照料了，無法才每月命人送絹錢過去，就盼著她一舉得男，大郎可後繼有人，兒如此盡心，怎可能下藥害死那男孩呢！」

祥安堂外傳來嘈雜的聲響。「我可憐的孩兒，你死得好慘啊！老夫人，那孩兒是大郎的骨血，可您與大郎都不曾見過……大夫人，我知曉妳恨我，妳有什麼衝我來，要打要罵趕我走都行，可為何要下毒害死我無辜的孩子……」

方氏用錦帕擋住了滿是憎惡之色的臉龐，外面喧鬧不停，方氏亦捏著帕子嗚嗚咽咽地哭訴不停。

溫老夫人頹坐在軟榻上，冷眼看著方氏。「此事真不是妳做的？」見溫老夫人軟了口，方氏跪著往前挪了幾步。「阿家，若兒做了此傷天害理之事，就讓兒遭天打雷劈！」

門外淒厲的聲音令溫老夫人頭疼，轉身吩咐白嬤嬤道：「找兩個壯實的僮僕，將她丟莊子上去。」

「是，老夫人。」白嬤嬤退出了內堂，沒一會兒，祥安堂便恢復了安靜。

見那女人被弄走了，方氏才放下心來，阿家總歸是護著她的。她抬眼殷殷地說道：「那賤人好不識趣，兒還未怪她將男孩弄沒了，自己就敢尋上門來，惹得阿家生氣！」

「妳閉嘴！」溫老夫人擺擺手，厲聲喝道：「妳滾回房裡去，沒想明白這事就莫要來見我！」

方氏才直起的身子又癱軟了幾分。「阿家，這事真不是兒做的！過幾日兒娘家阿姊要過來了，您不是說要將四丫頭配給了兒娘家人嗎？如今還未準備妥當，兒怎能不見阿家您呢？」

「蠢貨！妳還嫌臉丟得不夠乾淨嗎？那事先緩一緩！」溫老夫人氣得肩膀輕顫。本打算趁溫世珩不在盛京的這段日子將四丫頭弄出去，不想偏偏節骨眼上出了岔子。被別宅婦一鬧，黎國公府臉都丟盡了，此時不避嫌，反去張羅府裡娘子議親之事，只會被人當笑話看。

祥安堂窗欞根處一名小婢子悄悄離開，到羅園將祥安堂內發生的事一五一十地告訴了二夫人董氏。

溫菡娘在旁一臉幸災樂禍，董氏卻是眉心不展。

溫菡娘摟著董氏，滿臉笑意。「阿娘，如今全盛京都知曉大伯母有多麼狠心和善妒了，若不是大伯母娘家因邊城戰事而風頭正盛，大伯父定要將她休棄的！我倒要看看溫蔓娘還有沒有臉面跟我去參加貴家宴席？」

董氏溫和地與菡娘說道：「妳這孩子，我們與大房是一家，打斷胳膊連著筋的，阿娘除了擔心大哥和大嫂他們面上不好看，還擔心妳受到連累。」

溫菡娘聽言，整個人都軟在董氏溫暖的懷裡。「阿娘是最疼兒的了！」

董氏輕撫著溫菡的背，目光陰冷下來。大房是注定生不成兒子了，可她未想到那女人居然有膽量到黎國公府裡來鬧，還是在這種關鍵時候，倒像是被人安排好了似的……董氏的指甲輕扣著案桌，那女人被處理了，她自是也無甚可擔心的。

溫榮在穆合堂裡鋪展宣紙為茹娘畫仕女圖，前日收到了林府的邀帖，下月是嬋娘全大禮之日，邀請了溫榮至林府觀禮。這段日子林府要籌備兩門親事，嬋娘和瑤娘該是忙得像陀螺了，溫榮接下邀帖後不做他想，只發愁該送什麼與嬋娘做壓箱禮。

「娘子！」碧荷自門外跑了進來，面色有幾分古怪。「綠佩姊問花斛擺在哪裡好看？」

今早溫榮見天涼了，遂命綠佩將廂房裡的幾只冷色擺器放進櫥裡。

溫榮疑惑地看了眼碧荷，是收起又不是佈置，為何要問擺在哪裡？

碧荷眨了眨眼。

溫榮笑著讓茹娘自己玩會兒，隨碧荷回到廂房。

碧荷取出一封信遞與溫榮。「娘子，前院小廝送了信過來，奴婢瞧見信封上的字跡，不敢貿然讓老夫人和夫人知曉了。」

信封上字形剛勁有力又不失俊秀，明顯是男子的，信封裡簌簌的聲響更令溫榮好奇。溫榮拆開了信，不想裡面竟是一抔白沙。溫榮將白沙倒在手心裡，白沙自指縫慢慢滲出，又痲又癢。信裡還有一張字條，仍舊是遒勁魄力的字跡——應笑隨陽沙漠雁，洞庭煙暖又思歸。

綠佩湊近了問道：「娘子，這信是誰寄來的？」

溫榮面色一紅，將字條收了起來，搖了搖頭，叮囑二人道：「莫要出去亂說，許是寄錯了。」溫榮自己也未想明白，這個人信裡的白沙和詩是何意思。

嬋娘全禮當日，溫榮帶著綠佩和碧荷，乘馬車往興寧坊去了。林府裡很是熱鬧，庭院收拾一新，屋簷上掛著大紅燈籠，處處透著喜氣，溫榮一路往琅園而去。

聽聞溫榮過來，瑤娘出廂房在月洞門處等候接迎。

廂房裡滿是婢子和嬤嬤，嬋娘沐浴完後換了一身朱紅廣袖團花裳。

溫榮知曉今日為嬋娘上冠的是謝琳娘時，頗有幾分驚異。嬋娘本想拉了溫榮說話，可嬤嬤見時辰尚早，又將嬋娘帶進內室裡叮囑，瑤娘則裡裡外外地跑著，隨林大夫人一道招待賓客。

溫榮與琳娘坐在一處吃茶，直到身旁無外人了，琳娘才顰眉望向溫榮。「榮娘，這段時日可好？」琳娘聽聞林家大郎要尚公主時嚇了一跳，榮娘都已與林大郎議親了，不想還能出此變故。

溫榮知琳娘是好意，掩嘴道：「妳瞧我可像個有事的？」

琳娘偏頭認認真真地上下打量了溫榮一番，忍不住失笑。「果真是個沒心沒肺的！既然妳無事，如何不尋了我們一處玩？上月秋狩妳和林府娘子都未去，我一人好生無趣，早知我也不應那秋狩的帖子了。」

溫榮板著臉說道：「妳被賜婚了，我怎知曉妳平日裡是否得空？我只道三皇子妃是不好做的，妳不好生隨宮裡嬤嬤學禮儀，卻貪玩去秋狩，小心往後出了差錯，叫妳夫郎和婆母嫌棄！」

琳娘面色大窘，怨嗔道：「我是關心妳，看妳以後訂親了我要不要笑妳！」

溫榮早瞧出琳娘對被賜婚與三皇子是十分滿意，不但面上笑容比之以往更盛，性子更放開了許多。憑琳娘的聰明和細密心思，定知曉瑤娘對李奕含有情意，可先才溫榮見她二人如往常般說說笑笑，似未因李奕那人而傷了和氣。想來琳娘與李奕成親後定能琴瑟和諧，可不知瑤娘將如何自處？溫榮輕摩挲著青瓷茶碗上的蓮桂浮紋，垂首說道：「阿爺去了杭州郡，阿娘在府裡無人陪便會擔心阿爺，故這些時日我出門少了些。」

琳娘頷首低聲道：「是了，每每我阿爺出遠門，阿娘亦是擔驚受怕的。榮娘，我有聽阿爺說起杭州郡一事，那杭州郡錢塘堤壩已開始修建了，若修繕事宜行進順利，溫中丞過兩月就能回京的。」

如今阿爺不在府裡，溫榮無法知曉朝堂上的事情，聽到此消息，自是驚喜。「可是真的？」

琳娘面上紅暈還未褪去，笑盈盈地道：「我還能哄妳不成？若是待大壩建好溫中丞才能回來，妳乾脆收拾箱籠回杭州郡再住上幾年算了！」

過了好一會兒，嬋娘紅著臉自內室快步出來，溫榮與琳娘各自取出了送她的壓箱禮。琳娘送的是一整套的嵌雙桃紅碧璽頭面，那金釵、耳鐺上的紅碧璽晶瑩剔透，無一絲瑕疵，好不金貴。

溫榮送的壓箱禮是一套圍棋，墨玉黑子、和闐玉白子，棋面上雕了並蒂蓮紋。

溫榮抿嘴笑道：「一下就叫琳娘比下去了！嬋娘妳可不許嫌棄了我的。」

琳娘剜了溫榮一眼。「早知與妳商量了我再送！」

嬋娘心中一動，感激地看著溫榮。她二人因棋結交，榮娘這份禮物是在說了她不曾忘記二人的情誼。

溫榮見嬋娘眼裡隱隱含著淚光，忙岔開說道：「今日是妳大喜的日子，可不能拉著臉。又非嫁去多遠，大家都在盛京裡，哪日裡妳想我們了，派帖子邀請我們去杜府玩便是，只盼妳別有了夫郎，就將我們這些娘家姊妹忘了！」

那杜府二字將嬋娘臊了。

琳娘在一旁憋笑道：「榮娘嘴巴著實討打，待她全禮日我們可不能放過她！」

幾位娘子說笑了一會兒後，瑤娘進屋子，吩咐婢僕擺上席面，招待溫榮等人用膳。

溫榮見瑤娘跑進跑出，忙得焦頭爛額，覺得十分有趣，拈著瓜子，一邊嗑一邊與嬋娘、琳娘打趣道：「瑤娘何時這般賢良淑德了？倒是比妳更像那新婦子呢！」

瑤娘恰好進屋吩咐婢子添茶水，瞪了溫榮一眼，正要張嘴，卻瞧了瞧琳娘，扭頭走了出去。

溫榮一愣，與琳娘相視一望，琳娘雖依舊滿面笑容，眼裡卻有幾分無奈。溫榮心下輕嘆，看來瑤娘是不曾死心了。不知李奕是否有收瑤娘做側妃的想法？可如此對她二人都不公平。

不多時，門外婢子傳話，杜府馬車已進市坊大門，林大夫人擦了擦眼角，為愛女嬋娘拴上了朱紅寶相花蔽膝。

女眷們在琅園裡又鬧了一陣郎子和儐相，這才讓杜學士將嬋娘接走了。琅園裡喧鬧聲漸漸消去，歡鬧過後，留下的人頗有幾分寂寥。

瑤娘咬著嘴唇，狠狠地眨眼。瑤娘和嬋娘是親姊妹，自小做一處玩鬧長大，今日分開了，琅園就剩了她一人，心裡自不好受。瑤娘先前是故意讓自己忙得腳不沾地，只為了分散注意力，不叫離別的氣氛影響嬋娘待嫁女娘的心情。

謝琳娘同林夫人和瑤娘告辭離府，溫榮陪著瑤娘在屋裡坐了會兒，直到申時中刻天色暗了，瑤娘才將眼淚擦去，主動提出送榮娘出府。

二人走到琅園月洞門，見到一襲石青綾緞袍衫的林子琛。溫榮心一緊，擔心瑤娘會如以往將自己拋下離開，不想瑤娘卻收緊了挽著自己胳膊的手。

林瑤靜靜地望著大哥，眼裡閃動著淡淡的失落和哀傷，在瑤娘看來，大哥與她都是可憐人，縱然有令人豔羨的功名利祿，可不能與心儀女子在一起，一生注定缺憾。

林子琛走到二人面前，望向溫榮，笑得有幾分苦澀。「榮娘，謝謝妳過來觀禮，辛苦了。」

看著林大郎清俊卻削瘦如秋竹的模樣，溫榮心裡有幾分酸楚。不想半年不到的工夫，能讓一人改變這許多。溫榮低下眼笑了笑，道：「嬋娘是我表姊，且我們素來交好，自該過來的，我只擔心嬋娘不請我了。」

林大郎張了張嘴，心裡的話終究說不出口。

這五個月，他胸口似被壓了一塊頑石，本以為只要見到榮娘，再與她說上幾句話，心裡的鬱結就能煙消雲散，此時林子琛才知曉那不過是自欺欺人的想法。結果已經注定，他只能去當駙馬，再眼睜睜地看著心儀的女子嫁做他人婦。榮娘是近在眼前，可那又能如何？他曾以為觸手可及的幸福，皆成了鏡花水月。

林瑤望著大哥，鎮定地說道：「大哥，我先送榮娘出府，你辛苦了一天，早些去休息吧。」

林子琛偏身為二位娘子讓了路。

離了琅園一段距離後，林瑤長長地出了口氣。「大哥他很苦，我們已經很久沒見到他笑了，阿娘也不敢同大哥多說話。榮娘，如果——」

「瑤娘，時間不能倒退，故不會有如果。與其回首過往，惋惜感傷，不若到此為止，向前看說不定會有驚喜。」溫榮不等瑤娘將話說盡，便先打斷。她不只希望瑤娘能勸林大郎，亦希望瑤娘也能看開。與其削尖了腦袋嫁與李奕做側妃，將來過著爾虞我詐的後宮生活，倒不若與嬋娘一般，嫁到尋常人家，把酒桑麻，反令旁人豔羨。

溫榮回到遺風苑，和祖母描述了嬋娘全禮的情形。

謝氏好笑道：「榮娘可是羨慕嬋娘了？請嬋娘夫郎杜學士幫妳在翰林院裡打聽，是否還有未娶的年輕郎君？若是榮娘還喜歡把酒桑麻，祖母也可去莊子上看看，將榮娘嫁去做地主婆可好？」

溫榮嬌嗔地賴在謝氏身旁嗡聲道：「不好，兒只想陪著祖母。」

謝氏聽言，若有所思地點了點頭。「榮娘此言亦有道理，不若入贅一名夫婿，那便斷無人敢欺負了妳。」

溫榮臉都埋在了祖母懷裡，不肯再搭理祖母。

十一月末，林氏收到溫世珩自杭州郡寄來的家信，說約莫十二月初回京。

林氏知曉了夫郎歸家的準確日子，這才安下心來，心情亦好了許多。

溫世珩抵達盛京當日，溫榮一大早便披著大氅去黎國公府，與阿娘一起接阿爺。

溫世珩不但人回來了，還將杭州郡府邸裡去年不曾搬進京的物什，一股腦兒地裝進箱籠帶上了，那七、八只箱籠裡多是三個孩子兒時穿用的玩意兒。

不想去杭州郡一趟，溫世珩黑瘦了許多，襖袍空空地掛在身上，兩隻手又紅又腫，長滿了凍瘡，好幾處還乾裂得滲出血來。

林氏見到夫郎的狼狽模樣，直拿帕子擦眼睛。

彩雲燒起銀炭爐，溫世珩婁著手在暖爐前烘著，烘熱了，手上的凍瘡又痛又癢。

林氏取來藥膏親自為溫世珩上了藥，溫世珩吃了幾碗溫榮煮的茶，人才緩和了過來。

溫世珩吩咐為他更換袍衫，梳洗後要去祥安堂給溫老夫人請安。

林氏一邊為夫郎繫腰帶，一邊心疼地問道：「不過是回杭州郡幾月，怎會弄成這樣？五皇子他們可也回來了？」

溫世珩搖了搖頭，憂心忡忡地說道：「五皇子與工部侍郎怕是要再耽擱幾日。我這根本算不得什麼，修建堤壩的工戶才是真真辛苦，手腳得一直泡在水裡。杭州郡的冬日妳是知曉的，又濕又冷，河口的風呼呼地颳個不停，沾到水的地方第二日就會結成薄冰，一不慎便會滑落江……」

林氏好不容易才止住了淚，這會兒又紅了眼睛。

「好了，我不是平安回來了？明年會有另一名御史接替去杭州郡的。我先去祥安堂，用過午膳再帶妳們母女往遺風苑看望伯母。」溫世珩攏了攏夾襖，壓下心裡的憂惶，快步前往祥安堂。

溫老夫人見到溫世珩這般狼狽，亦是驚訝，蹙眉關切地問了幾句，知曉溫世珩是在堤壩上被寒風吹傷的，便再無話可說，打發了溫世珩回屋歇息。

方氏心裡倒是說不出的暢快，顰著眉毛與溫老夫人說道：「阿家，瞧見老三的模樣就知地方官不好做，故老三才想盡法子回盛京做京官的。」

溫老夫人籠著裹了銀裘的鎏金鏤扣暖爐，不屑地瞥了方氏一眼。「拋去家事不言，單論做官，鈺郎、珀郎皆及不上老三半分！聖主命老三前往杭州郡督檢堤壩，他能親自往堤壩勘實情，可鈺郎呢？日日不務正業，枉費了國公爵位！妳是鈺郎的妻子，非但不勸夫郎，反在這兒說風涼話！」

方氏用錦帕捂住嘴笑，心下十分不以為意，只想溫世珩不過是傻子，哪有御史臺京官到地方去受苦的！方氏如今只關心另外一事。「阿家，現在老三回來了，我們為四丫頭安排的親事，可還能照辦？」

前幾月別宅婦鬧黎國公府的事情，幾是傳遍了盛京貴家，方氏差點被喚到官府問話，溫家為此上下打點，沒少花錢兩。拖了數月，這事才涼了下來。

方氏娘家胞弟在京任少府監監丞，方監丞嫡子方三郎今年滿十七歲，尚未娶正妻，是個遊手好閒的紈袴子弟，仗著方家勢力，在外沒少作威作福。溫老夫人與方氏將主意打到了溫榮身上，方氏嘴巴閒不住，分明是八字還未一撇的事兒，就先回娘家將此事說了。

那方三郎偏生是個沈不住氣的，悄悄過來安興坊瞧溫四娘生得如何模樣，心裡的算盤早撥拉好了，若是不堪入目的，他必然不肯娶了，怎料見了後就魂不守舍，連去平康坊吃花酒的次數都少了許多，甚至與方二夫人說了，若能娶到溫家的美嬌娘，他便聽阿爺的話，也去考進士科。他阿爺、阿娘聽了自是大喜，日日催著方氏問何時能議親？方氏本還得意洋洋，不想溫老夫人因別宅婦將此事暫緩了，兩頭不討好，方氏急得嘴都生了瘡。

溫老夫人不接話，方氏忙親自伺候了溫老夫人茶湯，殷切地說道：「阿家，兒娘家人有遠遠瞧過四丫頭，對她很是滿意，故四丫頭嫁過去了必是享福的，如此老三和老三媳婦亦不會有異議了。待她嫁去夫家，就不能再常常去遺風苑了，我們也可省下不少心。為免節外生枝，還是早些辦妥了好。」

溫老夫人微微合眼，望著香爐裡縷縷詭譎難測的青煙，終於點了頭。「離上元節不過一月餘，那日妳讓蔓娘陪四丫頭去看燈會，方家由妳安排了，兩家好好相看一番。與妳娘家結親，也不算虧待了四丫頭。」

方氏聽言，歡喜應下。

用過午膳稍作休息後，溫世珩吩咐了馬車，帶著林氏母女前往遺風苑。

溫世珩換了一身簇新的銀鼠襖袍，面容上是難掩的憔悴和疲累。

謝氏看著溫世珩自穆合堂外慢慢走來，心酸卻也欣慰。不能如此枉為官。

此次過來遺風苑，溫榮還帶了一只箱籠，是阿爺自杭州郡帶回來的，溫榮整理出喜歡的，悉數捎到了遺風苑裡。

溫世珩有話要與溫老夫人說，林氏則帶著女兒與黎國公府跟來的婢子去溫榮廂房，準備將溫榮的廂房重新佈置一番。

穆合堂裡沒了旁人，溫世珩蜷著手說道：「阿娘，當年兒查鹽政官一案時，發現有牽扯到京官，聖主為免朝野動亂，遂將此事壓了下去，此次兒回杭州郡裡，又暗暗調查了一番。」

謝氏蹙眉問道：「可是聖主命你去的？」

溫世珩搖了搖頭。「是三皇子提供的京中消息，不查清楚，兒心裡亦難安。」

謝氏鬆開碧璽念珠。「可查到了證據？」謝氏心裡是有數了，皇儲之爭中，溫世珩選擇了三皇子李奕。是福是禍如今尚不明朗，但能嚴懲鹽政貪墨者，是利民的善事。

溫世珩頷首，眼裡迸出幾道光來。「是盛京二皇子和尚書左僕射一黨，他們近兩年還連番打壓世家，前年袁府藏書案，就與二皇子脫不了干係。」

謝氏道：「工部侍郎是三皇子一派的？」

「是了，此次往杭州郡的皆是三皇子親信，袁侍郎正是袁府的遠房親戚。那趙府可是膽大的，袁府被抄檢，府中財物自當悉數繳沒入宮或銷毀，可兒自林大郎與杜學士處知曉，趙府裡存有袁府珍藏的名貴字畫，那字畫，袁府是鮮少取出示人的，偏巧他二人見過。」

謝氏略微思量，是對三皇子刮目相看了。看似做逍遙王，竟然不聲不響地在朝中培養了眾多勢力，如今連珩郎亦肯忠隨他。謝氏抬眼問道：「那五皇子呢，又是怎麼一回事？」

溫世珩面色轉瞬一變，凝重起來……

謝氏留溫世珩與林氏在穆合堂用晚膳。

天寒夜來得早，戌時溫榮扶著祖母回廂房歇息。

知曉今日阿爺與祖母說的話後，溫榮亦暗暗佩服李奕。太子品性早已不能服眾，只無奈聖主狠不下心易儲。因蕭牆之禍而引起的朝堂之亂，是在所難免了。李奕每一步棋都走得漂亮，高瞻遠矚並深謀遠慮，扳倒了太子，自就要削弱二皇子。

「娘子，老夫人為妳買了一架琴呢！」

溫榮正在廂房裡畫梅花，抬眼見綠佩興沖沖地小跑進來，繡鞋上的白雪近暖爐後就化成水，地上留了深深淺淺的浮水印。

溫榮顰眉說道：「外頭雪厚，怎不穿了棠木屐？一會兒受寒又得生病了。」

綠佩不在意地笑道：「婢子身子可好著呢！娘子，那琴師還未走，婢子特意過來請娘子去試琴的。」

碧荷停下了手裡的針線，又驚又喜。「原來娘子還會彈琴?!」

溫榮搖搖頭笑道：「我可不會，原在杭州郡有學過一些，早忘了。」

「老夫人正是見阿郎自杭州郡帶回來的琴在途中被磕壞了，才命人去琴肆裡為娘子選了一架新的。」綠佩先才在庭院裡聽見琴師調琴，彈出的樂曲很是好聽，遂打起了小算盤，倘若娘子學成了，日後便能常常聽到！

溫榮隨綠佩去試了琴，無甚問題，便命婢子將琴捧回廂房，自己則去穆合堂與祖母道謝。

「伯祖母，其實兒不會彈琴。」溫榮調皮地吐了吐舌頭。前世她入宮後，略微學了箜篌和琵琶，古琴著實不擅長。

謝氏和顏悅色地說道：「無妨，本就是買來與妳玩的。若是喜歡，伯祖母為妳請琴師，若是不喜歡，擺那兒便是了。」

溫榮欣欣地捧上茶奉與祖母，展顏道：「知曉伯祖母對兒最好了！」

謝氏笑道：「年後天氣暖和了，伯祖母帶妳去謝家走走。」

盛京裡的謝家只有應國公府。溫榮目光微閃，連祖母亦看好了三皇子……是該與謝家走得更近些。溫榮軟軟答應道：「兒聽祖母安排。」

謝氏吩咐汀蘭擺了飯，似是不經意地問道：「可有五皇子的消息？」

溫榮搖了搖頭，眸光忽閃地說道：「兒怎會有五皇子的消息？」

謝氏正色看著溫榮。「與伯祖母也要瞞著了？」

溫榮心下一虛，精緻清秀的五官都擠在了一起。「那封信，兒真不知曉是誰寄的。」

「不知曉是誰寄的便算了，有些事莫要太當真。」

祖母未深問，溫榮微微鬆了口氣，鮮少見到祖母這般嚴肅。祖母是在提醒自己，縱是五皇子送禮物和寄信與她，都不要輕易動了心思。

用過晚膳，溫榮回到廂房，碧荷正在鋪床，暖閣裡滿是幽幽的花香，今日的錦衾被褥皆是用梅花香熏的。

綠佩一邊伺候娘子梳洗一邊笑道：「老夫人待娘子可真好，比黎國公府的溫老夫人要好上了許多！」

溫榮鄭重道：「廂房裡說說便罷，千萬別出去說了，叫他人知曉，小心黎國公府管事將妳送到莊子上去！」

綠佩臉色一變。

碧荷鋪好了床，轉身笑道：「娘子怎嚇唬綠佩姊？」

前月裡溫榮有命人暗暗打聽鬧事的別宅婦，除了要知曉溫老夫人和方氏如何處置了她，還想自別宅婦口中問出，是誰指使或慫恿她來鬧的。令黎國公府沒了臉面，實是幫了她三房的大忙。不想別宅婦如消失了一般，溫榮等人得到消息後倒吸一口涼氣，溫老夫人她們確實是好狠的心。

溫榮靠在床上翻書，一直沒有睡意，乾脆起身披上小襖去外間取笸籮，還有一條絲絛未打好。綠佩正要將隔扇門關上時，溫榮忽瞧見幾名婢子捧著羊角燈匆匆往內堂走去，後面影影綽綽地跟著幾個人影，其中一人是阿爺，阿爺的身影溫榮是再熟悉不過的。

「綠佩，妳去內堂打聽發生了什麼事。」溫榮心下隱隱不安，阿爺無事不可能這麼晚過來遺風苑，且另外的幾個人影中，其中一人溫榮亦極眼熟，可夜色裡不敢確定。

不消片刻，綠佩折還了回來，滿面焦急。「娘子，不好了，五皇子受了傷！娘子可要過去看看？」

溫榮一驚，目光落在妝奩上，那妝奩裡還放著五皇子送的蝴蝶嵌金玉簪子。撇去旁他不言，五皇子受傷與溫家有莫大關係。

溫榮將手中的梅花白玉絲條放回了笸籮裡，吩咐碧荷為自己更衣。溫榮換一身蓮青素面小襖胡服，簡單綰了矮髻，抱著蓮花鎏金手爐，提著燈籠往內堂去了。

汀蘭守在門外，見是娘子，忙欠身請了進去。

溫榮踏進內堂，見到眼前人時，表情登時僵住。那人早已收起了往日的光芒，被裹得嚴嚴實實地放在堂椅上，形容消瘦，面色蒼白。溫榮走上前，端正地與五皇子見了禮。

淡淡的梅花清香飄至鼻端，李晟勉強睜開雙眼，望向溫榮的目光疲累中夾著幾許溫柔。「起來吧……」一聲音又沙啞又緊。李晟嘴角微微上揚，好似皚皚白雪裡忽然伸展出一枝隨風輕顫的墨梅，眼中跳躍著微弱火光，明明暗暗。

溫榮是不久前才知曉李晟並未去杭州郡的，那日李晟與阿爺二人出了盛京，阿爺一路向南，李晟轉道往西。原來在八月上旬，李奕和李晟便收到了侯寧等人自西州交河城快馬送回盛京的血書，及柳中縣伯克的官符。如此可知，高昌僮僕所言俱屬實。

尋得單獨的面聖機會後，李奕將血書與萬言書等佐證奉與聖主。睿宗帝知曉後勃然大怒，卻也憂心忡忡。節度使已是封疆大吏，卻還不知饜足，如今方成利並未明著謀反，故睿宗帝縱然有決心除掉方成利並舉征西突厥，可也擔心貿然發兵，朝中會一片反對之聲。

那方家在京中根基頗深，朝廷有了動靜，無疑將打草驚蛇，倘若讓方成利起了戒心，與西突厥合兵謀反，亦將招致戰亂。此時李奕自當獻謀、獻策。睿宗帝最後命五皇子李晟佯裝前往杭州郡，實則攜密令至崑山道，與崑山道節度使會合，二人再以協助方成利剿西突厥為由，帶兵往西州交河城一帶。李晟將盛京到西州交河城一路的驛站都安排好了，西州交河城的消息全無法送入京中。

戰場刀劍無眼，故才有「醉臥沙場君莫笑，古來征戰幾人回」之言。可溫榮雖知曉李晟去的是戰場，卻毫不懷疑李晟一定能回來，不只因他貴為皇子，更因他和李奕一般，有高居雲端，運籌帷幄、指點沙場的氣度。瞧見五皇子這般光景，溫榮除了驚訝，胸口還有幾分酸澀。

李晟合眼重新靠回堂椅。「不幾日，那方成利掩蓋不了他與西突厥是一丘之貉的事，就該起兵謀反了。」

謝氏與溫世珩聽言，眼睛都亮了起來。只要方成利謀反，他們便可讓黎國公府心甘情願地主動還爵。

溫世珩謝過五皇子後，擔憂地問道：「五皇子怎會受傷了？」溫世珩在遺風苑的側門接到五皇子等人，為避人耳目，不敢多問，只低聲言委屈五皇子了，便自側門將五皇子迎了進來。

溫世珩和謝氏隱約聽見桐禮詢問五皇子傷口是否還好，但具體傷在何處、傷勢如何，卻一無所知。

李晟俊眉微微皺起，開口說道：「是我一時輕敵。」

武將在戰場上最重要的並非是匹夫之勇，而是無數次征戰累積下的經驗。

《史記》裡有紙上談兵一節，趙括少時學兵馬，言兵事，以天下莫能當……秦軍射殺趙括，括軍敗，數十萬之眾遂降秦，秦悉坑之。可縱是李晟居於深宮，但他不似趙括那般妄自尊大，且身邊還有身經百戰的崑山道節度使，怎可能犯下輕敵的錯誤？

桐禮面露惱怒，沈聲說道：「那方成利實是陰險小人，主子至西州交河城，初始是聯合方成利一致對付西突厥的。主子善心，想著若方成利心生悔意，懸崖勒馬，一心一意抗擊西突厥，待西突厥投降後，主子會向聖主求情，留方成利一命。不料方成利暗中使詐，主子與西突厥大將阿史那比武時，方成利見阿史那落於下風，命人放暗箭傷了主子！」

溫榮等人聽言大驚失色，那方成利竟然如此膽大妄為！難不成他認為讓五皇子戰死沙場，他的齷齪事就能瞞天過海了？阿史那是西突厥出名的猛將，溫榮雖知曉李晟文武雙全，卻也不承想李晟竟能力敵阿史那。

李晟裹著的厚重暗色灰鼠大氅垮垮地塌在身上，似是不堪重負。

內堂裡籠著銀炭爐，李晟額頭上沁出薄汗，桐禮忙上前將主子的大氅脫下。

溫榮深吸了一口氣，李晟的玉白袍衫上染了大片暗紅血跡，傷口必已處理過，看來是在回京途中又裂開了。

謝氏連忙吩咐汀蘭去取上好的刀傷藥交與桐禮，將五皇子安排在南院的碧雲居裡。

桐禮扶著五皇子去上藥和休息，溫世珩才嘆氣道：「五皇子受傷是意外，在西州交河城一事踏實前，不能叫他人知曉五皇子受傷並且回京了。」

「五皇子在別處沒有宅院嗎？」溫榮正是知道李晟在別處有宅院，故更加詫異阿爺為何要將李晟往遺風苑領了？

不想祖母卻開口幫忙道：「五皇子幫了我們家大忙，如今五皇子受傷，住在遺風苑裡，我們正好照顧了他。黎國公府的眼線汀蘭早已命人看了起來，五皇子可安心養傷。」

謝氏見溫榮面有遲疑，合眼道：「五皇子為人可信得過，妳阿爺為三皇子和五皇子做得越多，將來溫府才能越安全。」

既然祖母與阿爺對五皇子皆是感激，溫榮亦不再多言。

折騰了大半宿，溫榮睏得直打哈欠，回到廂房後，倒在箱床裡便睡熟了……

第二十二章

溫榮本以為能睡到日上三竿的，不想卯時就清醒了。用過早膳後，她去了祖母廂房，祖母正在暖炕上盤膝誦唸佛經，溫榮悄無聲息地走到軟榻前靠著。許是昨夜睡的時辰過短，溫榮不知不覺地又睡著了，夢裡是白茫茫的大雪，自己踩著鹿皮小靴，深一腳淺一腳，不知何時能走到頭……

謝氏做完早課，睜眼看見孫女睡得正香，頗為心疼，吩咐汀蘭為孫女蓋上蔓枝銀衾。食案上放著噴香的松子酥和軟糯的棗米藕荷糕。

汀蘭笑著小聲說道：「是娘子昨日做了孝敬老夫人的糕點，娘子可是時時事事都想著老夫人。」

謝氏面露慈愛地搖了搖頭。「這孩子，也不知多休息些，真累著了可得擔心她老子娘心疼了。」

汀蘭抿嘴好笑，分明是老夫人自己心疼了！上前扶著老夫人下炕穿上了錦鞋。

謝氏想起碧雲居裡受傷的客人。「南院裡早膳可安排好了？」

汀蘭點點頭。「安排好了，可五皇子隨從還未傳飯。」

遺風苑廚娘所做吃食皆極為清淡，不知是否合五皇子的口味？謝氏命汀蘭將松子酥和棗米糕一道作早飯送去南院。謝氏對五皇子除了感激，還有幾分愧疚。

過了好一會兒，窗欞外暖暖的晨光覆在了溫榮瑩玉般的面容之上，溫榮這才淺淺地喘著氣，揉揉眼睛，撐起了身子。

南院裡的客人也才剛剛起身。

李晟傷勢很重，那一箭幾乎貫穿了左肩胛，崑山道節度使左將見勢不妙，突圍將其救下。箭雖取出了，但邊城一帶冬季的氣候極其惡劣，實是不利於傷勢好轉。崑山道節度使為琅琊王氏家族中人，自擔憂五皇子的傷勢，商議後，李晟決定先行回京，一來避免落下病根，二來李晟知曉如今他留在西州交河城已幫不上任何忙，不過是負累罷了。

待方成利坐實謀反，京中官員只能撇清與方成利的關係以求自保，那時聖主調派兵馬將名正言順，一呼百應。溫家還爵一事，也將水到渠成。

李晟仍舊是陰沈著臉，可清冷的眼神裡卻閃著幾分遺憾和失落。他與阿史那比武，是為了軍功，急於求成，不想落得如此狼狽。

桐禮為主子穿上了石青緙絲袍襖。

聽到傳飯，遺風苑婢子忙將早已準備好的膳食送進了廂房。

一碗滑片肉粥，一碟鹿肉串脯、桃仁雞丁、蟹肉雙筍，皆是極其精緻的菜品，李晟目光最後落在了松子酥和棗米糕上。數十日的帶傷趕路，縱是往日再勇猛壯實，此時也是身心俱疲了。李晟望著水晶棗米糕裡嬌而不豔、極逼真的梅花，難得的胃口大開。

「主子，老夫人過來了。」用過早膳不多時，侯寧過來傳了話。

侯寧瞧見主子正執劍立於庭院中，嚇出一身冷汗。雖說主子右手無傷，可左手還纏著厚厚的繃帶，若是練劍，必定會牽扯到傷口。「主子，如今你有傷在身。」

李晟眼神清澈純淨，面上略微有了幾分血色，立於雪中真真似那非白非紅，卻能占盡冬色的一樹凌寒梅。

溫榮扶著祖母走進了院子，忽視了仍舊新白抱新紅，好似梅花吹不盡的李晟，轉而看向李晟手中的那柄劍。溫榮想起了《西京雜記》中所言——劍上有七朵珠，九華玉以為飾，雜廁五色琉璃為劍匣……刃上常若霜雪，開匣拔鞘輒有風氣光彩射人……

李晟將劍遞與侯寧，幾步上前扶住了正要見禮的老夫人。

縱是受了傷，風儀舉止仍舊安雅。

溫榮扶著祖母往碧雲居庭院裡的竹亭走去，竹亭四處圍了合帷幔的細絲竹簾，溫榮擔心天寒，又吩咐婢子攏了炭爐過來。人坐於亭中，不但暖和，還能透過竹簾瞧見亭外朦朧的雪景，好不愜意。

謝氏望著五皇子的眼神很是讚許，關切地說道：「殿下受傷了，該在廂房裡多休息，練劍不急於這一時，留得青山在，不愁沒柴燒。」

「老夫人說的是，先才在屋裡實是太悶了，故才想著到庭院走走。」李晟俊眉微微揚起，目光落在了溫榮身上。恢復精神後，嗓子也清潤了不少，溫榮安安靜靜地立於祖母身旁，她未曾見過散心還帶著出鞘鋒劍的。聽到李晟抱怨悶，溫榮望向遠處的目光滑閃過一絲狡黠，嘴角輕翹。再悶也悶不過他本人啊！

謝氏聽言頷首道：「是老身未想周全了，不知五皇子平日裡有何喜好？遺風苑的麓齋有許多藏書和古籍，若是五皇子不嫌棄，老身這就命人送些書過來。」

李晟瞧出了溫四娘心中所想，雙眸幽暗，恭謹地謝過了老夫人。

不遠處，綠萼梅枝頭冰雪融化，雪水滴落時，枝椏輕顫，溫榮眨了眨眼，一邊擺弄著魯班鎖，一邊側耳聽祖母與五皇子說關於邊城一帶的事情。溫榮本以為除了戰事，還能聽到五皇子說起邊塞的風光，可惜他果然是木頭，祖母問一句答一句，言詞裡的邊塞就是枯燥的漫天白沙。溫榮決定安心地解開這只魯班鎖。

不一會兒，汀蘭領著兩名小廝自麓齋回來，每名小廝手裡都捧著數本書。

溫榮瞧見那書就好笑，汀蘭可真是會選書，《五經正義》、《春秋三傳》，《孫子》，《五曹算經》……皆是進士科用書，五皇子看這些只怕會越看越悶。

李晟起身將石桌上的書翻看一遍，眉毛好看地彎起，嘴角浮起笑意，面容雖如夜色月光般清冷皎潔，卻也美好得令人嘆息。

「這些書確實是極好的，可我都看過了。」

溫榮眉眼不抬，毫不在意地說道：「學而時習之，多看幾遍。」

「我已能背出。」語調裡有幾分委屈。

溫榮狐疑地抬眼看向李晟，正要伸手取一本，就像平日阿爺考軒郎功課一般，手碰到書時，才發覺此番做法不妥，轉向汀蘭笑道：「再搬幾本書過來。」

「不用了。」李晟朗聲說道，輕抿嘴唇。他若再不開口，溫四娘應該會命人將遺風苑麓齋的書全送過來。「如今某左手受傷，使不上力，某聽聞溫四娘善圍棋……」

溫榮雙眸微閃。指名道姓，她無法再裝作充耳不聞。不過是下棋而已，既然他五皇子有凌雪寒梅的一身傲氣，她就不介意在棋盤上將他殺得片甲不留。如此想來，溫榮抬起頭，臉上滿是笑容。「若五皇子不嫌棄，奴願與五皇子對弈。」

李晟不疾不徐。「久聞溫四娘棋藝過人，能與溫四娘對弈，求之不得。」

溫榮吩咐綠佩將她房裡收藏的青金石圍棋取了過來。

謝氏樂得在一旁看晚輩弈棋。

近水樓臺先得月，李晟知機會來之不易，打起十二分精神，棋盤很快擺開。

李晟自詡平日下子乾脆俐落，可此時面對溫四娘布的棋局，他卻不得不思量再三，儘管如此，每走一步他都似步入溫四娘的陷阱中。丹陽曾命人記錄過她與溫四娘對弈的棋路，當時李晟只覺溫四娘是心思玲瓏、棋藝嫻熟，今日他才知曉，溫四娘與丹陽對弈時，僅使出三分本事，到了他這可謂毫不留情，收殺攻防令他連喘口氣的機會都沒有。

溫榮氣定神閒，時不時地端起茶湯吃一口，李晟不知何時已冷汗津津。

不過一個時辰，棋局以李晟慘敗告終。

溫榮展顏莞爾一笑。「我要陪祖母回穆合堂用午膳了。」

李晟心下無奈，溫四娘是想叫他知難而退，縱是再無趣也莫在她身上打主意，可惜他偏生就是百折不撓、越挫越勇。

接下來的幾日，每到辰時和未時正，桐禮都會至溫榮廂房外長廊上候著，恭請其到碧雲居與五皇子弈棋。這雷打不動的日程氣得溫榮直咬牙，她是想不去了，可任由桐禮那大塊頭苦著臉站在廊下也不是辦法。

好不容易到了除夕日，溫榮第一次發覺回黎國公府也有好處，能暫時避開那人。溫榮卯時起身陪著祖母用早膳，再換一身簇新桃紅織金胡襖後，便領著綠佩與碧荷匆忙離開了遺風苑。

這些時日，黎國公府裡也未閒著，二房董氏請了十二教坊的樂師教菡娘琵琶。溫菡娘早已不勝其煩了，想不明白阿娘怎會將十二教坊的賤戶請進府裡，還對賤戶極其客氣。除夕日樂師是不會過來的，阿娘亦去幫大伯母佈置年飯。溫菡娘無人管束，立即丟下惱人的琵琶，偷得浮生半日閒，領著婢子往院裡賞梅，不想正面碰上了溫蔓娘。

溫菡一陣膩味，撇嘴半抬著頭，權當不曾瞧見這人。

「三妹妹。」溫蔓向菡娘走了兩步，軟軟地說道：「好幾日不曾見到妹妹了，聽聞二伯母為妹妹請了十二教坊第一人教習琵琶，那十二教坊第一樂師卻是沒幾人能請到的。」

溫菡瞥了一眼蔓娘，周身襖衫和頭面都是簇新的。某人過繼到正室後的日子是越發好過了，可惜終究是庶出，永遠一副唯唯諾諾、不成氣候的樣子！且都已十六，年後便是十七，連親事都未定下。

貴家女眷、郎君眼睛可是雪亮的，眼光挑得很呢！溫菡冷笑一聲。「大伯母不是為妳請了曲江宴的司茶娘子教習茶道嗎？聽聞曲江宴那日妳為不少夫人煮茶，得了許多稱讚。」獻殷勤到那分上了，也只被夫人們當作茶奴看！溫菡心裡很痛快，甩著帕子就要往前走，忽瞧見溫蔓身後婢子捧著的、掩了寶相花紋樣銀紅錦緞的托盤。「那是什麼？」

溫蔓似是不曾聽出溫菡先前話中的諷刺，盈盈笑道：「是府裡新做的紗花。祖母吩咐我給妹妹們送去呢，偏巧遇見了三妹妹，三妹妹先挑兩支吧。」

那婢子捧著紗花上前。

揭開銀紅錦緞，溫菡眼睛一亮，六支樣式各異、皆極精巧逼真的絹緞紗花，簪子是赤金的，每支紗花都綴了水滴狀、無一絲雜色的鴿血石，好不名貴。溫菡拿起這支，又瞧向那支，恨不能整盤端了回去！溫菡執帕子掩嘴，輕咳了一聲，抬眼問道：「簪花怎麼是六支？」

溫蔓絞著帕子，侷促地說道：「祖母說了，三妹妹、四妹妹和我一人兩支。阿娘前日剛送了我幾支髮簪，故簪花一時用不上了，若是三妹妹不嫌棄，我的兩支也給了妹妹。」

此話溫菡聽著受用，不客氣地挑走了趙粉牡丹、富貴芍藥、簇錦紫薇和石榴，均是重瓣或多瓣的紗花，關鍵那四支的鴿血石要更大些。

溫菡對蔓娘的態度好了許多。「另二支妳命婢子送去西苑便可，西苑的人犯不著妳親自走一趟。」

溫蔓眨了眨好看的鳳眼，長長睫毛扇子似的。「我正巧還有事與四妹妹說，故不過是順便罷了。」

「妳找溫榮娘什麼事？」溫菡沈臉問道。

溫蔓面上浮出歡喜之意。「祖母說，四妹妹回京有一段時日了，京中的熱鬧自該都去瞧瞧，今年上元節燈會四妹妹沒去成，祖母命我明年陪四妹妹去。」

「她倒是端了大架子，想去自己去便是，還要妳作陪？」溫菡娘眼珠子一轉，她想起前日裡張三娘提起的，說是今年上元節在燈市裡有遇見趙二郎。「算了，那日我與妳二人一塊兒去。」說罷，溫菡滿意地瞧著婢子手中的四支簪花。上元節她可要好生打扮一番！

望著溫菡娘的背影，蔓娘面容上露出笑意，一雙明媚鳳眼亦染上了幾許風情。

溫榮正在廂房裡陪茹娘剪窗花，見蔓娘送紗花過來，笑著請蔓娘嚐了新釀的花茶。

溫蔓被案桌上的窗花吸引，一幅「連年有餘」鯉戲蓮荷剪得是十分好看，溫蔓拿起瞧了又瞧，可是愛不釋手，羨慕地問道：「榮娘，可是妳剪的？」
溫榮笑道：「我手拙，這是茹娘剪的。」溫榮不在意地指了指被放置一旁的「百花迎春」，頗有幾分不好意思，那「百花迎春」裡好幾處花枝都被剪斷了。
溫蔓柔婉貼心地道：「四妹妹的『百花迎春』很是複雜，叫我連大樣子也剪不出的。」
溫榮笑笑不接話，論手巧，她本就及不上茹娘。
坐了一會兒後，溫蔓起身告辭，臨出門時蔓娘才想起上元節一事，很是誠懇地邀請道：「榮娘，上元節我們姊妹三人一道去燈市可好？我聽阿娘說了，上元節城裡的戲臺子搭有足足八里之長，更有上萬的燃燈，好不壯觀。那幾日開禁放夜，各式的雜耍技藝很是喜氣的！」溫蔓眼眸一黯，忽低下頭，模樣兒叫人憐惜。「我雖自小在盛京裡長大，卻是一次都不曾去過燈市……」
溫榮一時無法推拒，遂點頭應下。想來出去走走，要比每日在遺風苑陪那人弈棋的好。
溫榮在黎國公府裡陪了阿娘和茹娘幾日，元月三日才回到遺風苑。
林氏包了許多年禮讓溫榮交與祖母，溫世珩則悄悄準備了一份上好傷藥，吩咐溫榮送去遺風苑的南院碧雲居。
溫榮將物什放回廂房後，便去穆合堂陪祖母說話。煮好了茶，溫榮試了試紅漆盤裡茶碗的溫度，再用茶膏點了數枝寒梅，合上茶蓋奉與祖母。

謝氏端起茶湯吃了一口，笑著說道：「三皇子與琳娘全大禮的日子也定下了，在今年六月。」

溫榮眨了眨眼，此事約莫還未傳開，因為阿爺都不知曉。去年聖主賜婚後，由於三皇子府邸還未開建，故欽天監將挑選良辰吉日一事延後了。既然朝中尚未宣佈，祖母的消息該是來自應國公府的。

二皇子與韓大娘在去年十一月全禮，溫榮與他二人不相熟，故未被邀請前往觀禮。下月則是林大郎和丹陽公主成親。溫榮曾驚訝這一世的改變，韓大娘本應該嫁給三皇子，將來母儀天下，而謝大娘則因二皇子失勢而香消玉殞，不想如今是峰迴路轉。

不論這一切是否與她有關，暫時看來，皆非壞事。周遭人命運都已變了，她自也不能重蹈覆轍。若無意外，今年除夕她就能在遺風苑裡陪祖母一起過，如此想來，溫榮心情大好，吃著香甜的蜜果子，滿臉饜足的表情。

溫榮抬眼與祖母笑道：「轉眼琳娘也要嫁了，改日兒與琳娘寫信，問問是否有要幫忙的。」雖然李奕的事她敬謝不敏，但琳娘與她秉性相投，是難得的閨中好友。

謝氏好笑道：「傻丫頭，妳一未嫁女娘能幫上何忙？琳娘是嫁與皇子，應國公府裡俱是宮女史來往，旁人有甚可操心的？」

溫榮調皮地吐吐舌頭，與其去問琳娘有何要幫忙的，不若送些甜食與她，此刻琳娘定是一顆焦急的待嫁心，用甜食緩和緊張再好不過。

溫榮與祖母說起了上元節和蔓娘、菡娘賞燈一事。

謝氏知曉後心裡不踏實，黎國公府溫老夫人等人雖不敢太過明目張膽，可向來明槍易躲，暗箭難防。那溫蔓娘比之菡娘可算謙恭柔順、禮儀周全，但在謝氏眼裡，蔓娘的心性不及林府娘子與謝家琳娘來得明朗純粹。

「那燈市裡人多混雜，要留心眼。」謝氏除了叮囑孫女，亦決定暗地裡叫人保護榮娘。

溫榮笑著答應了。「祖母放心便是。」

與祖母說了會子話後，溫榮才回廂房休息。偏頭看了眼矮榻旁笸籮裡、已打好了的梅花玉石天青色絲條，想著尋到機會送他吧。

今年初春氣候相較往年要好上許多，溫榮將祖母送的瑤琴搬至外廂房的琴案上。

瑤琴琴身是上好的梧桐木，赭檀色琴漆則添了鹿角霜，溫榮撥動琴弦試著彈了一曲〈漁歌調〉。果然是手生，錯音不少，更別提甚松沈曠遠的琴音境界。雖失望，溫榮仍舊決定好生練琴，畢竟瑤琴是祖母的一番心意。

「娘子，南院的客人過來了，正在廊下呢！」綠佩踏進廂房，很是緊張地與溫榮說道。

溫榮擺了擺手，定是五皇子請桐禮過來喚她去弈棋了，遂眉眼不抬地道：「綠佩，妳請桐禮去院子裡逛逛，初春的臘梅開得頗好，讓桐禮莫要理他那主子。」

「娘子！娘子！」綠佩壓低聲音連喚兩聲，更繞至琴案前悄悄擺手。

溫榮這才發覺不對勁，轉身看向隔扇門外，不想竟見到著一襲石青袍衫的頎長身影，那身影正立於隔扇門外長廊上，石青袍襬被風漫不經心地吹起，溫榮抬頭，恰好對上一雙灼灼其華卻又隱隱含著怒意的雙眼！

大明宮丹鳳閣的側殿正辦著宴席。

去年大河流域與江南東道遭遇洪澇，而江南東道更因旱澇連災，導致秋日糧食顆粒無收。故朝武太后要求她的壽宴一律從簡，朝武太后壽宴後一月，宮中再未辦過大的宴席，今日亦只是德陽公主籌辦的小宴。德陽公主請了二王妃、薛國公府張三娘、門下省侍郎褚家三娘子等與其交好的貴家女娘在宮中小聚，丹陽公主則至側殿幫皇姊張羅。

見離開席尚有大半時辰，二王妃韓秋嬏和張三娘二人打算到丹鳳閣外的花園走走。

如今韓秋嬏是一臉陰鬱，形容憔悴了許多。李徵與韓大娘全禮後不過半月，即迅速迎娶了褚侍郎府裡的嫡出二娘子為側妃。京中娘子皆是見過褚二娘的，性子清傲，平素獨來獨往，不與人接觸，但身段姿容卻是裊娜溫婉，實是令人豔羨的美嬌娘。更難得的是，褚二娘極善音律，琴藝與宮中樂師不相上下。褚娘子在二皇子眼裡如珠似寶、得二皇子專寵的傳聞在盛京裡傳得有模有樣，可知韓大娘在泰王府的日子是不好過的。

二王妃與張三娘悶悶地走著，張三娘忽然小心地扯了扯韓秋嬏的衫袖。「二王妃，是三皇子殿下！」

韓秋嬏一個激靈，慌忙抬起頭。眼前人一襲朱紅銀邊蟒袍衫，嵌紅玉銀冠泛著溫潤的光芒。李奕亦瞧見她二人，並不躲開，徑直坦蕩地走了過來。韓秋嬏呆愣原地，死死盯著李奕美好到極致的明亮雙瞳，直到聽見再熟悉不過的聲音，韓秋嬏才猛然驚醒。

「二哥今日可有陪王妃至丹鳳閣？」李奕面上笑容安雅，風儀舉止令人怦然心動。

心上人提到了夫婿，韓秋嬏胸口似被狠狠一錘，咬牙抽搐地笑道：「二皇子去御書房了。不知三皇子尋他有何事？」

「也無甚要緊的，既是在御書房，某一會兒過去等了二哥。」

李奕溫柔的目光好似一道牆，將韓秋嬏困在其中，挪不動半分。見李奕正要繞過她二人離去時，韓大娘咬咬嘴唇，終究忍不住，低聲問道：「三皇子，那日奴送與你的錦帕是否還在？」

張三娘大驚失色，緊張地看周圍。此話若是叫他人聽去，怕要翻天的！

李奕腳步一滯，嗓音悅耳動聽。「如今韓大娘已貴為二皇子妃，某只作不知二王妃所言何事。」

韓秋嬏腦中嗡嗡作響。縱是她確定了那事是李奕所為，也捨不得說出去令他難做的，僅有一事她不甘。「三皇子是因要幫溫榮娘才如此對我的嗎？」

李奕無奈地轉過身，面對韓秋嬏微微一笑。「某實是不知曉二王妃所言，若是二王妃真擔心那方錦帕，改日某將錦帕銷毀便是。某知該自重重人。」

自重重人。韓秋嬏晃了晃，終究站不穩地靠在灰牆上。溫榮娘！韓秋嬏緊緊地攥著帕子。若不是因為她，自己如今怎會這般難堪？

李奕舉步向前，不想張三娘拋下韓秋嬏，又攔在了他面前。李奕眼角重新浮起笑意，他知張三娘要問什麼，說不得他還能了了張三娘的心願。可若五弟願意，他會為五弟謀一門更好的親事。

「三皇子，五皇子如今還在杭州郡嗎？溫中丞已回京了，為何五皇子還不曾回來？」張三娘未語面先紅，這幾月裡她亦是度日如年。

李奕眉梢一翹，眼帶笑意。「五弟叫杭州郡修建堤壩一事纏住了，不過快了，約莫下月能回京。」

「奴謝過三皇子殿下。」張三娘一板一眼地行禮，眼中煥出神采。

應國公府因謝琳娘要嫁與三皇子，故請宮女史教習規矩，薛國公府卻是不知為何也請了，如今張三娘是端了一身挑不出錯處的好禮儀。

張三娘是留了心的，縱然見不到五皇子，也要在王淑妃那兒留下好印象。

過了好一會兒，李奕走入花樹裡，沒了影子，韓秋嬏才悶悶地抬起頭來，冷眼看著張三娘道：「回丹鳳閣吧！」

二人回到丹鳳閣側殿，四周目光若有若無地落在她二人身上，張三娘面上紅暈還未退下，而二王妃除了陰鬱，還添了一層哀怨。

德陽公主輕輕吹散茶湯上的浮沫，嘴角揚起，吩咐宮婢為她二人奉茶。

韓秋嬏神情恍惚，一不慎將茶湯灑在了衫裙上，好在茶湯不燙，可那身茜紅孔雀線織金盞花襖裙被打濕了。

丹陽公主見狀，熱絡地走上前。之前雖不喜歡韓大娘，可韓大娘如今是她二嫂了。「我有一套新作的襖裙還未曾上過身，我帶嫂子去換下衫裙吧。」

丹陽形容與韓秋嬏差不多，只不若韓秋嬏豐滿，那套衫裙正巧偏寬些，故丹陽認為韓秋嬏穿了能合適。

韓秋嬏至丹陽寢房換好了衫裙，二人走上回側殿的長廊，韓秋嬏掩嘴親切笑道：「丹陽下月就要嫁去林府了，那林家大郎文武雙全、俊朗不凡，可是如意夫婿。」

丹陽登時紅了臉。「二嫂莫要笑話丹陽了。」

去年的月燈打毬宴，丹陽便對林大郎動了心，後聽三哥說林中書令在為林大郎相親事，她就鼓起勇氣，自作主張向太后求賜婚……丹陽覺得自己十分幸運。

韓秋嬏忽然附耳與丹陽低聲道：「丹陽可知曉林府與黎國公府三房走得極近，尤其是林家大郎和溫四娘？」

丹陽不在意地笑道：「林大郎、林府娘子與榮娘是表親，自是走得近了。」

「是了，進士科放榜後，林府可是與溫家三房議親的，他二府都想著親上加親呢！」韓大娘肅著臉，一副為丹陽打抱不平的模樣。

丹陽聽言一怔，心頭似長出了根刺。陽光投落在長廊，剩下斑駁的樹影，丹陽偏頭看了眼韓秋嬏。縱是成了她的二嫂，她也無法接受韓大娘的品性，如此拙劣的伎倆，無怪二哥更寵側妃了。

韓秋嬏的表情雖含憐憫之色，眼神卻一閃譏誚。

丹陽並不否認，猛聽到此消息時確是不舒服，可滎娘的品性她是看在眼裡的，她一見滎娘便喜歡上了，心思玲瓏剔透，與其秉性相投。更何況親事是父母之命、媒妁之言，與滎娘有何關係？若一定要分出是非好歹，反而是她在從中作梗。前些日子太后壽辰宴上，滎娘、琳娘待她與往常一般，滎娘雙眸更是清澈透亮，無一絲一毫的怨意。二王妃說的這番話無非是想離間她二人，與其中了圈套，讓她在一旁看笑話，自己不若安心備嫁。

丹陽抿嘴笑道：「丹陽謝過二嫂提醒，看來這門親事是丹陽任性妄為了。滎娘性子、容貌都極好，丹陽自會為滎娘留心的。」

韓秋嬏不知丹陽是故意裝寬容不在意，還是真未領悟到她的意思，只將臉一沈，皺眉敞開了說道：「丹陽，妳就是心太善、太過相信別人了。知人知面不知心，如今我是妳嫂子，少不得提醒了妳，不能眼睜睜瞧見妳吃虧的！」

丹陽心下不悅，那要她怎麼做？尚未全禮就先去林府鬧上一番嗎？還是同滎娘撕破臉皮，吵得眾人都沒面子？這世上偏有給了臺階卻不肯下的人！丹陽斂笑看向韓秋嬏。「二嫂對丹陽的親事如此上心，丹陽心懷感激。可我依稀記得二嫂平素與滎娘、林府鮮少來往，為何對他兩府之間的事情瞭解這般清楚？抑或是二嫂對丹陽的親事有偏見？」

韓秋嬏聽言一愣，咬牙暗恨丹陽不識好人心。林大郎如今的變化，韓秋嬏是略有耳聞的，就算旁人看不出，以為他是因入了翰林院供職，故為人才更為嚴謹冷肅，可她自己卻對情事失利的心情深有感觸。韓秋嬏冷笑一聲，既然丹陽不領情，她就等著看丹陽與林大郎婚後是如何相敬如賓的，到那時怕是不需要她摻和，丹陽亦會對溫榮恨之入骨！畢竟誰能容忍枕邊人心心念念地想著另外一個女娘？更何況，丹陽還是驕縱的金枝玉葉。

韓秋嬏甩甩帕子，忽瞧見走下長廊轉入玉石街的李奕，身子一顫，目光隨即黯淡了下去。

蓬萊殿，王淑妃拿著燒藍掐絲小火鉗，閒閒地撥弄著暖爐裡的銀炭，白皙瑩潤的面容上畫著飛入雲鬢的拂月眉。王淑妃的笑容溫和柔美，這段時日，水盈盈的雙眸是越發的神采飛揚了。

因為賜婚一事，韓德妃在聖主跟前沒少哭得梨花帶雨，一次、兩次聖主或許還會憐香惜玉，可那韓德妃沒有自知之明，後宮佳麗甚多，她卻將自己視作聖主的滄海巫山。

王淑妃掩唇輕笑，韓德妃將聖主哭煩了，聖主每月裡往蓬萊殿的次數就多了。她是不可能去安慰韓德妃的，只能順應形勢，怪韓府家教有欠，令府中嫡出女娘做出那等私相授受的醜事來，差點害奕兒失了臉面。

「殿下，三皇子過來了。」著鴉青色半臂襦裙的宮婢蹲身與王淑妃傳了話。

王淑妃璀然一笑。「快讓奕兒進來，大殿外風涼，莫要受寒了。」

奕兒如今年齡不過才十八歲，卻是氣度從容，凡事皆了然於胸，身上更無半點皇室子弟的浮誇紈袴之氣，王淑妃對她的孩兒是十分滿意。

宮婢為李奕奉上了茶湯和點翠手爐。

李奕展顏輕笑，將手爐接過後放至一旁。

「你是說晟兒受傷，且已經回京了？」王淑妃微微抬眼，面露驚訝。

李奕顰眉，擔憂地點點頭。

王淑妃一半心疼、一半埋怨。「當初我就不同意他去西州交河城了，晟兒與你都是在宮裡長大，皆嬌生慣養的，如何能受得了邊城的苦？哎，偏生他是翅膀硬了，也不肯聽母妃的話。」若不是去年李晟與突厥勇士比武，她這照顧了晟兒十多年的姨母至今都不知曉他有那般出色的武藝。

此次暗暗征討方成利與西突厥，李晟年輕氣盛，主動請纓。想來必是他不肯安分聽從崑山道王節度使的謀劃和安排，否則也不至於受傷了。

「晟兒傷勢如何？如今住在了哪裡？」王淑妃慈母一般，動著唇舌，對李晟很是關心。

李奕道：「住在盛京私宅裡，聽聞傷及肩部，好生將養該是無大礙的。」李奕其實知曉晟郎住在遺風苑，可他不願讓阿娘知曉，是出於私心，但也無關大局。

王淑妃抬起手輕輕拍撫胸口，長長地舒了一口氣。「無大礙便好，若是晟兒有個好歹，我是無顏面對青娘了。」

青娘是李晟生母王賢妃，亦是王淑妃胞妹，除了有不遜於王淑妃的風華容貌，更極擅長音律。當年青娘得聖主寵愛有何用，不還是芳齡早逝了？王淑妃扶了扶高髻上的嵌寶金鈿。晟郎既然能將一身武藝藏十幾年，那麼有她不知曉的私宅也不奇怪。

「後日方成利抗西突厥的捷報就會送入朝堂。」李奕的嘴角好看地彎起。這一切是安排好了的，捷報、謀反的消息會相繼前後進京。

王淑妃頷首笑道：「可是見過二皇子了？」

「是，兒在御書房外遇見了二哥。」

無任何轉圜餘地的賜婚，令李徵對聖主心生不滿，可如今只能暫時忍下這口氣。聖主所為明眼人能瞧得明白，李徵自也心知肚明——聖主無非是要鞏固太子的儲君之位，而此舉正是二皇子最為忌憚的。

李奕在御書房前偶遇了李徵，不過是漫不經心地說了幾句話罷了。方成利邊城戰事告捷，最得意的是太子一派，大捷消息一到，不知會有多少人站出來歌功頌德。朝臣被牽連誅滅不易，但令他們失去聖主信任、罷官貶黜卻非難事。李奕素來不將話說滿，但也絕不故弄玄虛。不論方成利謀反的奏摺被送呈御案後，二皇子李徵肯不肯做出頭人，李奕的目的都已達到了，他是一身輕鬆。

李奕思量片刻後，認真地看著王淑妃。「西州交河城戰事後，聖主定會恩威並濟，五弟此次是立了功的。」

王淑妃笑道：「聖主會給晟兒賞賜與恩典。」

李奕眼睛清亮。「五弟年紀不小了。」

王淑妃雙眸微合。奕兒的意思是，可求聖主賜李晟府邸和考慮親事，遂頷首道：「前幾日我瞧見薛國公府家三娘子，實是舉止端莊、賢良淑德的，想來能把持好府內中饋，幫到晟兒。」

薛國公府同黎國公府一般，承虛爵，在朝中無實權。李奕知阿娘此番安排的用意，不願讓晟郎羽翼過滿，可他如今擔心的不是這些。

李奕目光閃爍地道：「此次平反，最大的功臣是王節度使。」琅琊王氏是名門望族，歷朝就出過許多重臣和名將，王節度使再得軍功，琅琊王氏在當朝的地位又將提升。

王淑妃皺眉沈思半晌，她原打算將王氏女留作奕兒側妃的。「奕兒，你可想好了？」

李奕眉眼輕揚，展顏笑道：「晟郎自小與兒一塊兒長大，兒信得過他。」

王淑妃嘴角浮起一絲淺笑，目光軟了下來。「容阿娘再想想，不論如何，阿娘都不會委屈了晟兒。」

「是，兒與晟郎的事，令阿娘費心了。」

李奕望著織金帷幔上束著的雙彩流蘇穗子，笑得有幾分肆意。不論晟郎最終娶了薛國公府家娘子或是王氏女，都不能是她。

遺風苑裡，溫榮輕嘆了一聲，先才李晟連她上前道歉的機會都不給就轉身走了。她實是無惡意的，不過是與綠佩的戲言罷了。

溫世珩下衙後徑直過來了遺風苑，謝氏命人去請南院的客人，屏退婢女後，溫榮在內堂裡伺候三人茶湯。

溫世珩今日是要同謝氏和五皇子商議如何勸溫世鈺還爵的，老夫人與五皇子說得句句在理，溫世珩卻緊張得鼻尖冒冷汗。溫世珩自詡口才與文采頗好，可口才是用於朝堂之上直言納諫，並非是在府裡婉轉勸人的。

李晟映著燈火的雙眸閃爍如月色裡的天河，抿了一口茶湯後說道：「三皇子已知曉某在遺風苑裡叨擾老夫人了，待三皇子提前收到謀反的消息，便會差人過來。溫中丞為朝中重臣，提前一日聽聞謀反風聲亦不會叫他人懷疑。」

溫世珩頗不自在，他一向耿直，從未想過算計他人，故坐立不安。

謝氏見溫世珩一副不爭氣的模樣，蹙眉問道：「那日可是要榮娘陪你一道回黎國公府？」

溫世珩連忙擺手。漫說不能讓榮娘幫著勸，那日祥安堂榮娘都是進不得的，朝政一事豈能叫內宅女眷摻和。

西州交河城而來的捷報如期進京，朝中不少大臣站出來歷數方節度使的豐功偉績，就連二皇子和三皇子都不遺餘力地大加讚賞，方府在盛京裡名聲更盛。

按照計劃，方成利謀反的消息將在上元節後一日被送入朝中。十日的時間，足夠令太子一派似那被拋入燙水中的蝦，一隻隻跳出來……

上元節當日，天空飄了些許雪花。綠佩才將窗戶打開，輕盈捲旋的雪米便飛落在臨窗的案几上。

年前答應了溫蔓娘去天街看花燈，故溫榮早早起身了，由綠佩伺候更換袍衫。就見溫榮著一身緗色綾羅紋錦緞袍服，紫罩紗紫頭巾，腰間繫雙魚玉、佩鵝黃絲絛。

碧荷第一次見到娘子做郎君扮相，愣了好一會兒。

綠佩望著碧荷笑說道：「娘子原先在杭州郡最喜做郎君打扮了，可是風流倜儻呢！碧荷，妳說句公道話，我們郎君與五皇子比了，誰更俊俏？」

碧荷仔細打量了娘子一番，那清朗如月的容貌幾令碧荷羞紅了臉，好不容易吶吶地回道：「瞧著倒是差不離的……」

差不離是差多少？

溫榮不搭理她二人的打趣，吩咐遺風苑的婢子送了一只食盒到南院碧雲居與貴客，自己則帶著綠佩和碧荷往府外去了。

溫蔓與溫菡已到了遺風苑大門處，今日三人將乘同一輛馬車往天街逛燈市。

逢上元節三日，除了盛京天街辦燈市踏歌和搭戲臺子，坊市裡亦是處處張燈結彩。不論高門大戶或是小門宅院，房廊簷角皆掛著姿態各異的花燈。

蔓娘一身茜紅綴珍珠流蘇胡服，毛呢蕃帽；菡娘打扮十分精緻，朱紅袒領束胸襖裙，披織錦鑲銀鼠毛小肩褂，半圓髻上簪一朵牡丹紗花。

蔓娘牽著溫榮一起上了馬車。「榮娘好興致，這副打扮不知能迷了多少小娘子。」

一貫不與溫榮好臉色看的溫菡，此時也忍不住上下打量了溫榮，扯著嘴角笑了笑，只做招呼。

還未到天街便已是人潮湧動、車馬難行，溫榮等人不得已落了馬車，相攜而行。

滿城的火樹銀花叫人擺不開眼去，戲臺上的歌舞百戲更是熱鬧，聽聞唱曲的歌伎皆是自宮中選出，一個個頭戴花冠，身穿豔麗霞帔，街市裡上自王公勛貴，下至販夫走卒，無不圍觀相看。

綠佩東張西望的，忽拊掌歡呼道：「娘子，快瞧那兒！」

溫榮順著遠遠望過去，那處街上正在作牽鈎（注）之戲，兩鈎齊挽，中間立了張大旗為

注：牽鈎，即今日之拔河運動。

界，一聲鼓響，近百人在使力相牽引，四處喝彩聲陣陣。

綠佩在杭州郡那兒瞧過這陣仗，很是激動，好一會兒才快步跟上娘子。

溫蔓挽著溫縈，笑說道：「妹妹，前面有賣花燈的貨郎，我們也去挑了應應景。」

溫縈笑著應允，溫菡亦無異議。菡娘選了一盞絹紗牡丹八角燈，燈角簷處綴著五色羽毛絲穗；蔓娘則拿了編結桃枝花影的六方宮燈。比之她二人，溫縈挑的尋常了，只是一盞竹木花燈，花燈的每一個麻紗面都繪了山水樓閣，其中一面題一首〈正月十五夜〉——

火樹銀花合，星橋鐵鎖開；暗塵隨馬去，明月逐人來。

溫縈提著花燈轉身與綠佩和碧荷相看，碧荷誇讚了幾句，綠佩卻嗤之以鼻，直說二娘子的花燈最好看。

溫家三姊妹難得的一路說笑往燈市深處行去。

越往深處人群越擁擠，綠佩和碧荷緊緊地跟著娘子，昨日老夫人特意交代她二人了，無論如何都不能與娘子走散。

溫菡娘則伸長了脖子左顧右盼，不似在賞燈，倒像在尋人。

溫菡尚在舉目尋找，溫縈卻真瞧見了熟人。對街儺面攤前，一身杏紅胡襖、梳圓髻作婦人打扮的正是嬋娘！嬋娘身旁一襲栗色袍服的是杜學士，那杜學士正微笑地望著嬋娘清秀的側臉，眼神中分明含著濃濃的情意。溫縈是替嬋娘高興的，雖然杜學士初始是迫於無奈才娶的嬋娘，可如今杜學士定慶幸當初的決定了。嬋娘聰明大度，知曉如何令夫妻同心。

綠佩見娘子癡癡望著嬋娘，遂問道：「娘子，可是要去同杜夫人招呼了？」

溫榮搖了搖頭，暢快地說道：「不用了，他二人是新婚燕爾正好時，我們何必不知趣地攪擾了他們。」

天街上熟人可是不少，才走過幾處街巷，又瞧見了張三娘等人。溫菡欣欣然過去與她們說話，溫榮和溫蔓則在原地遠遠瞧著。

溫菡與張三娘說了好一會子話才回來，溫菡忽神采奕奕地眨眼說道：「前處酒肆裡請了樂伎唱秦腔，好些曲都是極有名的，恰好我走累了，一道過去歇腳吧！」

溫榮與溫蔓很是猶豫，那酒肆豈是小娘子隨便去的？

溫菡冷笑一聲，她本就未想與她二人做一處的，遂丟下一句話。「我自己去便是，沒得與妳們一起，少了興致！」說罷，顧自朝前走去。

讓溫菡娘一人去酒肆，倘若惹出事來，與她們都脫不了干係。無法，溫榮與溫蔓只得跟上。

三人才踏進先才張三娘提及的酒肆，就有胡姬迎上來，引三人去二樓的雅室吃酒聽曲。臨堂第三間雅室很是喧鬧，透過竹簾，溫菡果然瞧見了趙二郎。趙二郎並非是一人過來吃酒的，席上數位錦衣華服的郎君各攬著一位嬌媚女子。溫菡眼見趙二郎親自餵了那女子一口酒，登時妒火騰起，作勢要撩簾子進去，溫蔓慌忙扯住溫菡手腕。

菡娘生得比蔓娘壯實，無意一推就將溫蔓摔在了地上，雅間裡正吃酒的郎君聽見動靜也瞧了過來。

溫榮走近菡娘，附耳輕聲道：「若是貿貿然闖進去鬧了，令趙二郎在好友面前沒了臉面，怕是會遷怒於妳。」

趙二郎認出簾外之人是溫府娘子，如今方節度使捷報頻傳，黎國公也跟著在朝中趾高氣揚起來。趙二郎執著酒盅，摟著美人兒，施施然地向她三人走來。

溫榮蹙眉不悅，先才張三娘必定是瞧見趙二郎等人進這酒肆的，可她卻不告訴溫菡娘趙二郎攜妓一事，溫菡娘興致滿滿地尋趙二郎，見到此番景象自是又惱又恨了。虧得溫菡娘還將張三娘等人視作好友。

趙二郎與三人打過了招呼後，望著溫榮朗聲笑道：「溫四娘這身扮相可是將某等皆比了下去！」說罷，又看著身旁濃妝豔抹的女子說道：「紅娘認為某說的可對？」

紅娘盈盈與溫榮等人拜倒見禮，黛眉輕挑，桃紅錦帕捂著嫣紅嘴唇，嬌滴滴地說道：「這位小郎君好生俊俏！」

趙二郎細長的鳳眼掃過她三人，爽朗笑了幾聲。「三位小娘子請自便，某先回席了。」

菡娘死死瞪著趙二郎懷裡的女娘，咬牙切齒地恨聲道：「這些個沒臉沒皮的賤戶，竟然靦臉纏著貴家郎君！」

一旁的胡姬耐不住地問道：「三位娘子可是還要吃酒？」

「不吃了！」溫菡娘又怒又忿地吼了一聲，轉身踩著重重的步子往一樓走去，怕是故意要雅室裡的趙二郎聽見她的怨氣。

不想溫菡娘步子太急，蜀錦玉底鞋一滑，若不是婢子扶住，就摔在梯子上了。好不容易扭回鞋，髮髻上的大牡丹簪花卻又歪至一旁。

綠佩忍不住輕笑了兩聲。

回到街市後，溫菡娘沒有了賞玩的興致，快步往前走去，溫榮與溫蔓則在後頭緊趕慢趕地跟著。

如此境況，溫榮只有苦笑。早猜到與她二人出來會成此番局面的，就可惜了這一年一度的上元節。天街上忽然人聲鼎沸，原來是聖主帶領太子、皇子親臨皇城城樓與民同慶，溫榮隱約瞧見了三皇子李奕長身而立在城樓處。

安福門徐徐移出了一架宮製燈輪，燈輪高二十丈，飾以金玉，燃數萬盞燈，簇之如花樹一般，街上人群皆向城樓和燈輪湧去。

待溫榮回過神，發現蔓娘與菡娘已不見了蹤影，必是讓人群衝散了，還好碧荷和綠佩緊緊地跟著她。溫榮本就有幾分掃興，此時更是氣餒，打算沿途回馬車等她二人。

主僕三人正要轉身離去時，一名身著棗紅雲緞錦袍、面容尖削的年輕郎君向她走了過來，起初溫榮未在意，可不想那郎君帶著僕僮攔住了她的去路。

來者不是旁人，正是方家三郎。此時方三郎正一臉驚豔地直勾勾瞧著扮作玉面郎君的溫榮娘，連連搓著雙手，嚥著唾沫。姑母都與他說了，溫家三房裡迂腐的溫中丞要將溫四娘嫁與進士郎，這才遲遲拖著不肯答應方府的議親。今日是姑母安排好的，說將人送上來了，若想娶溫四娘為妻，還需他自己想法子。

溫榮後退了兩步，冷聲問道：「不知郎君有何事？若無事請莫要擋路。」

方三郎對溫榮是垂涎不已，忍不住言語輕佻地道：「在茫茫人群裡遇見了溫榮娘可是緣分呢！榮娘無須這般冷淡，不幾日某就會上門提親了。榮娘今日不若與某先去那酒肆吃一杯，聽聽小曲兒，莫要辜負了這大好春光！」

溫榮大吃一驚，抬眼仔細看了那郎君幾眼，確實是不曾見過。既然他能叫出自己的名字，說明是有人事先安排好了的。溫蔓邀請自己逛燈市果然沒安好心，好在祖母與她都有戒心，祖母更安排了僕僮跟隨保護。溫榮只擔心燈市裡人頭攢動擁擠，那幾名僕僮會不會跟丟了？

方三郎一步一步向溫榮走過來，迫不及待地要一親芳澤了。

綠佩與碧荷慌忙攔在娘子前面，光天化日之下竟有人這般大膽?!

方三郎見婢子忠心護主，冷聲一笑，命人將她二人拿開。

溫榮正準備怒聲斥罵登徒子，就有兩名戴著儺面的僕僮走上前，向拉扯綠佩和碧荷的小廝狠狠踹去。

戴著儺面的僕僮身手極好，方三郎眼見到手的美嬌娘要飛了，橫眉倒豎，怒極喝道：「狗奴！你們可知本郎是何人？膽敢壞本郎的好事！」

「你嘴巴放乾淨點！」其中一名僕僮毫不怯弱地瞪著方三郎。

溫榮主僕三人頓時面面相覷，這聲音再熟悉沒有了，每日都能在溫榮廂房外廊下聽見，皆是喚娘子去與他主子弈棋的，不是桐禮又是何人？

倘若說話之人是桐禮，那另外一人……溫榮驚訝地看著熟悉的背影，心怦怦跳個不停！

第二十三章

「本郎報出名頭能嚇死你這等狗奴，識相的快快走開了去，否則別怪本郎不客氣了！何況那小娘子是本郎未過門的妻子，你們來多管閒——」方三郎話未說完，就被一腳踹倒在地，動彈不得。

方三郎的小廝愣怔半晌，才慌忙上前扶起主子，顫抖著聲音勸道：「主子，那二人有拳腳功夫，很是蠻橫無理。主子您是讀書人，怎能與他等瞎畜莽夫硬碰硬？我們先回府與阿郎、夫人商議了再作打算吧？」

「活膩歪了你們！」方三郎起身了還不忘罵罵咧咧，伸長了脖子欲再看一眼溫榮，不想卻對上那僕僮利如出鞘劍鋒般的眼神，方三郎腿再軟三分，由小廝攙著，一瘸一拐地走開。

那人走至溫榮身旁，壓著怒氣說道：「回府！」

溫榮輕聲問道：「殿下，你怎扮成了僕僮出來？若叫他人識出該如何是好？」

儺面下的俊容僵硬，若不是他及時趕到……李晟攥緊了拳頭，越發沒好氣起來，轉身快步離開了人群。

溫榮只得急急跟上。遺風苑的馬車停在一處安靜的街市裡，溫榮吩咐遺風苑僕僮去尋了黎國公府馬車，說她先行回府了。

一行人到遺風苑已是戌時中刻，庭院甬道兩旁點燃了山水紋六方宮燈。

溫榮抬眼望著槐樹枝頭上的盞盞燈火，心裡的陰影和黑暗似乎被火光一點點吞沒了。

李晟將儺面摘下，面上是如釋重負的表情。

溫榮心甘情願地蹲身謝過了五皇子。

李晟冷肅地看了眼溫榮身後的婢子，綠佩與碧荷嚇得一縮。

溫榮吩咐她二人退去一旁。

李晟這才開口。「天街攔妳之人是方府方監丞之子，是黎國公姻親。」

溫榮柳眉輕顰，溫老夫人與方氏等人無非是想將她早早嫁出去，她在遺風苑住一日，她們就惶恐一日。明日方成利謀反的消息就會進京了，黎國公爵位不再屬於溫家，溫老夫人他們也可安生地過日子。

溫榮看著李晟如月光般皎然的面容，鍥而不捨地問道：「殿下今日為何會去了燈市？」

好半晌李晟才黑著臉避過身，溫榮看不見他臉上是何表情。

「往後若是想看燈，可以與我說了。」頓了頓，又道：「我先去穆合堂了。」

每一次李晟心平氣和、溫柔地說話時，溫榮就會想起瑤琴的泛音之調。泛音似天籟，清冷入仙，餘韻細遠悠長。銀甲輕觸琴弦，不錯不急不滯，就能如樂曲中的高山流水、水光雲影，悅耳動聽。

不待溫榮再行禮，李晟已舉步離開。明日與謀反消息一起進朝堂的，還有五皇子。想到五皇子身子恢復，不用再住在遺風苑了，溫榮忍不住長舒一口氣。

回到廂房後，溫榮匆忙換上尋常襖裙，見外屋案几上放著早上送去南院的食盒，遂上前打開看了，食盒裡只剩三只空盤子，溫榮抿嘴輕笑，五皇子已收下回禮。可因燈市一事，她又欠了五皇子一個人情。

今日衙門放節假，溫世珩用過晚膳就到遺風苑與謝氏商量對策和等消息。

西州交河城過來的信已送至盛京城郊驛站，上元節好似方氏一族最後的狂歡。

穆合堂裡，謝氏與溫世珩面色皆有幾分落寞，溫家祖輩隨高祖辛苦打江山得來的丹書鐵券，如今要自祠堂請出了，作為晚輩，心下不免覺得愧對先人。

「名不正、言不順的爵位，遲早是禍害。」李晟沈聲勸老夫人與溫中丞下決心。

溫榮驚訝地抬起頭看李晟，李晟也正轉頭看過來。

目光相接，溫榮匆忙避開去，李晟只好假作什麼都沒察覺。昨晚李晟單獨求見了老夫人，溫榮娘對皇室一族的戒心很強，她不願告訴你的，會抿緊嘴唇一言不發，然李晟對黎國公府府內糾葛早已疑惑重重，與老夫人秉燭夜談解開疑問後，更堅定了他幫溫家三房的決心。李晟同時也希望老夫人能相信他，老夫人與榮娘皆非一心攀高之人，故他擔心將來老夫人會反對，直到得了老夫人首肯，他才放下心來，剩下的，只能靠自己。

溫世珩收起了先前稍顯軟弱的表情，趁著黎國公府溫老夫人還未歇息，告別眾人回府去了。

溫世鈺、溫世珀未出門賞燈，此時溫老夫人與三兄弟都聚在了內堂。

溫世珩將話說清楚後，祥安堂裡是一片死寂。

溫世鈺顫著嘴唇問道：「三弟，你的消息可屬實？我怎麼沒聽見半點風聲？」溫世鈺是武將，調崑山道節度使鎮壓方成利謀反，怎可能無公文？

溫世珩垂下頭，嘆氣道：「消息是五皇子日夜兼程送進京的，聽聞方節度使企圖瞞天過海，命人暗箭射殺五皇子。」

溫世珩的話如驚雷一般。西州交河城實屬山高皇帝遠的蠻荒之地，謀反之事不可能立即有定論，可倘若方成利傷了五皇子，那就是坐實了謀反！

溫世珀好半天才想起一事。「三弟，五皇子不是與你一道去了杭州郡，怎又會出現在西州交河城？」

幸虧是事先對好的話，溫世珩臉色蒼白地說道：「五皇子初始確實是與兒一道出盛京的，可中途五皇子接到京中密令，改了行向。密令兒不敢多問，更何況，兒無論如何也想不到方節度使會謀反。」

這事誰都不會想到！因方節度使抗西突厥軍功累碩，溫府沒少得聖主的賞賜。倘若無賞賜，溫府或許還能同方家撇開關係，如今聖主賞賜的金銀瓷器，就好似鎖鏈一般，牢牢地將溫、方二府綁縛在一起！

「阿娘，真的到還爵那地步了嗎？不若兒將方氏休了，如此我溫家就與她方家無任何關係了！」溫世鈺汗透衣襟，慌慌張張地說道。

溫世珩皺著眉頭，心下對大哥拋妻的想法很是不滿。

溫世鈺占著高官厚祿，卻沒有守住高官厚祿的腦筋才智，臨危就亂了陣腳。

溫老夫人耳邊嗡嗚作響，合眼靠在矮榻上一言不發。此時漫說方氏未犯「七出」，無理由休妻，就算是休了也撇不清關係了。

溫老夫人忽然睜眼看著溫世珩。「還爵可保溫府平安？」

溫世珩頷首道：「國公為一品爵，如今方節度使謀反，聖主定會對與方節度使有牽扯的勛貴重臣心生顧慮，縱是聖主此時不發落，往後也會因旁事遷怒到黎國公府的。與其被降罪奪爵，不若主動還爵，如此還可保住大哥在公衙的職務。」溫世珩看著滿屋子投向他的目光，吃了口茶，潤潤喉嚨。「歷朝不乏復爵的，只要我們再為朝廷立下功勞，溫府就有復爵的機會。」這句話是五皇子教他說的。能不能復爵無人知曉，但於溫老夫人等人而言，有希望就不會成窮途之兵，拚死抵抗。

溫老夫人覺得喘不過氣來，擺了擺手，咬緊牙與溫世鈺說道：「若方成利真謀反，照你三弟說的做。」

溫世鈺一灘泥般癱軟在了堂椅上。

溫世珀則吃著茶湯，不管不問了。如今阿娘瞧不上祺郎，故黎國公爵與他二房也無甚關係，哪日分家了，他黎國公真被降罪都與他無關，故溫世珀雖因方成利謀反一事而驚慌，但心裡卻有一股幸災樂禍的感覺。

溫老夫人命三兄弟散了，內堂安靜後，溫老夫人茫然地看著雕富貴牡丹花紋的紫檀案几，雙眼黯淡了下去，本已成死灰的顏色，忽又閃過一道明光——遺風苑那老傢伙怕是就打著復爵的主意！

溫世鈺由僕僮扶著回到嘉怡院，才上走廊就聽見方氏打罵溫蔓的聲音，溫世鈺胸口湧起一股惡氣。

溫蔓亦是才自燈市回來的，方氏知曉方三郎不但未令溫榮失名聲，反而被遺風苑的僕僮打傷了，氣得揪著溫蔓發洩。

溫蔓咬著嘴唇不敢吭一聲，直到溫世鈺進廂房，方氏才停手。

方氏見溫世鈺一臉鐵青，忙斟一碗茶親自捧與夫郎。

溫世鈺猛地抬頭瞪著靠近的方氏，一抬手重重將茶盞搧落在地，咬牙切齒道：「賤人！溫家被妳害慘了——」

溫蔓悄悄退出廂房，鬆開了牙齒，嘴唇上已有重重的血印。聽見廂房裡方氏的嚎哭，溫蔓面上露出了令人膽寒的笑容。

謀反消息進京後，朝堂一片大亂，黎國公率先請求還爵，聖主一口應下，絲毫不挽留。乾德十五年元月二十日，睿宗帝正式命應國公任交河道行軍大總管，同時破格立五皇子李晟為交河道總管，領軍趕赴西州與崑山道王節度使會合，捉拿反臣，征討西突厥。

溫榮將穆合堂的格窗打開，夾雜著杏花香的暖風迎面吹來，甘甜中帶了幾許青澀。溫榮瞇眼，舒適悠閒地望著窗欞上輕飄的軟煙簾幔。

「娘子，宮裡來了帖子。」綠佩捧著信盒到溫榮跟前。

溫榮取出了宮帖，那信盒中還有兩封信是與阿爺的，如今一家人終於在遺風苑團聚了。

溫世鈺還爵第二日，宮中禮部官員即入溫府祠堂，請走了國公爵丹書鐵券，高頭大門上的「敕造黎國公」金牌匾亦被取下。

盛京裡方府被抄檢，府中男丁女眷皆被關押。聖朝律例罪不及外嫁女，故方氏未獲罪，可其在溫家的地位一落千丈，溫家二房已由董氏掌家。

沒有了爵位的顧忌，溫世珩過繼到溫家大長房一事不幾日便被擺上了檯面。

為此，謝氏親自往溫府二房探望了溫老夫人，那日雖是不歡而散，可次日太后就賞賜了謝氏薄胎銅開嘴石榴紋青瓷，石榴意味著子孫萬代。溫老夫人氣得不輕，可再談過繼就很順利。改了家譜後，早年過繼溫世鈺一筆不再作數，而溫世珩正式成了大長房嫡子，二月初溫世珩一家搬到了遺風苑裡。

除了溫榮仍住在穆合堂廂房陪伴祖母，溫世珩與林氏皆看中了東園的紫雲居。紫雲居是照林氏與茹娘的喜好佈置的，留一處清幽靜雅的竹園，再在庭院裡新栽許多桃樹與杏樹。春日裡，桃杏枝椏上滿是鮮綠的嫩芽和芳好的花瓣，輕輕走過桃杏園，衣裙就會沾上沁人心脾的馨香。

遺風苑大門處的牌匾不幾日亦換了，三十年前的錯誤因丹書鐵券的交還而得以改正。黎國公府不復存在，隔了一條街，一邊是溫家大長房，另一邊是溫家二房。

溫榮打開宮帖，是丹陽公主邀請她去做女儐相的。溫榮思及丹陽公主，不禁莞爾一笑。前月丹陽公主寫信與她坦言緊張，可因宮中規矩，未嫁公主又不得隨意出宮，溫榮託宮女史送了一份堅果蜂糖乳酪酥與公主，丹陽再回信時直接將乳酪酥的做法要了去。

算來自己與琳娘、丹陽皆脾性相投，可比之琳娘，丹陽更直爽了，凡事皆不與她客氣。金枝玉葉裡，丹陽公主可謂是難得的賢良淑德，林大郎是有福氣的。

「榮娘，丹陽公主的壓箱禮可準備好了？」謝氏望著溫榮，慈祥地問道。

此時祖母與阿娘正在閒閒地玩雙陸牌戲。

溫榮搖了搖頭。「還沒呢，思來想去，沒有合適的。」她已親手做了一只珠聯璧合紋香囊，可丹陽貴為公主，單一只香囊是拿不出手的，面子上的壓箱禮還得準備了。前次送與嬋娘做壓箱禮的並蒂蓮紋棋子，是溫榮自杭州郡帶回盛京的藏品，現在溫榮是已沒有拿得出手的了。溫榮知曉阿爺雖官居四品，卻是清流，原先又與溫家二老夫人住在一處，平素只有歲奉收入，無田莊鋪子等私產，阿爺的收藏皆是古玩字畫。

謝氏瞧著丟出的骰子點數，故意走錯了兩步。林氏不如她女兒聰明堅強，一直輸，定會氣餒。謝氏吩咐汀蘭道：「庫裡有一套雙鸞點翠頭面，留在府裡也無甚用了，想來做公主的壓箱禮再合適不過。」謝氏與溫榮笑道：「院門和倉庫的鑰匙我都交與了妳阿娘，往後有需要的管妳阿娘要去，祖母年紀大了，許多物件兒都忘了。」

溫榮驚訝地看向阿娘，阿娘面露羞愧之色。想來阿娘過來長房還未一月，府裡事務都未曾熟悉，祖母卻已信任地將府內中饋交與阿娘打理了。

汀蘭捧與溫榮的是一整套十二支赤金累絲嵌純色和闐青玉雙鸞花簪。十二支花簪花色各異，栩栩如生的赤金花瓣竟能薄如蟬翼，隨指尖觸碰，微微輕顫。

丹陽公主全大禮之日，謝琳娘約了溫榮一道前往，宮裡賜丹陽公主的府邸亦在興寧坊。二人到公主府時，尚宮局女官正在為丹陽公主上妝，厚厚的傅粉螺黛往臉上撲著，端麗面容被裹成了粉面葫蘆。

溫榮好笑道：「原來嬋娘的妝已是薄的了。」

丹陽瞪了她一眼，臉上的粉幾乎要落下來，尚宮局女官慌忙阻止。

溫榮與琳娘撐不住，又是一陣笑。

溫榮過來了才知曉，丹陽還請了張三娘與另一位溫榮不曾見過的女娘做儐相。問了知那一身銀紅束胸裙的陌生女娘，是吏部王侍郎家嫡出二娘子，王侍郎是上月由東平郡調入盛京的正四品上階京官，為琅琊王氏中人，與王淑妃是姑表親。

溫榮好奇地打量她二人，不知為何張三娘一直在與王二娘打眼架，因此她低聲向琳娘問道：「她二人是舊識？」

琳娘搖了搖頭，壓低了聲音道：「她二人亦是剛認識不久的。」

溫榮一頭霧水。「若是才認識，如何仇人似的？今日丹陽公主全禮，她們板著臉，叫旁人作何想法？」

琳娘掩嘴解釋道：「丹陽公主不會在意她二人，公主是看在了王淑妃的面上才請她們做女儐相的。她們這般舉動是為了五皇子，如今五皇子有軍功在身，此次再隨我阿爺一道前往西州交河城，若能捉拿到反賊或親斬西突厥大將，更是大功一件，回京了不知有多風光。」

溫榮一怔，心不在焉地道：「五皇子有了軍功，與她倆何干？」

琳娘見溫榮面色有異，狡黠一笑。「宮裡放出消息了，聖主要賞賜五皇子府邸，亦是建在安興坊。五皇子已到了議親的年紀，前幾日王淑妃將張三娘召進宮說話，似是很滿意張三娘。五皇子的生母早逝，自幼由姨母王淑妃帶大，該是親厚。張三娘欽慕屬意五皇子，得了王淑妃賞識，她便認為那等好事要落在薛國公府了。不想王侍郎此時調入京中，琅琊王氏可是王淑妃母家，王二娘亦待嫁閨中，妳說是不是該亂了？」

溫榮撇撇嘴。以王淑妃的心思，定會選張三娘的，不知她將母家女娘放在身邊有何用意？溫榮收回目光，王淑妃素來裝神弄鬼，手段頗多，可與己無關，也不願再多想。

不一會兒，尚宮局尚宮夫人上前請溫榮與琳娘為丹陽公主簪理花冠。

丹陽公主換上一身大紅織金展翅金鳳紋紗羅廣袖華服，梳著飛天髻。

溫榮自紅綢錦盤捧出赤金明黃展鳳翅花冠與尚宮夫人。

尚宮夫人為丹陽公主正冠後，廂房外便傳來歡喜通報——

「駙馬車馬已到了公主府！」

琳娘忙將蔽膝奉上，丹陽公主遮上了蔽膝，尚宮夫人笑言溫榮等人可去院子裡鬧駙馬了。

溫榮與琳娘相視一望，頗有幾分尷尬，張三娘與王二娘見有熱鬧，早興沖沖地跑出去了。

丹陽公主朗聲道：「今日三哥做儐相，想來琳娘是不敢去鬧的，妳倆不如在屋裡陪我。」

尚宮夫人聽丹陽公主說話，阻止道：「殿下可千萬不能再說話了，不合規矩的。」

庭院鬧了好一會兒，溫榮與琳娘才將丹陽扶入正堂。行送雁入懷禮時，駙馬林大郎冷著張臉，動作很是僵硬，旁人都道駙馬太緊張了。

就在溫榮扶丹陽公主退出正堂時，林大郎望著溫榮的背影，面上一閃痛色。

李奕與謝琳娘目光相碰，李奕衝著琳娘微微一笑，琳娘登時羞紅了臉，低著頭不敢再看過去。

行過催妝禮，丹陽公主被送上了車輦，一行人浩浩蕩蕩、喜氣洋洋地往中書令府去了。天已近暮色，溫榮與琳娘相攜離開公主府。

琳娘面似惆悵，溫榮玩笑道：「琳娘可是羨慕丹陽公主？不若求了聖主，讓妳與三皇子早些全禮，二人回府甜蜜，沒得在外招人嫉妒。」

琳娘羞得臉發燙，她與三皇子對視定是被溫榮瞧見了！琳娘輕敲溫榮手背，道：「說正經話，妳再胡謅，我卻是不理妳了！」

頓了頓，琳娘低聲道：「不知六月時，阿爺是否能回京？」

溫榮聽言，眼神微暗，心下有幾分酸楚。如今應國公與五皇子皆在邊城領兵剿反，若是順利，或許能回京趕上女兒全禮，可若是……溫榮輕嘆一聲，她也不知該如何安慰琳娘。

今時盛京已春暖花開，可邊城仍舊是紛紛飛雪冰百丈，五皇子肩上的傷雖已大好，可若不能好生將養，往後怕是難熬的。

兩位女娘各懷愁緒，正要作別蹬馬車回府了，卻聽見不遠處傳來吵鬧聲。琳娘吩咐婢子打探消息，才知道是王二娘和張三娘在公主府門外吵起來了。

溫榮、琳娘二人耐不住好奇，拈著裙過去看究竟。

張三娘今日著翡翠羅絲高腰襦裙，與王二娘正好一紅一綠。一人罵田舍奴，另一人回罵落魄戶，二人皆凶極地瞪大了眼，活像兩隻烏眼雞。

原來先才杖打鬧駙馬時，王二娘的竹枝未長眼，幾下都避過了駙馬，直直往張三娘身上招呼，若不是被旁人拉開，她二人怕是已廝打上了。

這時尚宮局尚宮夫人由女官護著走出公主府，冷冷瞧了王二娘與張三娘一眼，一語不發地乘馬車回宮去了。

謝琳娘拉了拉溫榮。「榮娘，妳可知那尚宮夫人是何人？」

溫榮疑惑地搖了搖頭。那一世她入宮後尚宮局夫人便換成了王淑妃的親信，故溫榮對現在的尚宮夫人並無印象。

琳娘好笑道：「妳可真真是兩耳不聞窗外事！楊尚宮是弘農楊氏人，既是朝武太后的族親又是親信，張三娘與王二娘今日之舉少不得要傳到太后耳裡了。」

溫榮一笑，低下了頭去，無意再看她二人為五皇子撕破臉皮的模樣。張三娘出自勛貴之家，王二娘是王淑妃族親，身分皆貴不可言，不知五皇子最終會選了誰？

溫榮拉了拉琳娘道：「時候不早，我們該回去了，否則一會兒坊市要閉門了。」

謝琳娘頷首道：「對了，明日我們還要過去中書令府，為丹陽公主設宴招待賓客的，可莫要忘了。」

丹陽公主的全禮日十分順利，次日丹陽公主亦規規矩矩地奉茶事舅姑，林府長輩總算鬆了一口氣。

尚公主雖是極大的榮耀，但沒有多少人家願意領這份殊榮，許多人甚至避之唯恐不及。聖朝民諺更有言「娶婦得公主，無事取官府」。公主身分特殊尊貴，關於尚公主府中姑媳、夫婦間尊卑顛倒、極難相處的例子屢見不鮮。

林府心思同樣如此，林中丞初始不過是有意親王府郡主，不曾料到琛郎最終會尚公主，早知如此，林中丞寧願一早就為琛郎定下親事。好在丹陽公主確實卑委怡順，閨門有禮。

溫榮與琳娘落馬車時，林府已門庭若市，前院裡聚滿了登門道賀的賓客。瑤娘帶著溫榮和琳娘至廂房同新婦子丹陽公主說話，瑤娘如今是丹陽公主的小姑子了。

趁著林瑤去廚裡吩咐茶點，丹陽猛地抬頭，顰眉望著溫榮道：「榮娘，妳與林大郎早已相識，可知林大郎是何性子？」

溫榮怔忡片刻，不知丹陽公主此問話是何用意？

另一旁，琳娘端著茶碗的手微微一緊。

丹陽公主面上神色頗為複雜，溫榮如實說道：「我與林大郎雖因姑表親而相識，可亦是不相熟的。聽我哥哥軒郎說了，林大郎在功課上極為嚴謹，教授哥哥功課時更是嚴厲。」

溫榮又輕鬆笑道：「我哥哥是怕林大郎得很！」

聽言，丹陽公主執起帕子捂嘴笑起來。「原來真是這般性子！不想林大郎與五哥一樣，是個冷面不說話的。」

琳娘這才打趣道：「公主可是在埋怨林大郎不疼人？」

丹陽面上有幾分黯然，豈止是疼人不疼人的問題。昨日分明是她與琛郎全禮的大好日子，可琛郎卻幾未展顏笑過，便連同牢禮與合巹酒，琛郎亦是應付的。

若說琛郎不會笑，為何去年的曲江宴上，他又能同三哥他們把酒言歡？三哥分明說林大郎性子是最好的，溫文儒雅，極好相與，若非如此，她亦不會毫不猶豫地求太后賜婚。

新婚之夜，丹陽半夜醒轉時發現身邊人已不見，直到用早膳，丹陽親自詢問林大郎，才知曉他是去了書房。思及此，丹陽覺得胸口發悶。那可是他二人大婚的第一夜，為何對她那般冷漠？

溫榮與琳娘陪著丹陽至前院謝過了賀喜賓客，今日杜學士和嬋娘也帶著禮物過來了。林大夫人、嬋娘、瑤娘待丹陽公主極為客氣，雖說滿臉堆笑，可溫榮卻能感覺到笑容背後的疏離。

謝過賓客後，楊尚宮扶丹陽公主往內室更衣換妝，琳娘則被相熟的女娘拉到另一處問話。溫榮正百無聊賴地吃著茶湯時，嬋娘撇下杜學士，笑盈盈地過來陪她了。

嬋娘紅光滿面，可知日子過得滋潤。

嬋娘吩咐婢子將茶碗和食盒送了過來，二人坐在一處說話，初始嬋娘不過問些糕點的做法，必是要做與杜學士嚐的。溫榮也不點破，只瞧見嬋娘認真記憶的模樣就覺得有趣。不想曾經為了一局半盤棋可廢寢忘食的棋癡，如今在心上人面前變得如此賢慧能幹。

嬋娘忽然靜謐了片刻，終擔憂地與溫榮說道：「榮娘，我擔心大哥。大哥與杜郎在一處當職，就連杜郎都發覺了大哥的不對勁了。大哥的心結還未解開，可無論如何，大哥終究是尚了公主，倘若因此連累到府裡，真不知該如何是好。」

嬋娘口氣哀怨，溫榮實是無奈，她不過是個外人罷了，只能往好的想了。「丹陽公主心裡是有林大郎的，過些時日順理成章說不得便好了。林大郎定能明白丹陽公主的心意，就如妳與杜學士一般，能琴瑟合鳴。」

嬋娘嘆一聲，苦笑道：「丹陽公主的心意或許與我一般無二，可大哥卻與杜郎不同，杜郎心似浮萍，可大哥卻已是磐石……」若是浮萍，用心了就能留下，可磐石，不知丹陽公主是否有水滴石穿的耐心？

西州邊城北風捲席，目之所及皆是曠遠蒙白的冰雪，風雪中隱約可見三兩零落草木和折斷的白草。

西突厥大將阿史那步魯領五千兵馬，在碎葉城川道阻攔聖朝軍西進，僵持數日後，李晟憑藉萬夫莫擋之勇力斬了阿史那步魯。西突厥先路軍群龍無首，四處潰散。應國公、五皇子等人順利進入西州交河城，可方成利已領兵退往吐火羅一帶。

聖朝兵士暫駐於碎葉城外，兵營前燃著熊熊篝火炙烤牛羊，慶祝斬突厥大將，首戰大捷。

李晟巡視了守營兵士，遣退侍衛後提水囊獨自登上岩壁石，岩壁石旁題著「君不見沙場征戰苦」等詩句。放眼望去是一片絕域蒼茫和邊庭飄搖，確是令人心生寂寥。

離開盛京已有數月，想來南院碧雲居的雪已化盡，溫中丞一家該正式過繼到遺風苑了。夜色裡李晟眼眸微涼，仰首將水囊清釀一飲而盡，梅花玉石在手心相撞發出了幾聲脆響。李晟將漸次綴著梅花玉石的天青色絲條提至眼前，映著盈盈雪光，平靜笑容裡帶了幾許迷濛。上元節那日他打開食盒見到絲條時，先是不敢置信的，後一聲不吭地戴上了。

李晟目光落在絲穗末處，眉心緊鎖。絲條上本該有七顆梅花玉石，不知何時掉了兩顆，少了梅花玉石的那幾縷冰絲線捲曲纏繞著。沈重的戎裝忽令李晟有幾分煩躁。

「五皇子！」

身後傳來渾厚的聲音，是交河道大總管應國公謝嗣業。李晟作勢要將絲條收起，可謝將軍已大步行至一旁。「謝將軍。」李晟起身，畢恭畢敬地與應國公行抱拳禮。應國公的征戰經驗和統兵布勢令李晟由衷佩服。

「如今方成利退往吐火羅一帶，定是投靠了阿史那賀真，阿史那賀真騎兵果猛，這一仗還有得打。」謝嗣業蹙眉說道。

李晟略沈思片刻。「再往西進就過曳河了，那時賀真必將領兵來拒，我等不若與王節度使兵分兩路，步兵據守南面高地，騎兵列陣北坡。」

謝嗣業略思片刻，頷首讚許。「此法甚好！」

應國公正要令李晟早些回營帳歇息，餘光瞥見李晟手中緊握的玉石絲絛，爽朗笑道：「可是心上人送的？」

李晟一怔，面色不變，自然一笑只作默許。

「念想隨身帶至邊關了，便是不願做白骨，誓要還鄉。」謝嗣業取出一只魚口處金線已散開的舊色香囊，豪爽道：「是惠娘與某的，那年某與惠娘未訂親，但某答應吐谷渾一戰後回去娶她。」應國公所說的惠娘即是謝大夫人，是琳娘的生母。

李晟自書中讀過吐谷渾一戰，那一戰傷亡極其慘烈，祁連山脈大河上游谷底處滿是森森白骨。

許是邊城缺水乾燥，李晟的嗓子有幾分沙啞。「我不知回京後是否能娶她……」應國公與謝大夫人是早有盟約，可榮娘知曉他要離開遺風苑時，卻是鬆一口氣，一臉釋然。

應國公詫異道：「她已與旁人定親？抑或是為賤籍？」

李晟搖了搖頭。「她未議親，為盛京貴家女娘。」

應國公朗聲大笑，轉身而去。「殿下早些回幔帳休息吧！戰事後憑藉軍功求聖主賜婚，無人敢攔你！枕邊人若無愛意，半生戎馬到頭來不過一場空啊！」

六月的盛京似被火爐炙烤般悶熱焦躁，溫榮迷迷糊糊地靠在矮榻上看書，自庭院好不容易吹過一陣風，可卻熱滾滾的。

「榮娘，過幾日五皇子就要將反賊方成利等一干犯官押解進京了！」溫景軒一打聽到消息，就興沖沖地往溫榮廂房來了。

溫榮揉了揉眼，她有聽聞五皇子力斬了西突厥大將，而後對抗阿史那賀真時，五皇子依勢布長矛陣，阿史那賀真騎兵多次衝擊長矛陣，都未撼動聖朝軍分毫。最後聖朝步兵與騎兵夾擊大敗西突厥騎兵，阿史那賀真被活擒。李晟等人遵照聖主之意，與突厥可汗商議，用阿史那賀真交換了反賊方成利。

不幾日，琳娘將全禮嫁去臨江王府，希望應國公能在之前趕回京。

溫景軒顧自地激動說道：「榮娘，待五皇子回京那日，我們一道往天街瞧了熱鬧可好？」

溫榮抬頭看了軒郎一眼，謝嗣業大軍班師回朝那日，聖主將親臨皇城樓接迎，整個盛京都會為之轟動，必是萬民歡騰的熱鬧景象。

溫榮將手中把玩的九連環放回了案几，輕笑道：「我不去了，聖朝軍大捷，聖主與太后將在宮中賜宴，說不得要準備了陪祖母進宮赴宴道賀的。且如今聖朝軍歸期未定，倘若那日非國子監旬假，軒郎亦是不能去的，真遇上旬假，軒郎可約了同窗同行。聽阿爺說，國子監學裡有好幾人皆是品德上佳、才華橫溢的。」

溫景軒微微皺著眉頭，頗為掃興。

溫世珩前些時日與國子監丞一道吃酒，國子監丞陸陸續續誇讚了國子學裡的幾名生員，稱他們皆是天資穎慧，功課又十分勤勉的，偏偏國子監丞誇讚的生員裡沒有溫景軒，溫世珩回府就將溫景軒喚到書房考功課。今時三皇子朝政之事繁忙且大婚在即，鮮少出宮；五皇子離京已近一年了；林大郎在翰林院當值，得空了雖還會教習軒郎功課，可次數屈指可數。軒郎心思又被騎射武功分去了不少，功課免不了退步，被阿爺考得一身是汗。

馬車拉著囚車，碌碌行駛在泛著白光的鹽玉地上。方成利死死地瞪著五皇子，他為大聖朝遠離盛京家眷守邊關數十年，歷經無數戰事，竟然落得此番下場。方成利後悔當初不曾聽西突厥可汗所言，實是因未想到太子在朝中會如此不濟。當初太子允諾，只要他肯盡心扶持，待太子榮登大寶後會宣他回朝，賜國公爵位，享高官厚祿。

他與西突厥勾結，也不過是劫持進貢之物罷了，坐擁金山銀山的聖主豈會差了那些？雖說成者為王，敗者為寇，方成利卻實是不甘心敗在五皇子這黃口小兒的手上！

謝嗣業大軍行至大沙海即將出西州境時，突遭伏擊！原來方成利逃往吐火羅時，藏了心眼，留了一支人馬往東南方向，躲藏在大沙海一帶。李晟等人日夜兼程趕路，精力比不得在此休生養息的漏網之魚。闞周為方成利手下一員猛將，此次伏擊就是為救出方成利！

方成利的囚車四周團團圍著兵士，應國公更提槍親守，闞周知直接劫囚不易，故掄著闊斧直逼五皇子李晟，欲以其人之道還治其人之身，要挾持五皇子換回方成利！

李晟忽覺眼前明光一閃，不遠處的應國公都變了臉色……

應國公終歸未趕上琳娘大婚，聖朝軍在途中遭殘兵阻截，被耽擱了數日。好在琳娘全禮日十分順利，三皇子李奕很是溫柔體貼。

溫榮由衷地替琳娘高興，觀禮人中最不好受的自是二王妃韓秋嬏。韓秋嬏牢牢盯著謝琳娘，恨不能在她身上燒出幾個洞來。

七月二日，聖朝軍抵達盛京，應國公等人領少量輕騎，守囚車自金光門入城，沿天街穿行而過。

溫榮雖未出府，卻也知曉盛京必在為應國公和五皇子的凱旋歸來慶賀，想來是十分熱鬧。

今日溫世珩還未下衙，溫景軒倒先回到了府裡。

溫景軒路過穆合堂時，偷偷摸摸地往庭院裡瞧了瞧，見只有溫榮一人在庭院涼亭裡撫琴，長舒了一口氣。

軒郎的靛青素色絹紗袍衫已被汗浸透了，溫榮眉頭幾不可見地微微一皺，正要喚軒郎往涼亭說話，溫景軒卻與自己打了個噤聲的手勢，再慌慌張張地跑回紫雲居沐浴和更換袍衫。

溫榮命婢子將琴收起。

綠佩上前為娘子取下了細白指尖上的銀甲，一頭霧水地與娘子道：「娘子，二郎君比前日旬假回府時黑了許多，郎君不是在學堂裡上學嗎？怎能曬到那許多日頭？」

綠佩都瞧出端倪了，軒郎還妄圖瞞著阿爺？溫榮柳眉微挑。國子學分明未放假，可軒郎卻去天街看了熱鬧，阿爺知曉後少不得一頓說教。

碧荷照溫榮吩咐，端來了湃涼的五香飲和水晶糕。

軒郎換一身白面絹服後就過來了，端起五香飲一口飲盡，激動地說道：「榮娘，今日五皇子一身銀光盔甲，騎在高頭大馬上，好不威風凜凜！」溫景軒兩眼都快放出了光來。「天街兩旁被圍得水洩不通，不想五皇子竟然從茫茫人群裡看到了我，還衝著我笑了笑！」

溫景軒一副樂得找不著北的模樣，溫榮忍不住問道：「軒郎，國子監學的課呢？」

溫景軒這才回過神來，尷尬地撓了撓頭。「我與國子監主簿請了一日假，榮娘，這事可千萬莫叫阿爺知曉了。」

溫榮沈著臉道：「此次我不告訴阿爺、阿娘便是了，但若再有下次，我必是不會幫你遮掩的。自杭州郡回盛京後，你是越發膽子大了。」

溫景軒收起笑，蹙眉嚴肅地道：「榮娘，這幾日我仔細想過了，我知曉阿爺和阿娘盼我考上進士科，並借此入仕，可我心底卻希望將來能同五皇子一般馳騁疆場，親手擒拿反賊突厥，擴我聖朝疆土。修得文武藝賣與帝王家，不論是習文或習武，我們男兒皆是望在有生之年能做一件為國為民的大事，既然如此，為何不遂自己心意？」

溫榮一怔，每年裡入盛京趕考的舉子多是為了功名利祿，為了以後能過鐘鳴鼎食的生活，可軒郎只想到男兒抱負。溫榮雖讚許軒郎的想法，但上戰場非兒戲，性命攸關真的很危險。「阿爺如今連武功師傅都不肯為你請，還是安心學習吧。」出於私心，溫榮自希望軒郎能安分地考進士科，一家人安安穩穩地過一生便好。

溫景軒道：「五皇子在離開盛京前教了我好些功夫，這大半年裡我沒有將武功落下。五皇子已回京，待五皇子得了空，又可教習我武功。五皇子是力斬了西突厥大將的，功夫必定比武功師傅高明上許多！」

溫榮無奈地嘆了一口氣。「但願名師出高徒。」

溫景軒誤以為榮娘在誇他，正要低頭謙虛兩句，想想卻覺得不是味兒。五皇子是名師無疑，這麼說來，榮娘在指他不一定能成高徒？

應國公、五皇子等將軍卸下佩劍，著戎裝直接進殿拜見了聖主，睿宗帝激動地親自走下玉階，拉起應國公與李晟。

麟德殿已擺好了慶功宴，李晟先回蓬萊殿換下沈重戎裝，穿上朱紅金紋四爪蟒袍。

三皇子李奕成親後搬至安興坊臨江王府，知曉五弟大勝歸來，既驚又喜，此時親自在蓬萊殿等候五弟。

慶功宴直到亥時才結束，待賓客散盡，李晟大步流星至聖主寢宮大和殿，見殿內燈火未滅，李晟請內侍通傳，請求陛見。

謝氏與溫榮收到了朝武太后邀請七月四日往宮中赴宴的宮帖。

溫榮著月華雲紋半臂襦裳和丁香色繡芍藥紋束胸長裙，百合髻上簪兩支綴花穗小金釵。謝氏第一次覺得榮娘打扮太過尋常，五皇子終歸是他們府的恩人。

溫榮無奈，只得再添了一支梅花玉簪。

謝氏一到延慶宮，就被宮女史請去了內殿與太后說話。

溫榮則隨宮婢往側殿而去，進殿瞧見丹陽公主面帶鬱色，正與三王妃謝琳娘低聲說著什麼。

琳娘朝溫榮招了招手，溫榮這才笑盈盈地向她二人走去，端端正正地行了宮禮。

丹陽公主放下茶盞笑道：「與我倆這般見外，可是沒意思。」

溫榮微微笑著，踞坐於席上。先才分明見她二人說著什麼，可她過來後，卻噤聲不語了，一時的靜默令溫榮心下有幾分不舒服。

好一會兒琳娘才打破了沈默，開口邀請丹陽公主與榮娘過兩日去臨江王府做客。

丹陽公主忽然皺眉不滿道：「如今妳二人皆是住在了安興坊裡，平日裡往來是極方便的，偏我一人在那勞什子興寧坊了。過幾日待我求了聖主，將公主府也搬去了安興坊，與妳二人在一處！」

溫榮與琳娘聽言大驚失色，丹陽公主該是住在林府的，如何能說出搬回公主府的兒戲話？若叫有心人聽去，必會拿此事作文章，於丹陽和林大郎二人的名聲皆不好了。

琳娘扯了扯丹陽，丹陽不以為然地撇撇嘴，擺過臉，眼眸卻似有潮濕。

溫榮與丹陽公主、三王妃在側殿裡說閒話，太后亦向謝氏問起了府裡的事情。「溫中丞一家已過繼到妳膝下半年了，二房老夫人可還有尋了妳麻煩？」

謝氏吃了口茶笑道：「她府裡的事情還未鬧完，暫時不會過來尋麻煩。」

二房的溫世鈺對方氏未留半分夫妻情意，數次放言要休妻，方氏無依無靠自是不允，只以死相逼，聽聞白綾日日攥在手裡，可又害怕縊死時可怖的模樣。如此一來，溫府二房是日日雞犬不寧。

太后若有所思地點了點頭，似是忽然想起什麼。「榮娘年紀不小了，可議親了？」

謝氏猶記得去年太后確實說過要將榮娘親事放在心上的話，搖了搖頭道：「不曾議親，她阿爺打算在今年進士郎裡看看是否有合適的。」

太后笑了起來。「我為四丫頭相中了一位，年齡、品貌皆合適。」

謝氏皺眉問道：「太后是指？」

「就是我的孫兒李晟。晟郎妳是見過的，非我這當祖母的自誇，晟郎容貌在盛京裡，除了他三哥外是無幾人能及了。如今在邊城立了軍功回來，亦非遊手好閒的品行。與四丫頭可般配？」

朝武太后銀白的鬢角微微發亮，眉眼帶著笑意，耐心地看著閨中好友。

謝氏倒是未太過驚異，年初五皇子離開遺風苑前即有暗示一二，當時五皇子出征在即，為了讓五皇子安心赴邊關，她是未明言反對五皇子回京求賜婚的想法。那孩子確實處處都好，可他的姨母卻是個裝神弄鬼的。謝氏雖不反感五皇子做孫女婿，可還得幫幫榮娘，好歹將來少一分膈應。

謝氏思忖片刻，輕鬆笑道：「太后如何拿我尋開心？我如今雖大門不出、二門不邁的，可眼睛、耳朵還好使，知曉外面發生的事。王淑妃將她族家娘子日日帶在身邊，還有薛國公府的張三娘，此段時間怕是沒少與二王妃一道進宮探望太后您了，五王妃從她二人中選，才合情合理。」

思及王二娘與張三娘，太后面露不喜，擺擺手道：「她二人我一個也瞧不上眼！晟郎是我看著長大的，豈能由他姨母王淑妃胡來？聖主賜的婚，有誰敢在後頭嚼舌根？」

丹陽的全禮日，楊尚宮自公主府回來就與太后說了張三娘、王二娘在府門前發生爭執之事。這般魯莽和少心眼，是無資格做她孫媳婦的。前幾日王淑妃亦多次往延慶宮探她口風，她偏就不肯鬆口，不冷不熱地說此事待晟郎回京後再作商議。

除了不滿那二人，朝武太后對孫兒李晟亦有滿腹驚訝。太后曾憐惜晟郎生母早逝，初始偏疼了些，可終究耐不住晟郎清清冷冷捂不熱的性子。當時李徵與李奕又是極得人疼的孫輩，因此沒過多久，她就涼了那顆心，鮮少過問晟郎的事。

不想晟郎平日裡不聲不響，一副凡事皆不放在心上的模樣，關鍵時候卻不含糊。回京第一日，趕在聖主未頒賞賜前，先求了聖主賜婚。

不論晟郎對溫四娘是否真有情意，此舉與他是利大於弊的。晟郎如今戰功赫赫，倘若娶了王氏女，聖主必定不能給他安排實缺，空做閒散皇子實是可惜了他的一身武藝；若娶了溫四娘便不同了，溫四娘的阿爺是言官，祖母又是她的好姊妹，李晟有了枕邊人溫四娘的牽制，聖主與她都能放心。前黎國公和前黎國公夫人是她與聖主皆敬重的人，故縱是皇室已做好了打算，她也要提前告知婉娘。兩個孩子郎才女貌，想來婉娘初始不情願，由她勸說上幾句，定是能想通的。

謝氏眉頭一皺。挑明了說出重話。「全盛京貴家都知曉五王妃要在她二人中選，此時賜婚五皇子與榮娘，豈不是明著打他兩府巴掌？往後王淑妃定不會給榮娘好臉色看了。」

朝武太后笑了起來。「我本就心疼榮娘的，待榮娘嫁與晟郎了，我待榮娘自如同待丹陽一般，誰敢讓榮娘不愉快，我是第一個不答應。老妹妹，我可算是聽出來了，妳心裡對晟郎這孫女婿是滿意的。我原先就不止一次與妳說過，好親事人人都在搶，就算是進士郎，盛京裡也是有許多三姑六婆盯著。瞻前顧後、患得患失可非妳性子。拋開其他先不言，晟郎我是最清楚不過的，不苟言笑、冷面冷心的一人，千里迢迢自邊城回來後，竟一夜都不肯耽擱地去向聖主求賜婚，單憑這一點，就可知他對榮娘是有心的。」

謝氏伸手去拿茶杯。「我要問問榮娘的意思。」

「老妹妹，妳卻也是老糊塗了，四丫頭一個未嫁女娘，怎可能有那許多心思？妳巴巴兒地去問，反而臊得她不敢答應。祖母為孫女相中的定是好的，」朝武太后頓了頓，又提醒道：「如今溫家爵位雖還了，可聖主還念著前黎國公溫尚書，溫家曾祖、開國功臣溫孝恭的畫像亦是永世掛在天辰閣的。妳有了五皇子做孫女婿，倘若後輩勤勉，說不定妳大房還能復爵。縱是妳無此心思，溫家二房的人仍虎視眈眈地盯著，妳可知二房與鎮軍大將軍府往來密切？」

謝氏未料到太后會提起溫家爵位一事，只思及五皇子住在碧雲居的日子，每日榮娘與五皇子弈棋說話確是和睦，在許多事上甚至是五皇子讓著榮娘的。她是過來人，看出了五皇子對榮娘有心，終於鬆口道：「今日就算我不同意，妳也會想法子說服我吧？」

朝武太后眼裡流露出笑意，她這老妹妹面容和語氣雖溫和和善，但眼睛卻毒辣得很，若不是早瞧中了五皇子，也不會如此容易鬆口。朝武太后命宮女史將楊老夫人與謝夫人等請進殿一起吃茶說話，再轉頭笑著與謝氏道：「前幾日劍南道進貢了上好的峨眉雪芽與顧渚紫筍，我特意為妳留了兩匣。」

側殿裡，溫榮、丹陽、琳娘三人正坐一處吃茶，忽然有宮婢過來，蹲身與三人見禮後說道：「德陽公主請丹陽公主、三王妃、溫四娘敘話。」

溫榮抬眼望去，只見二王妃韓秋嬏正與德陽公主在一起，心裡隱隱不安，可丹陽公主已起身，不得已只能一道過去。溫榮規規矩矩地與德陽公主、二王妃行了禮。

對於溫榮的行禮，韓秋嬏很是受用，想起從前溫榮淡漠似目空一切的眼神她就氣憤難消，如今在自己跟前還不是得低眉順眼、卑躬屈膝？

聽見免禮，溫榮才站直了腿，只見韓秋嬏拂了拂手背，似要掃去什麼，顯眼的高髻上戴一支金線攢層層疊疊石榴花的金釵，石榴寓意多子多孫，難不成二王妃如今放下了念想，一心一意侍奉二皇子，更有心簪石榴花討太后歡心？

韓秋嬏目光飄過溫榮與三王妃謝琳娘，落在丹陽公主身上時雙眼彎成了月牙，溫和地笑道：「我可真是羨慕妳們三人，每次碰面聚在一起都有說不完的話。」

德陽公主故意板著臉說道：「二王妃是嫌與我在一起太悶了？」

「哎喲，我不過隨口一說，卻惹來這罪名！」二王妃抬手輕翹尾指，掩嘴笑道：「我的意思是，如今我們是一家人，本更該坐一處說話的，如此可見丹陽待溫四娘很是不一樣。」

二王妃手腕上戴了一只嵌鴿血石赤金銜環白玉鐲，顏色深紅如血的寶石映著壁牆上的燭火，十分耀眼。

「二嫂說笑了，丹陽好幾日不曾見到榮娘，今日實是難得聚在一起。若丹陽言談舉止有令二嫂誤會的地方，還望二嫂見諒。」丹陽不冷不熱地客氣回道。

「無怪祖母與阿爺皆喜歡丹陽，可是謙恭有禮。」德陽公主不動聲色地吃著茶。「對了，今日駙馬是否過來了？」德陽放下茶盞，抬眼望向丹陽。

丹陽一怔，她根本不知曉琛郎是否會過來，若是過來又將在何時？琛郎每日卯時不到就起身去公衙了，今日亦是如此，未與她多說一句話。丹陽在她二人的目光中低下頭去，心虛道：「太極殿有朝會，待下了朝會後，琛郎約莫就過來了。」

德陽拿起帕子輕輕摁了摁嘴角，鳳眼微微上挑，頗含意味地看了丹陽一眼。「駙馬雖被提為修撰，可也不過是七品官職。我聽聞駙馬以公事繁忙為由特意請了夜行令，時常過了戌時才回府，妳是他妻子，某些事該多用心。」

丹陽的指甲幾乎要刺到手心裡。皇姊四度和離，又有何資格說了這話？丹陽咬咬牙，點頭應下。

二王妃合上茶盞，瞪眼很是驚訝。「我還以為駙馬在公衙裡很清閒呢，前幾日我聽妳二哥說的，駙馬常陪溫四娘的哥哥騎馬練騎射啊！我說的可是真的，溫四娘？」

韓秋嬏終於合上兩片不薄卻頗為利索的嘴唇，微抬下頷，樂見丹陽公主與溫四娘的眼神慢慢僵硬。

溫榮終於收回神，轉頭看丹陽，二人目光相接，丹陽旋即閃躲開去，雙眼早不似以往清澈明亮，透著幾分複雜之色。

第二十四章

溫榮心一緊，指尖微微發涼，林大郎雖有陪軒郎練騎射，但次數極少，漫說林大郎確實同軒郎有往來了，單憑韓秋嬏如今貴為二皇子妃，她就不能反言相對。

溫榮撇開思緒，蹙眉不安地說道：「定是哥哥不懂事，纏著駙馬教習騎射了。」溫榮坦然地望了丹陽一眼。「哥哥一直想學武功，可阿爺要求哥哥考進士科，遲遲不肯為哥哥請武功師傅，哥哥知駙馬精於此道，很是欽佩。如今知曉了駙馬公事繁忙，定不會再去尋駙馬了，還望公主與駙馬見諒。」

丹陽微微一笑。「琛郎是軒郎表兄，得空了教習騎射並無不妥。」

過了一會兒，宮婢請女眷往前殿用席面，溫榮這才與丹陽公主等人分開。德陽與丹陽等公主陪太后至上席，二王妃與三王妃得太后之命，各自陪在阿娘身邊，溫榮亦扶著祖母入座。

謝氏幾次張口要與榮娘說話，可總有人在她關鍵話要出口時上前與她道好。半席後，謝大夫人領著琳娘坐於她們身旁，琳娘時不時意味深長地看溫榮幾眼，眼裡毫不掩飾地流轉著狡黠笑意。謝氏又好氣又好笑，先才太后請楊老夫人與謝大夫人往內殿說話時，就笑談了她們要做親家一事，不想三王妃比榮娘這當事人知曉得更早。

用過了席面，延慶宮搭起了戲臺子唱秦腔。

戲臺上正在演「虯髯客傳」，朝武太后喜歡熱鬧，領了女眷至前席一邊聽戲一邊說話。戲裡一名紫衣戴帽髯鬚人，豪爽地一甩袍衫，大步跨開，抱拳道：「觀李郎儀形氣宇，真丈夫也……」

溫榮與祖母分開後，與琳娘一道坐在旁席，此時看得津津有味，忍不住執起綴梅花冰石穗子的鮫紗團扇掩嘴輕笑。

雖說「虯髯客傳」溫榮看了許多遍，可宮中優伶比之尋常戲班子，演技可謂十分精湛，「風塵三俠」栩栩如生。

琳娘拈起一小塊花截糕慢慢吃著，一雙杏眼滿含興味地瞧著榮娘，見榮娘仍舊沒心沒肺地看戲，心下越發好笑起來。

溫榮忽想起一事，終究忍不住轉頭問道：「丹陽公主與駙馬究竟怎麼了？」

琳娘本是氣定神閒地搖著團扇，聽言眉心一皺，雙眸微閃，猶豫半晌道：「妳是未嫁女娘，故先才丹陽與我才避著妳，可不想二王妃定要將妳牽扯其中。」說罷，琳娘頓了頓，左右瞧了一番，才與溫榮附耳小聲道：「駙馬以公務繁重為由，搬去了書房，丹陽正為此事發愁呢！」

溫榮心一緊，公務忙是假，林大郎與丹陽之間有隔閡是真。好在林府內宅同心，此事未傳揚開來。二王妃未嫁前就不喜林府的娘子和她，如今正好借此事令她幾人難堪，倘若事真鬧大了，於林府和自己名聲皆無益。

不一會兒，德陽公主遣宮婢過來請她二人去側殿。聖主命內侍送了上好的三勒漿至延慶宮，三勒漿為波斯進貢之物，似酒非酒，很是名貴。故德陽邀相熟娘子往側殿鬥詩、行酒令、品三勒漿。

琳娘牽起溫榮道：「丹陽之事妳暫且莫過問和多想，過幾日得空了我會去林府探望丹陽，順道看看是怎般境況。」

溫榮點了點頭。她待字閨中，當務之急是避嫌，否則這渾水會越攪越亂。

溫榮與琳娘一進側殿，就聽見二王妃同德陽公主高聲談笑，而太子妃長孫氏卻靜靜地坐於上席，冷眼瞧著周圍的熱鬧。

「聽聞右僕射周府盛冬常以魚兒酒宴客，所嚐賓客皆讚不絕口，不知其中有何妙處？」二王妃望著右僕射府周大娘朗聲問道。

右僕射周尚書與左僕射趙尚書政見不同。

溫榮隱約聽到過阿爺與祖母的對話，說朝中有官員暗地送了消息與御史臺，準備以整頓吏治為名，彈劾右僕射周尚書。右僕射官至宰相，背後若無位高權重的始作俑者，御史臺不會輕易彈劾。

周大娘起身與德陽公主、二王妃端正行了禮，不假思索地說道：「承蒙二王妃高看，魚兒酒不過是尋常酒釀罷了。府中善釀酒的胡姬用龍腦凝結，再刻成小魚形狀，盛冬每用沸酒一盞，投一其中便是。」

三王妃不費力地得到了想要的回答，笑得面若桃花。「周大娘可是謙虛，如此我等聞所未聞之法卻說是尋常，周尚書在府裡生活可真真是講究呢！」

溫榮望一眼訕訕陪笑的周大娘。雖不知到時御史臺會以何名目彈劾右僕射，然今日周大娘所言卻已成話柄落入有心人手中。

宮女史小心托著紅木蔓草鴛鴦紋酒船，向三王妃與溫榮走來，蹲身見禮後恭謹地介紹道：「鎏金舞馬銀羽觴盛的是庵摩勒，金邊白玉盞是訶梨勒，三彩鸚鵡壺中為毗黎勒，不知三王妃與溫四娘要哪一種？」

謝琳娘與溫榮相視一笑，先挑了庵摩勒。

溫榮謝過了宮女史，再選了那只盛在白玉盞裡的訶梨勒。三勒漿之名，溫榮早有耳聞，可未嚐過。

白玉盞上輕刻一句小詩：一尊春酒甘若飴，丈人此樂無人知。

溫榮好笑地捧起與琳娘相看。

琳娘打趣道：「如此榮娘可得小心了，莫要醉倒在花前無人知才好！」

德陽公主那一席已行起了平字抛打令，王二娘在丹陽公主身邊很是殷勤地幫忙和韻作詩。許是丹陽公主運氣不佳，每每抽到的酒令籌，不是自飲七分，就是在座勸十分，丹陽無一絲猶豫，皆依籌上字樣滿盞飲漿。那三勒漿雖非酒，但吃多了亦會醉人，不多時丹陽公主便搖搖晃晃，聲音也大了起來。
溫榮只吃一盞訶梨勒，臉頰就略微發燙。
琳娘心知不妙，起身走至丹陽身旁低語了幾句，再與德陽公主、二王妃道歉，忙不迭地扶丹陽下了酒席。
二王妃不甘願這麼放丹陽走，可抵不過德陽公主先點了頭。
就在丹陽、琳娘、溫榮三人往殿外走去時，有宮女史自太后處聽到消息，悄悄過來與德陽公主、二王妃傳了聖主將賜婚五皇子一事。
二王妃韓秋嬏猛地轉頭看向溫榮柔弱的背影，上上下下打量一番，滿眼的不可置信。
德陽公主輕翹起嘴角，笑著與王二娘說道：「妳先代替了丹陽。」
溫榮與琳娘扶丹陽往延慶宮外的芍藥院醒酒，不想風一吹，酒勁上頭發作了。
丹陽忽然望著石亭嘻嘻哈哈笑起來，指著聞聲驚起的雀鳥道：「他膽敢不尊重我……我、我就與他和離……」
溫榮二人大驚失色。
琳娘立即回身沈著臉交代宮婢，好在那些宮婢均為丹陽和琳娘心腹。
溫榮緊著心，小心扶丹陽走上石亭歇息。
待琳娘回到石亭，丹陽已不再胡言，雙目赤紅地枕在溫榮肩上，眼角眉梢裡透著濃濃的落寞。

靜謐了片刻，丹陽似在喃喃自語。「半年了，他何曾正眼看過我？每日回府就去書房，他的努力若是為了升遷，大可與我商量的，好歹我也是公主……我知曉盛京貴家都害怕尚公主，將娶公主視作畏途，皇姊她們確實是自營府邸，不肯與舅姑同住，可我呢？分明嚴奉舅姑，夙夜勤事，謹遵婦之德，他還有何不滿的？縱是有，與我說便是，我會改的。偏偏他心裡想什麼我半分不知曉，我不敢猜，我怕猜到了，自己不能接受……」

溫榮的眼睛有些濕潤，她本以為林大郎是極聰慧的一人，不想竟如此蠢鈍。自己親手煮的、勸他珍惜眼前人的那盞禪茶，他是半分不曾領悟。溫榮雖不敢妄自尊大，認為林大郎這般模樣完全是因為她，但可確定林大郎心中是不滿，甚至怨恨聖主賜婚令他尚公主的。

丹陽瞪起眼睛，看向溫榮道：「榮娘，若是我與林大郎和離，是否就可成全了他的心意？」

溫榮眼睛一跳，好在丹陽說的是醉話，話音剛落，整個人又落回了溫榮身上。溫榮身形比之丹陽要纖細柔弱上許多，沈沈的重量令溫榮幾乎喘不過氣來。

「我真的盡力了……」丹陽的聲音越發小下去，這般靠著溫榮的肩膀，似乎就能安心睡去。

琳娘神色複雜地與溫榮輕聲道：「丹陽這副樣子是不能出宮了，我先才命婢子去請了奕郎，一會兒奕郎同太后請安後會過來。如今我雖為三王妃，可嫁與奕郎才幾日，實是不知曉宮中規矩。」琳娘望著丹陽輕輕嘆氣，先才德陽公主等人不冷不熱、甚至巴不得看笑話的模樣，令琳娘心寒。宮裡的生活，無異於龍潭虎穴。

說話間，溫榮瞧見李奕自通幽小徑匆匆忙忙地往石亭而來。

溫榮目光掠過李奕，落在了他身旁的五皇子身上，李晟似乎瘦了一圈，人也黑了些。在外行軍打仗不容易，跋山涉水、餐風露宿，不知軒郎可否打消做武將的念想，安心考科舉？

因為丹陽整個人靠在溫榮身上，故溫榮無法起身行禮。

琳娘盈盈走至三皇子面前，面色微紅，輕喚了聲「奕郎」。

李奕看著醉醺醺的丹陽，眉宇微皺。「怎麼回事？」

琳娘躊躇片刻，望著李奕，眨了眨清亮的杏眼。「聖主賞了三勒漿至延慶宮，丹陽誤以為三勒漿不會醉人，故吃多了。」

李奕這才笑起來，搖了搖頭，滿是寵愛地溫和說道：「都已嫁作人婦，卻還這般不知輕重。」說罷，李奕吩咐宮婢將丹陽自溫榮身上扶起，送往丹鳳閣的寢宮休息，再交代了此事不許傳揚。

李晟與三王妃道了好，琳娘亦微微蹲身見禮。

琳娘見五皇子一直在看溫榮，遂與李奕笑道：「奕郎，聽聞延慶宮的芍藥園南面新開了數叢鳳羽落金池大粉芍藥花，不知奕郎可曾見過？」琳娘一臉期盼。

李奕面色很是溫柔地說：「我陪妳過去。」說罷，不忘邀請溫榮與李晟同行賞花。

二人極其默契地謝絕了李奕的好意。

李奕牽著琳娘走下石階，忽想起一事，回頭說道：「五弟，先才匆忙，忘記與你說了，阿娘吩咐你與太后問安後，就去側殿尋她。」

琳娘感覺到李奕手掌微涼，許是在麟德殿慶功宴上吃多了酒，思及此，琳娘有幾分心疼。

陽光越過開滿淡黃色小花的梧桐樹，在亭子裡畫出明明暗暗的斑紋。

李晟往前走了一步，優美的唇微微上揚，嘴角緩緩流淌出笑意，高大的身影為溫榮擋住了晃人的灼灼日光，亭子裡瀰漫著淡淡涼涼的薄荷清香。

「五皇子。」溫榮抬眼安靜地望著李晟。

李晟住在南院碧雲居時，二人幾乎每日見面，次數多了，行禮也隨意了起來。

清涼的薄荷香是李晟用來壓酒味的，溫榮知曉五皇子酒量好，飲酒一杯見底毫不含糊，但今日宴席是為了犒賞應國公、李晟等武將，故參宴的官員必不會輕易地放過他，被敬、再回敬一輪後，還能清醒地站在自己面前，實是不容易。

李晟神采秀徹，目光不動地自琥珀玉簡腰帶解下了赤金蛟紋綴綠松石穗子的荷囊，取出了她親手打的天青色梅花玉石絲條。

溫榮頗為詫異，難不成是要還給自己？

李晟修長的手指被天青色絲條層層纏繞著，清朗的聲音響起。「梅花玉石掉了兩顆，幫我重新結上。」

眼前銀線蟒紋朱紫窄袖泛著耀眼白光，絲條在五皇子的手心蜷成了一團。溫榮又好氣又好笑，送他的禮物壞了，央請旁人修補，竟是一副理所當然的語氣，他還真好意思開口！溫榮偏過頭，老神在在地說道：「梅花玉石一共只七顆，若是不能用就算了。」說罷，伸手要拿回絲條。

李晟忙將絲條藏在身後。

「已經不能用了，殿下扔了便是。」溫榮頗為不悅，繞開五皇子，準備回延慶宮。

李晟眉毛一揚，笑意凝在嘴邊，涇渭分明的漂亮眼睛泛起波瀾，恍若一池被吹皺的春水。「用梅花冰石也能補，妳團扇的穗子我就很喜歡。」

溫榮腳步不停地往亭外走去，哪怕聲音再悅耳動聽，她也不打算理會五皇子的得寸進尺。

「榮娘，若是妳不肯補，我就直接用了，旁人問起，我會說實話的。」

溫榮腳步一滯，回身不可置信地打量冠帶巍峨的紀王殿下，偏生他還能一臉正經，好整以暇！溫榮磨磨牙，最終心不甘、情不願地接過絲條。

李晟神色坦然，走至溫榮身邊，與她一道前往延慶宮。

陽光下，李晟俊美的五官十分耀眼，溫榮悄悄地放慢腳步，準備無聲無息地同他拉開距離。

「榮娘，我找到了塔吉和其他高昌僮僕的家眷。」

塔吉是溫榮去年在西市口市買回的人奴，後隨五皇子一道前往西州交河城。聽聞塔吉身手敏捷，對當地形勢地形瞭解，幫了聖朝軍大忙，亦是立了功的。溫榮答應過高昌僮僕，會盡力為他們尋找家眷，可溫榮遣人將盛京東、西市的口市，以及專作販賣人奴營生的人販子老安處均尋遍和探問了，卻毫無所獲。溫榮快走兩步至五皇子身旁，李晟側頭看溫榮，收起迫人氣勢時的笑容很純淨，溫榮心上似被羽毛輕劃而過，酥酥痲痲地湧起一股惱意，她不舒服地皺起了眉頭。

「榮娘，過些時日，他們就會回到盛京了……」李晟娓娓道來。原來塔吉家眷未被賣入盛京，五皇子等人搜檢方成利在西州交河城的府邸時，發現了高昌僮僕的家眷。

李晟是輕騎押犯臣回京的，故能比步兵快上月餘。

溫榮蹲身謝過了五皇子殿下。

李晟送溫榮回延慶宮後才繞向旁廊，往側殿方向去與王淑妃請安。

王淑妃是宴席時才知曉聖主要賜婚李晟與溫四娘的，乍聽聞時心弦猛地繃緊。她有想過晟郎會不滿意並拒絕她選的那二人，可卻未料到他竟瞞著她和奕兒求聖主賜婚！

溫家四娘？原來不只奕兒惦記著她。王淑妃目光流轉，柔荑輕揮，身後打著雀翎羽扇的宮婢躬身悄無聲息地退下。晟郎與自己終歸是隔了心的，事事為他思量，到頭來卻吃力不討好。直說了，她不見得會阻攔這門親事。張三娘是雞肋，而王氏女大可留給奕兒。

李晟表面客氣恭敬，背地裡的心思她卻琢磨不透，遠不如他的生母好擺弄……王淑妃盈盈輕笑，她可憐的胞妹，至死，都還在感念她的好。

至於奕兒，她這當娘的得勸他放下對溫四娘的心思了，奕兒素來懂事，知權衡利弊和輕重。況且奕郎身邊有謝琳娘這株盛放牡丹，該是不會太過在意溫四娘那枝杏紅梨白的。

聽見宮婢打簾通傳，王淑妃忙起身迎接李晟。

「母妃。」李晟規矩地低頭與王淑妃見了禮。

「晟兒，快過來。」王淑妃溫和慈愛，吩咐宮婢伺候五皇子飲子。

李晟微微一笑，紫金髮冠為平靜淡漠的面容增添了幾分令人不敢逼視的貴氣，神情卻似與世無爭、淡泊名利。

王淑妃想不出李晟銀甲戎裝，將突厥猛將力斬於馬下時是如何模樣。

「你這孩子，賜婚那麼大的事怎不與母妃商量呢？成親關乎一輩子，豈能草率了？」王淑妃關切地望著李晟，焦急說道。

李晟端起薄荷飲，淺吃了一口，聲音清澈。「這些時日殿下為三哥成親之事費心，故兒賜婚一事不敢煩勞殿下，且我與溫四娘早已相識，還望殿下成全。」

王淑妃扶了扶鬢間金線芙蓉宮花，鬆了一口氣，眼睛酸澀地笑道：「好在母妃也見過溫四娘，那孩子生得容貌標緻、性格柔順，就連太后都對她讚不絕口。若你二人相識已久，這門親事母妃是再高興不過了，怎會阻攔？我待你如同奕兒一般，往後莫再說煩勞之話，平白生分了。」

李晟黑亮的眼眸一深。「是，往後兒遇到了困難，還請母妃幫忙。」

延慶宮的宴席在申時中刻結束，告別了太后與諸位夫人後，溫榮扶祖母自光順門出宮。直到乘上回府的馬車，祖母二人才有機會說話。

溫榮為祖母墊了引枕，祖母已習慣午時小睡片刻，出門參加筵席便極容易疲累。

謝氏鬆開眉毛，輕嘆一聲。「榮娘，聖主將賜婚五皇子與妳。」

溫榮的表情豁然驚詫，半天回不過神來，抬起頭迎上祖母認真的目光。不是玩笑話。

謝氏牽過溫榮道：「這是妳的親事，妳有何想法？」

溫榮攥著竹節扇柄的手心沁出了薄汗。「兒未曾想過。可既然是賜婚，想來是不能拒，只能應承下的。」前世她義無反顧地嫁入太子府做良娣，那時溫老夫人對她不管不顧，阿娘身子日漸虛弱，得借藥延命，而阿爺太過耿直，聖主雖不棄敢言忠臣，但阿爺的性子仍令他如履薄冰，每日都似在刀口上生活。娘家沒有一點幫襯，她在太子府面對太子妃韓大娘等人時，就猶如母雞鬥老鷹一般，唯一的寄託和念想便是李奕對她的滿腔柔情。

溫榮眼前浮現出李奕英俊溫柔的臉，忍不住譏誚一笑。

謝氏見孫女表情古怪，心裡沈甸甸的。今日太后並非是在詢問她的意思，聖主賜婚非同小可，八字相合，便不容許有變數。

溫榮雖能感覺五皇子對她有意，但不承想他會借軍功求賜婚。他的目的是達成了，可與此同時，不但打了王氏與薛國公府巴掌，更令王淑妃沒有面子。

誰都知曉李晟是王淑妃帶大的，如今在關鍵的事情上，五皇子與王淑妃不同心。

溫榮揉了揉眉心，既然不能改變，還是應該往好處想。嫁與五皇子是正妃，李晟心性淡漠，不會與李奕爭奪皇位，往後或許能過上逍遙自在的生活。且自己早些訂親，丹陽和林大郎之間的誤會說不定就能解開了。這一世本想避開皇家人的，最終還是不能如願。

溫榮想起今日五皇子要她修補絲絛的情形，難怪一副理所當然的模樣，為人妻是該為夫郎做針黹女紅的。

回到溫府，謝氏與溫榮打算等賜婚聖旨下來後，再告知家人，故晚膳時，二人在林氏、茹娘面前，對賜婚緘口不言。

亥時初刻，溫榮正要照顧祖母歇下，不想溫世珩一臉喜氣，搖搖晃晃地回府了，且未直接去東院紫雲居，而是往穆合堂宣佈喜事。

林氏聽到消息趕了過來，見夫郎吃了不少酒，面色通紅，說話也不利索。

謝氏差人向溫世珩身邊僮僕打聽後才知曉，溫世珩是被五皇子送回來的。

皇上賜婚，最先得到消息的是禮部官員，故自宮中晚宴起，就有禮部官員陸續上前同溫世珩道賀。五皇子更是給足了岳丈面子，不但主動上前與溫世珩說話，更知曉丈人酒量不佳，替他擋了不少酒。

阿爺雖口齒不清，溫榮卻明白阿爺對這門親事再滿意不過。今日阿爺和五皇子他們的舉動那般明顯，看來無須等到聖主賜婚，此事就已滿盛京皆知了。

謝氏不滿地瞪了溫世珩一眼，不耐地與林氏說道：「還不快將妳夫郎帶回紫雲居！」

林氏此刻正將溫榮摟在懷裡，一邊用錦帕擦眼角，一邊感懷自己的女兒能嫁與皇子做正妃，比之與林府的親事，是有過之而無不及，這大概就是塞翁失馬，焉知非福了。

林氏聽到阿家的冷聲吩咐，才意識到時辰已晚，再依依不捨地為榮娘理了理鬢角，蹲身同謝氏道安後，這才和鶯如一左一右地將溫世珩扶回紫雲居。

賜婚詔諭次日即送到了溫家長房，謝氏等人拜倒叩首，溫榮沈默接過詔諭後，賜婚一事就此落定。

欽天監合八字算出的好日子在轉年三月，那時溫榮已是及笄之年，十五嫁王昌，盈盈入畫堂，確是佳期妙齡。

謝氏知曉聖主賜下的紀王府邸在安興坊時，終於露出滿意的笑來，背著溫榮，在林氏面前誇五皇子用心。

賜婚第二日，京中相熟的貴家女眷陸續登門道賀，三王妃謝琳娘住得近，是第一個到的。

將來紀王府邸和臨江王府邸一般，同溫府是兩街之隔，探望祖母與阿娘，乘馬車僅需幾刻鐘。思及此，溫榮漂亮的眼睛輕輕一眨，如花瓣飄落深潭一般，靜謐的雙眸裡泛起了幾許波瀾。

溫榮牽著琳娘回廂房，吩咐婢子伺候果品後，擔憂地問道：「琳娘，丹陽公主可回林府了？」

「丹陽說她想在宮中陪太后，約莫要在宮裡耽擱幾日。」琳娘端起薄荷飲吃了一口，味道酸酸甜甜，與尋常的不同。琳娘放下飲子，故作不滿道：「榮娘，聽聞妳與五皇子早已相識並私定盟約，這等大事竟然連我也瞞著！」

聽聞「私定盟約」四字，溫榮登時收斂笑意，沈臉道：「胡謅！我與五皇子雖相識，但絕無私定盟約之舉，是誰在後頭亂嚼舌了？」

琳娘執錦帕捂嘴笑起來。「瞧妳，還未嫁去紀王府，就已端起五王妃的架子，要尋人興師問罪了！誰嚼的我可不知曉，到時候妳自己在房裡問了夫郎去！」

溫榮立時大窘，難不成是五皇子傳了出去的？

琳娘見溫榮羞臊的模樣，終於認真地說道：「妳若真不知曉，我自也不能怪妳，可五皇子私下求賜婚，卻是將他三哥氣得不輕。」

溫榮一怔。「這話如何說的？」

琳娘看向溫榮。「妳我二人平日交好，倘若妳瞞著我，我心下定會不舒服，少不得埋怨了妳。此次五皇子求賜婚，就連他三哥與姨母王淑妃都不知曉。他兄弟二人自小一處長大，感情深厚，如此令奕郎作何感想？」

琳娘想起前日奕郎慶功宴回府，一人去了曲水流觴。在宮中時分明吃了不少酒，可又吩咐僕僮開了罈玉露春自斟自飲，被扶回房時已酩酊大醉。

溫榮抿了抿嘴唇。「不想五皇子連他三哥亦瞞著，琳娘，我實是前日裡才知曉……」

琳娘安然一笑，拉起溫榮的手。「宮裡不似表面看得那般簡單，妳我自不必說，他們兄弟更該相互幫襯了。」

溫榮點了點頭，將蟹黃酥遞至琳娘面前，不再談論此事。

琳娘笑道：「妳房裡的飲子合我胃口，不知有什麼妙處？」

「在薄荷水裡加上梅子和甘草，盛夏裡清熱解暑再好不過了。」

琳娘自詡是心思細膩之人，可還會羨慕了溫榮的玲瓏心思。比如這薄荷飲的原料、做法皆是再尋常沒有的，可偏獨榮娘能想到。

不一會兒，婢子通傳杜夫人與瑤娘結伴往廂房來了。

還未見著人，就先聽見了瑤娘的聲音——

「五王妃今日不在正堂招待賓客，卻一人躲在廂房裡，可是羞得不肯見人了？」

瑤娘與嬋娘一前一後跨進廂房。

本還朗聲嬉笑的林瑤見到三王妃，一時愣怔，聲音登時小了下去。

琳娘有試探過奕郎的心意，知奕郎確實對林府瑤娘無兒女之情，斷無納她做側妃之想。琳娘雖憐惜瑤娘，卻也鬆了一口氣。

溫榮起身牽過她二人，一道圍食案坐下。

四人說笑了一會兒，嬋娘忽然取出一張棋譜。「榮娘，這局棋幫我看看，黑子如何才能贏了？」

溫榮忍俊不禁，還以為嬋娘為了夫郎將棋戒了，怎料此時又巴巴兒地帶了過來。

瞧著溫榮戲謔的神情，嬋娘不好意思地解釋道：「是我與杜郎一起下的，他是真人不露相，論棋藝我實是不如他，想來還是要尋榮娘幫忙。」

琳娘亦靠上前看棋局，成親前有聽聞三皇子好棋，可成親後奕郎從未與她下過，平日只遣帖子請棋侍詔入府下棋。琳娘也未多想，畢竟她棋技不佳，真與奕郎對棋，怕是會掃了他的興致。

「榮娘，明日裡乞巧的九孔針和五色絲線可準備好了？」

琳娘與嬋娘圍著溫榮看棋，瑤娘捧著松子酥在一旁問道。

溫榮這才想起明日是七月七乞巧節，笑了笑。「到時再準備便是。瑤娘作何安排？」

「我不過是一人在府裡，嬋娘明日要與杜學士去曲江池放蓮花燈。」瑤娘噘著嘴，酸溜溜地說道。往年皆是她姊妹一起乞巧拜月的，今年只剩她一人了。

溫榮礙於琳娘嫁與三皇子，不便再打趣瑤娘，只默契地與琳娘一唱一和地誇了杜學士幾句。溫榮掩嘴笑道：「嬋娘與杜學士如今是不羨鴛鴦不羨仙了！」

嬋娘作勢要撓溫榮，溫榮忙跳開了去。

琳娘雖替溫榮攔住了嬋娘，卻笑吟吟地道：「嬋娘莫急，明日我就將榮娘『不羨鴛鴦不羨仙』的想法傳達與五皇子，令他看著辦便是。」

四位娘子又嬉鬧了一陣，才由溫榮領了去正堂用席面。

溫家二房是董氏帶著蔓娘與菡娘過來道賀，溫榮前些時日有聽聞溫老夫人為蔓娘議了一門親事，可還未確定，故董氏等人皆遮遮掩掩，不肯明說。

林氏才陪董氏說了兩句話，就被清和郡夫人拉著談起了東市鋪子之事。原來長房老夫人名下除了宅院和莊子，在東、西市裡還有數處地段極好的鋪面，早先老夫人一人在遺風苑裡無心打理，鋪面閒置多年，如今子孫回到身邊，謝氏便將鋪子交與溫世珩夫妻了。

清和郡夫人在東市有三家金樓，知曉林氏有打理鋪子的計劃，熱心地與她傳授經驗。

董氏在一旁面色不變地安靜吃茶，好似未聽見她二人所言，菡娘則怨恨地掃了溫榮一眼，旋即又低下頭去。

今日至府道賀的賓客眾多，申時末刻才將賓客全部送走。林氏長長吁了一口氣，她第一次做當家主母招待貴家女眷，單是一圈招呼下來就力不從心了，好在賓客皆是來道賀的，無人為難了她。

翌日既是七夕，逢節鬧市裡的許多鋪肆都將閉門歇業，故這日不會有人過府道賀。

溫榮雖不甚在意牛郎織女一年一度鵲橋相會的日子，可阿娘和茹娘卻是一早忙乎了起來。林氏將軒郎平日裡用於進士試的書籍自書房捧出，放在庭院裡晾曬，因七夕節亦是魁星節，林氏祈禱將來軒郎的進士試能一舉中第。茹娘則領了婢子，將盛滿水的銅盆放在花樹下，又挑了株大紅赤金芍藥花叢藏銅盆。

溫榮本閒閒地躲在涼亭裡吃茶瞧熱鬧，可沒一會兒就被茹娘和綠佩拽了出去，拗不過她幾人，溫榮只得親自放一只雙魚紋的銅盆在木槿花樹下，晚上眾女娘要在各自的銅盆裡放針。

由於南院風景最好，日暮時分，溫榮與茹娘在南院擺起了香案，香爐裡燒著小香餅子，青煙繚繞在香案旁的果品酒炙與盛放粉黛芍藥上。

待日落月升，溫榮、茹娘與一干婢子拜了夜幕中的半彎明月，低聲頌唸祈禱之詞。

拜月儀式後就是鬥巧了，溫榮、綠佩幾人笨手笨腳，最後是茹娘拔得了頭籌，茹娘的貼身婢子文茜與冬竹歡喜得直拍手笑鬧。

「娘子，要放針了呢！」綠佩滿不在乎地將九孔針和五色線丟回笸籮。

午時藏在花樹下的銅盆被女娘們端了出來，在月下一圈擺起。女娘們各自踞坐於蓆上，溫榮亦打起了精神，小心翼翼地將針飄於水面，不叫針沈了下去。

針好不容易穩當當地浮起，溫榮正要仔細瞧月光下盆底的倒影是何形狀時，被身後的聲音嚇了一跳。

「榮娘，這是在做什麼？」軒郎快走兩步，半蹲在溫榮身旁，一臉好奇地望著銅盆問道。

溫榮正詫異軒郎如何又從國子監回來了，回頭卻瞧見一襲秋色素面袍衫，正滿眼興味地望著自己的五皇子。溫榮起身與五皇子見了禮，這是溫榮知曉賜婚後第一次見到李晟，臉頰不禁微微發燙。

李晟神情高雅清朗，好似夜色中的另一輪煥彩明月。「攪擾妳們了。」

待溫榮回過神來，周圍人已一溜煙跑得不見蹤影，茹娘她們走時還不忘將各自的銅盆一道抱走。

李晟走上前，望著銅盆裡的盈盈水光，若有所思地說道：「榮娘得巧了，是一對小鳥。」

針浮於水面，藉著微塵光影，投於盆底的倒影若似花鳥雲魚便為得巧，傳言得巧的女娘能得到織女的智慧與巧藝，還有美滿姻緣。

溫榮顧不上李晟，低頭去看倒影，針的影子分明似彎曲枯枝，溫榮不滿地看了李晟一眼，神情頗為失望。

「在天願做比翼鳥，在地願為連理枝，故枝椏與鳥是一樣的。」李晟俊眉輕揚，十分坦然地說道。

溫榮從未聽過這等謬論，狐疑地瞥了一眼李晟。「如何過來了？」

李晟清亮的眼裡滿含溫柔的笑意。「榮娘羨慕杜學士與杜夫人放花燈？」

溫榮面頰一紅。「不過是玩笑話，殿下莫要當真。」

「本想帶妳去曲江池，可時辰已晚，老夫人怕是不會准許，我們去碧雲湖可好？」

溫榮心一顫，笑作默許，隨李晟沿青石路漫步至碧雲湖畔。

夏日夜風裡散漾著清幽花香，碧雲湖裡蓮荷輕輕搖曳，碎了一池的月光似如歲月靜好。碧雲湖畔橫了數只蘭舟與鐵黎木搖船，為了擋日頭，溫榮吩咐僕僮在搖船上搭了烏蓬，畢竟再過半月，就是那採蓮蓬的好日子。

李晟看向溫榮，輕聲笑道：「等我一會兒。」

只見李晟快走兩步到了湖邊，將木樁上的繩索解開，再將蘭舟輕鬆地牽到了湖畔。

溫榮柳眉微微一皺，詫異道：「放蓮花燈在湖邊便是，為何還要蘭舟？」

李晟眼帶笑意，一臉坦然地說道：「湖邊的水太靜，蓮花燈非但飄不遠，更可能被荷花瀫擋著。我聽妳哥哥說了，府裡的碧雲湖亦是自暗渠引的澧河水，故我們可以乘蘭舟繞過荷花瀫，到碧雲湖南處再放蓮花燈，那般蓮花燈便能自暗渠往澧河去了。」

溫榮猶豫了片刻，終於拈起裙裾，邁著碎步，朝五皇子走去。雖已小心翼翼，可玉底繡鞋踩上濕漉漉的河卵石還是十分的滑，若不是李晟及時扶住，溫榮怕是要滑倒了。

李晟的掌心粗得扎人，就算常年練武握劍也不該這樣，溫榮怔怔地望了李晟一會兒，心軟了下來。定是在邊城疆場，被風沙與馬韁繩磨的。

扶著溫榮在蘭舟上坐穩了，李晟才將手鬆開。

蘭舟裡有兩只蓮花燈與筆墨，原來他是一早就準備好了，要划船去碧雲湖南處放燈的。

李晟挽起袖子，竹篙輕撐岸石，蘭舟搖搖晃晃往湖心飄去。不多時，蘭舟即穿行在密密層層的大荷葉裡，蘭舟所過之處，牽起一道道波痕。亭荷迎著月光在溫榮身旁舒展開來，本已是月下美人的如畫蓮荷，在溫榮的語笑嫣然中，卻失了顏色。

蘭舟在荷花叢裡十分穩當，溫榮見李晟撐船熟練，忍不住玩笑問道：「晟郎原先也這般撐船，帶了他人往池裡放蓮花燈的？」

那話問得叫人啼笑皆非，李晟對上溫榮閃爍的眸光。「我亦是第一次放蓮花燈，若不是今日杜學士與我說了，我還不知曉七夕節放蓮花燈是能許願的。明年榮娘可願與我去曲江畔放燈？」

溫榮非但不回答，反而不依不饒起來。「若是不曾有過，撐船怎如此嫻熟？」

李晟很是耐心地說道：「在盛京裡，許多貴家府邸會引水修湖，早年我與三哥、琛郎皆不喜乘畫舫遊湖，故每每至勛貴府邸做客，都是自己搖船往湖心欣賞風景的。」

提及三皇子，溫榮便想起琳娘昨日所言，躊躇片刻，有幾分不自在地問道：「賜婚一事……晟郎可是連淑妃殿下與三皇子也瞞著？」

湖心朗月雖皎潔明亮，卻終究不是真實，李晟眼神微黯，心裡的顧慮還不到與榮娘說的時候，且若是可以，他寧願永遠不要在榮娘面前提及，她無憂無慮的便很好。「我也是擔心夜長夢多……故來不及與三哥說了……」

溫榮低下頭，望著手中的大紅油紙蓮花燈。五皇子所言所行雖令她頗為動容，可她仍舊不敢對將來抱了期望。她本希望這一世能嫁與尋常郎君，宮裡的勾心鬥角、爾虞我詐皆與她無關，更不用擔心她會成為枕邊人權衡利弊後的棄子。

五皇子看著不似三皇子那般心機重，可他終歸生於皇家，皇家人自古薄情寡性，於他們而言，任何事與人都不若皇權穩固來得重要，兒女情長、海誓山盟不過是他們的牽累。

溫榮抬眼望向遠處碧雲亭裡飄散的青色鮫紗，忍不住輕嘆了一聲。

「榮娘，這兒可放蓮花燈了。」李晟撐停了竹篙，榮娘皎潔如月的面容上似籠著散不開的愁緒，如此神情令李晟頗為不安，本想問了她所慮何事，可張了張嘴，終未問出口。

李晟將蘸了墨的羊毫遞與溫榮。「小心墨汁。」

五皇子倒是細心，溫榮笑道：「我以為晟郎是冷冷清清，從不與人多言的。」

李晟在蓮花燈上認真地寫下了心願，淡淡地說道：「與他人實是無甚可說，故不如不說。」

二人在蓮花燈上寫好心願，再小心地倒上燈油，撚了燈芯放在燈油裡。

李晟自腰帶取下了鑲嵌琥珀珠的火鐮子，隨著清脆敲擊聲響起，眼前的蓮花燈亮了起來，暖暖的火光在兩人清亮的雙眸裡跳躍。

蓮花燈隨碧雲湖的水往灃河而去，今日盈盈天河裡最亮的是牛郎織女星，溫榮嘴邊多了幾分笑意。

待二人撐船回到湖畔，溫榮隱約瞧見岸邊影影綽綽有幾個身影，可她與五皇子靠近後，那幾人又慌忙躲開了去。想來是綠佩她們不放心，可又不敢靠近了。

出了南院，綠佩、碧荷還有軒郎果然在南院月洞門處候著，溫榮蹲身謝過了五皇子，正要帶婢子回廂房，李晟忽然向她要起了絲條。

「年頭妳與我的天青色絲條可是補好了？明日我要用的。」

碧荷與綠佩面面相覷，軒郎更是一臉驚異地望著妹妹，他本以為外頭傳的私定盟約是胡言，不想五皇子和妹妹真的早已私相授受了！

溫榮的臉登時飛紅，他是故意的！先才只二人時如何不問？且他為皇子，怎可能會缺了絲條？可如今反駁他無異於越描越黑。「這兩日府裡事情多，還未來得及修補。」

溫榮說的是實話，昨日要招待賓客，今日七夕也鬧了一整日。

李晟無法，只得作罷。

溫榮眼見軒郎將李晟送走了，這才鬆口氣。

綠佩悄聲同碧荷說道：「五皇子殿下平日裡極嚴肅一人，可在娘子面前卻像換了一人似的……」

過了數月，溫榮才聽到關於溫家二房蔓娘親事的風聲，而謝氏與溫榮知曉後很是驚訝，溫老夫人竟然打算將蔓娘嫁入太子府做良娣！

現已是乾德十五年九月，若照前世不變，轉年太子會被貶為庶人並流放。溫榮雖大致知曉前世裡發生的大事，可心下卻無十分把握。畢竟兩世已變化了許多，此時本還可肆意遊樂的三皇子李奕，已經同太子、二皇子勢同水火了，不知轉年廢儲和立儲之事，是否會生出變數？

謝氏吃了口茶，潤了潤嗓子後淡淡地說道：「溫家二房裡董氏掌家，嫁去太子府的也只有蔓娘了。」

林氏在旁不明所以。「蔓娘生得更纖細些。」阿娘是在說蔓娘比菡娘長得更好看。溫榮微微皺起眉頭，自己被賜婚五皇子，溫老夫人就迫不及待地謀劃了將府裡女娘嫁與太子。雖說是良娣，可若能得太子喜歡，將來太子繼承大統後，蔓娘是能被封為正一品妃子的。到那時，縱然五皇子安然無恙的做親王，她也不過是親王妃，正一品妃子能輕易將她比了下去。

溫榮望著祖母道：「蔓娘的親事可是定了？」良娣不若太子妃那般正式，但也要通過禮部與欽天監。

謝氏緩緩地搖了搖頭。「還不曾，可既然敢放出風聲，便是八九不離十的。」

溫家願嫁，太子自然肯娶。溫家雖是沒落勛貴，可根基甚廣，大伯母方氏在府裡與大伯父鬧得不可開交，溫老夫人要麼不管不問，要麼是譴責了大伯父，如此是因方氏嫡女為滕親王府世子妃。若說世子妃是有名無實的，那麼姑母溫璃娘夫家，鎮軍大將軍府，卻令人不得不忌憚，而姑母定是早已知曉她為溫老夫人的嫡親女兒，否則不會與溫家二房走得那般近。董氏娘家在隴西一帶是極其富庶的大族，董氏知曉太子非良配，縱然祺郎與太子走得近，她也捨不得將菡娘嫁去太子府。既然府裡由她掌家，將無倚無靠的溫蔓娘推出去，是再簡單沒有了。

溫榮思及上元節那日，溫蔓娘與自己走散後引來的方家人便蹙眉不悅。溫榮對此事雖不滿，可說到底，蔓娘也只是任他人擺布的棋子。

算來菡娘今年已十五了，可二伯母似乎還未有替她謀親事的打算。菡娘的心思全繫在瀟灑不羈的趙二郎身上，二伯母想讓她心甘情願嫁與他人，怕是還得費一番功夫。

「對了，這幾日怎不見三王妃過來了？」謝氏撚著手裡的佛珠，不打算理會二房的事，笑著問起了與榮娘交好的三王妃。

溫榮的表情有些沈悶。「她如今心裡怕是不好受……」

半月前溫榮與琳娘一起往宮中赴宴，王淑妃召琳娘私下裡說了些話，出來後琳娘臉色就差了許多，原來王淑妃打算命三皇子納王二娘做側妃。琳娘再不情願也只能應下，畢竟王淑妃已親自開口，她多言亦無用，倒不若落個賢名。

溫榮有暗示她回府與三皇子商量則個，聽聞李奕對她是極盡貼心的。讓李奕將私情放在大事之前幾是不可能了，溫榮卻希望李奕能安撫了琳娘。

溫榮想起王二娘，撇了撇嘴。丹陽公主全大禮那日，王二娘為了五皇子同張三娘爭得面紅耳赤，可在知曉五皇子被賜婚後，轉頭就沒了心思。想來也是了，她畢竟不似張三娘，對李晟有自幼埋下的情意。

茹娘捧了一只鋪滿桃花瓣的篾籮進穆合堂。桃花瓣是溫榮今年春分日收集的，溫茹懂事後也瞧不上尋常香薰鋪子裡濃郁沈重的蜜蘭香了，姊妹合計了打算用桃花研粉做香料，剛好配新做的靈芝如意紋香囊。

前月宮中送到溫家長房的納吉禮足足九十六抬，什麼金銀錢帛、雙雁文馬，件件不少，同當初三皇子娶謝琳娘是完全一樣的規格。既如此，需府中女娘親手繡的嫁儀，自不能差了去。好在茹娘手巧，溫榮嫁儀裡許多精緻的繡品皆交與茹娘了，茹娘更盡心地為阿姊繡了數件雙面明暗繡。

自婚期定下，溫榮每日除了針黹嫁儀，還需與謝氏學如何管理府邸。起初是由林氏教的，可林氏只知道與溫榮循循地說《女誡》七戒，何謂貞靜清閒、行己有恥，如何逆來順受、曲意順從，溫榮雖不耐，卻也只得忍著。最後謝氏見林氏竟然告訴溫榮，成親後縱是蒙受冤屈也是天經地義時，終於忍不住了，直接將溫榮捉到身邊，親自教真正的家宅之道。

溫榮一邊與祖母說話，一邊與茹娘將花瓣放入鎏金壺門座碾子裡磨成粉，姊妹二人正要用紋銀茶羅子篩桃花粉時，前院小廝傳了話到內堂，丹陽公主過府來了。

「榮娘，妳今日請了丹陽公主？」謝氏將佛珠纏回手腕，望著溫榮笑問道。

溫榮抬起頭。「兒這幾日不曾派帖子出府，不知丹陽公主過府是為何事。」

謝氏微微頷首，慈祥地笑道：「快收拾了去接丹陽公主吧！」

林氏起身將黏在溫榮滾金芙蓉翻袖上的花粉掃落。「一會兒阿娘吩咐婢子送了點心過去。」

溫榮將篩羅交給茹娘，與祖母和阿娘笑了笑，這才帶著婢子去了月洞門，不多時就瞧見乘著肩輿、披了銀灰壓金鳳紋小褂的丹陽公主。

溫榮的目光落在丹陽公主手裡提的金絲籠子上，很是好奇。丹陽公主下了肩輿，溫榮笑迎上去，原來金絲籠裡是一隻白色的鸚哥，丹陽拿了銀花枝逗弄鸚哥，鸚哥不過四處跳了跳，便顧自地收了一隻爪兒，再用淡黃色的喙子理雪白的羽毛。

丹陽將金絲籠提到溫榮跟前，笑道：「這隻鸚哥名喚『雪衣娘』，是西域靈鳥，我還教會了雪衣娘說話。」

溫榮聽言也來了興致，可惜不管丹陽如何逗弄牠，皆是一語不發。

「分明是隻啞鸚哥。」溫榮笑著挽起丹陽。「快進屋吧，入秋了，天一日涼似一日的，別叫風吹著。」

丹陽噘嘴，用銀花枝輕輕敲了敲鸚哥的爪子，鸚哥猛地撲稜翅膀，跳到了金絲籠橫桿上。丹陽終於肯放下銀花枝，認真地看著溫榮道：「嫂子，嫁儀可是都準備好了？昨日我與瑤娘說起這事，還擔心妳呢，妳的針線功夫怕是要被五哥嫌棄！」

「再胡說討人嫌，我可是不理妳了！」溫榮瞪了丹陽一眼。「妳怎麼忽然過來了？」

「我才從臨江王府探望了琳娘出來，原本我還指著五哥的紀王府邸能在興寧坊呢，不想又是在安興坊裡。」丹陽垂下眉眼嘆了一聲。

「興寧坊與安興坊也離得近，只是下次過來，好歹提前送了帖子，否則哪日撲空可別怪我。」

溫榮與丹陽說說笑笑地進了廂房，廂房食案上已擺了幾道點心，溫榮看了眼，蘇葉團、七返糕、兩樣合酥，俱是照丹陽公主喜好準備的。溫榮想起每日阿娘陪在自己身旁，一臉謙虛地向祖母學中饋……看來阿娘亦有長足的進步。

「這是給妳的。」丹陽拉著溫榮的手，轉頭命婢子將一只嵌寶紅木匣奉與溫榮。「先才我也送了一瓶與琳娘。」

打開紅木匣，裝了只精緻的梧桐紋青瓷瓶，溫榮見瓶口上貼了黃簽，頗為詫異。「這是何物？」

「百露丸，是東海島國的貢品，聽聞解毒的功效極好，聖主賜了五瓶。分嬋娘一瓶，林府留兩瓶亦是夠了，我想著妳和琳娘一人一瓶正好。」

溫榮蹲身就要拜謝丹陽公主，丹陽慌忙將溫榮扶起。「如今妳是我五嫂，被妳拜了我豈不是要折壽？」

「呸呸，怎說了這等不吉利的話！」溫榮板著臉，二人相視而看，忍不住笑起來。

溫榮拿過金絲籠子，白羽鸚哥歪著脖，烏溜溜的豆目瞪了溫榮好一會兒，忽然在左右金欄上來回蹦跳，粗嗄的嗓音傳來——

「……憐賜花……催鋪帳。」

溫榮眼睛一亮。「竟然真的會說話！可妳怎教牠催妝詩？」

丹陽撇了撇嘴道：「我與琛郎全禮時，琛郎的儐相未做催妝詩我就出去了……」催出來的新婦子，才能得夫郎珍惜。

溫榮正猶豫該如何勸丹陽，不想丹陽慢慢吃一口茶後笑道：「妳全禮那日，我必不讓五哥輕易娶到妳，到時候妳可不許心疼。」

丹陽看著溫榮親切卻又帶了幾絲擔憂的笑容，頓了頓道：「妳與琳娘莫要擔心我了，我如今是看開了，他既然不喜與人說話，不說便是，好歹通房侍婢他連看也不看一眼，對其他女娘亦是不理不睬。」

丹陽忽又冷笑道：「榮娘，妳可知曉崔御史家娘子？」

溫榮點了點頭。「原在貴家宴席上有遇見過幾次。」

丹陽冷冷說道：「那崔娘子對琛郎暗藏了情意，原先郎未娶，女未嫁的，她有心思無可厚非，可如今琛郎已尚公主，她竟然敢買通琛郎身邊的僕僮，企圖偷了琛郎的汗巾子。可惜此事被我的婢子發覺了，我告訴了琛郎，琛郎雖未多言，卻嚴罰了僕僮，並將他攆出了府去。琛郎能這般潔身自好，我也滿足了，好歹比之琳娘……我不該再貪得無厭。」丹陽直起身子，用錦帕擦了擦才餵過鸚哥粟米的瑩白素手。

丹陽目光躲閃，溫榮知曉她說的並非是真心話，表面上看似心情極好，可原本水靈的雙眸卻無一絲神采。溫榮不知怎麼說才好，想起丹陽提到琳娘，顰眉問道：「王二娘真要嫁去臨江王府了？」

丹陽點了點頭，語氣裡頗為琳娘打抱不平。「可不是？宮裡連日子都定了……琳娘著實賢慧大方，這些時日她閉門不出，就是為了在府裡張羅三哥納側妃之事。我先才過去臨江王府時，她正在看第四進院子，準備收拾好了，專供三哥的側妃與姬妾住……算來他二人成婚只不過三個月……」丹陽的聲音漸漸小下去，廂房裡登時變得安靜。

丹陽忽想起一事，蹙眉說道：「榮娘，有一事我還得提醒了妳，如今聖主雖賜婚妳與五哥，可薛國公府的張三娘還未死心，五哥上個月都已領了差使去河東道了，可張三娘仍舊尋機會進宮與淑妃說話。」

溫榮沈下眼睛，擺弄著綴了五色流蘇的荷囊。若是王淑妃有意將張三娘許給五皇子做側妃，五皇子怕是不得不應下。他已因為私自求賜婚得罪了王淑妃和三皇子，他們表面上看著仍舊和睦，可心裡定是已生間隙了，令他二人打消顧慮的最簡單法子，就是接受他們的安排，身邊放了他們的人。

溫榮伸出手去端茶碗，可還未拿到便垂了下來，長長舒口氣，努力令自己安下心。「由他去吧，尋常人家三妻四妾亦非罕事，何況他是皇子。七出裡還有妒忌可休一條呢，妳讓我能怎辦？」

丹陽看向窗口，吶吶地說道：「本以為妳與琳娘能幸福的，不想都是逆來順受的性子……罷了，莫要再想這些，過些時日我們一道去終南山秋狩，只做散心吧。」丹陽知曉如今三人是各懷煩心事，因此故作輕鬆地說道

「德陽公主下的帖子？」溫榮剝了顆松子放進嘴裡。前兩年德陽每到秋季，都會派宮帖與她邀請秋狩，可她皆找了藉口推拒。

丹陽搖了搖頭，展顏笑起來。「皇姊明日要去陪都，今年邀請貴家郎君、女娘秋狩的帖子由我下了，如此妳可得給了我面子，不許再推託。」

溫榮終於笑著點了點頭。終南山秋狩她確實不曾去過，不狩獵也可四處欣賞風景。

丹陽看了眼桌案一角的箭指沙漏，提起金絲籠子。「時候不早，我要先回府了，過幾日楊尚宮會帶尚儀局掌司至府裡教授妳禮儀，楊尚宮是太后的親信，妳可千萬別偷懶。」

溫榮笑起來。「妳都這般叮囑了，若我再偷懶導致將來不得太后喜歡，豈不是辜負了妳的一番苦心？」

「知道就好！」

溫榮送走了丹陽，又去穆合堂陪了祖母、阿娘和妹妹，不知是因婚期越來越近，還是因秋日本就容易心神不寧，溫榮摁了摁額角。這幾日她一直睡得不安穩，每日醒來都需綠佩為她敷茶包解乏。溫榮吃了盞茶，提起精神與家人說笑。將來嫁去紀王府，雖說離家近，可亦不能日日回府，現下能做的，就是好好珍惜這無憂無慮的快樂時光。

第二十五章

泰王府邸第三進院子的主屋裡，二王妃正命婢子用新研的鳳仙花汁為她細長的指甲染上鮮豔的顏色。

「妳再幫我想想法子，我不甘心……」

二王妃抬起眉毛，乜眼瞧一旁神色黯然的張三娘，不冷不熱地說道：「我聽聞王淑妃挺喜歡妳的，怎麼，她不肯幫妳？」

張三娘擰緊了眉毛，滿臉怒意。「王淑妃自然是喜歡我並肯為我說話的……是五皇子不同意。不知溫四娘使了甚詭計，將五皇子迷得神魂顛倒。秋娘，妳說我該怎麼辦？我已甘心做側妃了，還要如何？謝琳娘都同意三皇子納側妃，她溫榮娘——」

二王妃狠狠地瞪了張三娘一眼，張三娘嚇得一縮，頂在喉嚨口的話生生嚥了下去。她一焦急，竟然忘記在二王妃韓秋嬏面前，三皇子一詞是禁忌。

韓秋嬏輕翹嘴角，諷刺一笑。「外面關於五皇子和溫榮娘私定盟約之事，可是傳得有鼻子有眼的。五皇子親赴疆場，費盡心思求賜婚，抱得美人歸……哼，他怎可能在此時納側妃，令他的小娘子受委屈呢？三娘，我勸妳死了這條心吧！」

張三娘緊緊攥著帕子，胸口堵得厲害。「溫榮娘哪裡配得上五皇子！就連她三姊溫菡娘都說了，溫榮娘是個陰險狡詐、心機極重的小人！當初她自杭州郡回盛京，先是討好溫二老夫人，後不知怎的，被她知曉了溫家長房家底豐實，而且長房老夫人與太后交好，她是見到利益就撲上去的性子，立時轉了風向，去長房巴結老夫人！如今她得償所願，傍上長房老夫人了，可不想胃口卻越來越大，竟然連五皇子也不放過，簡直就是隻狐媚子！若不是狐媚子，怎可能做出私相授受那等事來？」

二王妃半撐軟榻扶手，直起身子，整理了一下衫袖。溫榮娘確實是一隻狐媚子，否則當初溫榮娘的小衣怎會變成了她的錦帕？

韓秋嬏目光森冷，淡淡地說道：「妳知道溫四娘的手段便好，就算五皇子有心納妳做側妃，可有像溫四娘那般心腸歹毒之人壓在妳頭上，妳認為紀王府裡還會有妳的好日子過嗎？看在多年手帕交的情分上，我真心實意地奉勸妳一句，只要溫四娘安然無恙，妳就莫要再打五皇子的主意了，安生回府待著，讓薛國公為妳尋一門好親事吧！」

張三娘咬了咬嘴唇，低聲喃喃自語道：「安然無恙……」張三娘大而無神的眼睛閃過一絲戾色。溫榮娘是蛇蠍心腸的人，她不得好死，讓她死，她死了就當不成五王妃了……

韓秋嬏送走張三娘不多時，二皇子李徵回到了府裡。

李徵神情漠然。「薛國公府娘子來過了？」回府時，李徵看到了薛國公府的馬車離去。

韓秋嬏低下頭。「是，張三娘自幼與妾身交好，過來討主意……」

李徵頷首，他知道張三娘過府向韓秋嬏討的是何主意，可惜張三娘識人不慎，她的手帕交……是在一旁等著看她好戲的！說到底，不過是一群蠢鈍不堪的女娘罷了。

李徵看了韓秋嬏一眼。「只要妳安生照某說的做，某將來不會虧待了妳。」說罷，李徵一甩袍衫，去了側妃褚二娘屋裡。

丹陽公主邀請秋狩的狩獵場在終南山腳下。溫榮一身鵝黃滾銀邊窄袖胡服，著鹿皮小馬靴，帶了綠佩與碧荷，乘馬車往終南山南麓而去。溫榮主僕三人見終南山風景極好，遂還未到行營就下了馬車，一邊徒步前行，一邊欣賞終南山風景，目之所及是層林盡染的秋霜紅葉，真真是秀色難為名，令人十分陶醉。行營裡已搭好了數十座雲錦幛房，溫榮遠遠瞧見一身銀紅胡服、手臂上還立了一隻雪白鷂鷹的林瑤娘。

林瑤抬了抬手臂，只聽一聲清唳，鷂鷹騰空而起，瑤娘轉頭吩咐了婢子幾句，笑吟吟地朝溫榮走來。

「榮娘，我可等了妳好一會兒了！」林瑤挽起溫榮，往行營幛房走去，嘸嘴嗔怪道：「前兩年我怎麼央求妳，妳都不肯與我來秋狩，今年丹陽公主只一封帖子，妳就欣然答應，可是偏心！」

溫榮好笑道：「妳冤枉我了，我實是不善於騎馬，來了狩獵場亦是湊熱鬧，怕掃了妳們興。」

瑤娘已經為榮娘挑好了幛房，位於她和琳娘幛房的中間。

溫榮進幛房稍事休息後，留下綠佩、碧荷在幛房裡收拾安置，自己同瑤娘去尋丹陽公主和琳娘。不想二人未行幾步，就遇見才從馬車上下來的溫蔓娘、溫菡娘，那薛國公府張三娘子亦與她們在一處。

林瑤沈下眼睛，撇撇嘴低聲道：「張三娘何時同溫家二房娘子這般要好？不過她幾人倒是沆瀣一氣！」

溫榮用帕子掩嘴好笑，瑤娘越發文謅謅起來了。

張三娘冷冷瞧了溫榮一眼，一言不發地與溫菡娘轉身各自進幛房。

只有蔓娘笑著向溫榮與林瑤而來，互相道好後，林瑤正要牽溫榮離開，蔓娘柔聲說道：「榮娘，前兩日我試著用孔雀線做繡面，可手拙，如何都繡不好。早先大家住在一府裡時，我還能麻煩三伯母教我，現如今我想去長房尋三伯母與妹妹說話，都擔心會打擾到妳們。」

話說得如此明顯與綿軟，溫榮自該主動邀請她過府了。

林瑤看不慣溫蔓娘的嬌柔作態，朗聲道：「那可不是，這段時間姑母她們為了籌備榮娘的嫁儀，忙得腳不沾地，我也不敢隨隨便便去溫府打擾她們呢！」

聽言溫蔓非但未生氣，反而頗為自責。「是我疏忽了，榮娘，我們雖不住在一府裡，卻仍然是姊妹，故在嫁儀籌備上有我能幫忙的地方，一定要與我說了。我知曉我的針黹不如伯母與茹娘，可尋常繡品還是能拿得出手的。」

林瑤瞧了眼蔓娘腰間繫的明暗繡八音紋香囊，果然有一手令人豔羨的好女紅。

溫榮點了點頭，大方地玩笑道：「二姊有心了，若是有需要的，我定請二姊幫忙，只是怕到時候二姊也不得空了。」

溫蔓眼裡隱隱升起一層霧氣，一副我見猶憐的羸弱女兒姿態。「還望妹妹不嘲笑，親事只任憑祖母與阿娘安排，左右不過如此……」蔓娘抬眼，努力衝著溫榮與林瑤溫柔一笑。

「我先回幛房，不打擾四妹妹與林二娘了。」

林瑤眼見蔓娘撩開簾子進到幛房裡，才詫異地問道：「榮娘，蔓娘真要入太子府做良娣？」

溫榮搖了搖頭。「我也只聽見風聲，二房裡究竟如何安排的，確實不知曉。」

溫榮與瑤娘正說著話，那一處丹陽半晌未見她二人過來，早已耐不住，帶著琳娘親自出來尋她們了。

此次圍獵，行營中有不少皇親勛貴，幛房四處俱是仗劍巡視的兵士，溫榮聽聞二皇子與三皇子也過來了。唯五皇子李晟前幾日才自河東道回京，就又被聖主安排去陪都督查造船之事。李晟雖有說要陪她一道來終南山秋狩和賞景，但如今看來，怕是趕不回來了。

午時，除了琳娘去尋三皇子，溫榮、瑤娘皆是在丹陽公主的幛房裡用午膳，三人約了未時初刻，再一道騎馬去狩獵場。

溫榮回到幛房，見蔓娘正坐於席上等自己，頗為詫異。「蔓娘如何過來了？可是用了午膳？」

蔓娘起身望著溫榮，眼神與先才頗為不同，似在強作鎮定。「榮娘，我有話與妳說。」

溫榮見她掃了眼綠佩與碧荷，遂將婢子屏退，並帶蔓娘進了幃房裡間。「不知蔓娘有何事？」

溫蔓也不拐彎抹角，焦急地上前拉住溫榮的手，道：「榮娘，張三娘要對妳不利，下午秋狩時，妳一定要小心！」

溫榮微微皺眉。她知曉張三娘因五皇子而惱恨她，前幾日祖母告訴了她一件事，王淑妃已經答應出面將張三娘許與五皇子做側妃，可不想王淑妃才開口，就被太后駁了回去，斥其瞎操心。原來五皇子去河東道之前，向太后明說了他無納側妃之想。如今謝氏心下對五皇子是越發滿意了。

「蔓娘，妳怎知曉此事？」溫榮神色嚴肅。縱無上元節那事，她對蔓娘也無法完全信任。

溫蔓微抬眼睛，執起錦帕輕觸鼻尖，低聲頗為不自在地說道：「她二人並未避著我，反而要我幫她們一起出主意……她們認為我將要嫁去太子府，五皇子與太子是道不同的……故認定我應該與妳勢不兩立……」

待蔓娘將菡娘與張三娘的算計告知溫榮後，溫榮暗暗吸了口涼氣，不想她二人竟要置自己於死地！張三娘如此作為她尚能理解，畢竟她死了，張三娘就有機會嫁去紀王府，可溫菡娘呢？溫榮實是不知她們有何深仇大恨？

溫榮抿了抿嘴唇，坦然地迎上溫蔓神色閃爍的眼睛。「蔓娘，妳若有事不妨直說。」以溫榮對蔓娘的瞭解，此事她大可隔岸觀火、高臺看戲，自己出事於她而言並非壞事。

溫蔓展顏輕笑，收起嬌弱之色的眼睛是越發光亮。「四妹妹果然聰明，我確實有事求妹妹幫忙……」

送走了蔓娘，溫榮喚綠佩進屋伺候，梳了倭墮髻，再特意戴上織錦搭耳胡帽。

箭刻沙漏指向未時，溫榮本打算靠在矮榻上休息片刻的，不想立時就聽見瑤娘在幛房外喊她的名字。溫榮忍不住笑起來，不管發生什麼事，瑤娘好玩的性子都未變分毫。

溫榮走出幛房，見丹陽公主與瑤娘皆做男子打扮，丹陽公主換一身銀紅錦緞胡服，束綴銀蘇帶白雲冠，瑤娘則是一襲青緞圓領袍衫。她二人身負箭囊，手持雕銀月紋小彎弓，騎於青駒之上，確似英姿颯爽好兒郎。

溫榮瞧著俊眉秀目、身姿挺拔的二人笑道：「好生俊俏英偉的郎君，一會兒狩獵場上定要巾幗不讓鬚眉。」

「榮娘，可與我們一道行獵？」瑤娘雖知曉溫榮不善騎馬，卻仍舊期期地望著溫榮，畢竟難得到狩獵場，不策馬奔騰一番，著實可惜。

溫榮命僕僮牽來一匹最溫順不過的胭脂駒，輕抓馬鬃，待胭脂駒搖首擺尾打了個噴，才踩著馬鐙，俐落地翻身上馬。溫榮拍拍馬背笑道：「妳們莫要管我了，聽說今日是要比賽看誰狩的獵物多，別叫我拖累了妳們，我一人在草場緩行欣賞風景，亦是愜意美事。」

丹陽聳了聳肩，嘆口氣道：「罷罷，妳與琳娘同我等粗人不同，皆是嫻靜溫雅的。到時候我和瑤娘狩得的獵物，分了妳們一半。」

溫榮抬眼盈盈望向她二人，狡黠笑道：「奴謝過郎君恩典。」

丹陽撐不住笑起來，轉頭嗔道：「趁著五哥不曾過來，就在此郎君長、郎君短的，更與我等暗送了秋波，待我改日見到五哥了，定要參妳一本！」

溫榮臉上泛起嫣紅，沒好氣地道：「與妳二人玩笑罷了，偏要扯到旁人，好生無趣！妳們也莫在此耽擱了，一會兒被她們搶得頭彩，又要怪了我。」

瑤娘放眼望去，見肥碩的野兔、小鹿等獵物已被趕至草場，更有許多娘子揮鞭策馬追去，草場裡吆喝聲、馬蹄聲交織如潮，好不熱鬧。

「五哥都已成了旁人，我們是不敢再多說了！」

丹陽與瑤娘稍稍向前彎身，夾緊了馬肚，青駒揚蹄往草場奔去。

瑤娘不忘再回頭喊幾聲，讓溫榮等了她二人捷報。

見她們漸行漸遠，溫榮鬆了口氣，頓了頓身，正要獨自去林子，卻忽然聽到琳娘的聲音。溫榮回頭眼見琳娘騎了棗紅馬朝自己而來，心下隱隱不安。必不能讓她的事牽累到琳娘，可此時又無法向琳娘說出實情。

「榮娘，三皇子與郎君們一道狩獵了，偏生我亦是不擅長騎馬的，一人在幃房裡太悶，想與妳做個伴，一道欣賞終南山風景。」琳娘望著溫榮笑道。

溫榮只得權且應下，到時候再想法子將琳娘引開了去。

二人騎馬在草場上徐徐而行，映入眼簾的是千峰銀屏和幽雅山谷，微微清風拂面而來，若能心無牽掛，確實是如世外桃源般的好地方。

溫榮今日見到琳娘，就已看出琳娘精神不佳。

二人沈默前行，不一會兒遠處傳來喝彩聲，原來二皇子一馬當先，獵得了一隻小鹿。見人群歡呼笑鬧，琳娘面上浮起幾分豔羨的神情，幽幽說道：「雖說靜有靜的好處，可瞧了他們策馬奔騰、瀟灑肆意的模樣，還是會羨慕。」

溫榮附和地輕笑道：「可不是？馬毬與狩獵我們皆不行，確實少了許多樂趣。」溫榮轉頭好奇地看向琳娘。「琳娘，京中女娘自小就是騎馬遊樂的，為何琳娘……」

謝琳娘無奈地苦笑。「榮娘，妳亦知曉楊家與謝家世代交好，故朝武太后是真真看了我長大的。太后喜歡柔弱溫順、善琴棋書畫的閨秀，我自小就開始學丹青、音律，而那等騎馬、蹴鞠、狩獵之事，在府裡是被禁止的。」

溫榮想起前年太后壽辰，琳娘奉與太后的錦繡壽桃仙鶴朝陽四尺丹青，仙鶴壽桃栩栩如生，染墨用色皆為上乘，一見便知作丹青之人有極深的功底。琳娘因家族的緣故，自幼被視作皇家媳婦教養，如今她嫁與三皇子，怕是意味著外戚弘農楊氏一族將支持三皇子。

月滿則虧，水滿則溢，看似勝券在握，可實際並不一定是好事。外戚坐大，實為聖主一大忌。那一世琳娘自縊，即是聖主削權避免外戚坐大的縮影。

溫榮撇開思緒，與琳娘笑道：「我可羨慕琳娘善音律了，琳娘得空了教我可好？我現今連簡單的曲子都不能彈全。」

琳娘瞥了眼溫榮，笑起來。「妳肯學自然好，待我忙過了這段時日，就去溫府親自教妳……」說著，琳娘的聲音忽就輕了下去，悵然若失。任誰鞍前馬後地為自己夫郎納側妃，心裡都要不好受。

「琳娘，那事……三皇子是如何說的？」溫榮輕聲問道。

琳娘衝溫榮安然一笑。「他是安撫了我，說讓我受委屈了。我知曉他是無可奈何的，平日宮裡和朝堂之事已令他煩心，我只能儘量不給他添麻煩，更不能讓他在王淑妃面前難做。」

溫榮與琳娘這邊廂正說著話，一名衣著體面的婢僕一路小跑地尋了過來。

二人勒停了馬匹，婢僕蹲身與她們見禮後說道：「二王妃請三王妃至幃房品茗。」

琳娘蹙眉詫異。「二王妃怎未去行獵？可是只請了我一人？」

二王妃未嫁前，是常派帖子請貴家女娘比賽馬毬的，而宮裡下的狩獵帖子，她更是場場都不落下。既然有如此騎藝，怎肯空留幃房，不與其他女娘一較高下？

婢僕垂首恭敬地說道：「二王妃今日身子不爽利，故留在了幃房歇息。泰王殿下先才送了主子一盒紫筍貢茶，主子知曉三王妃善茶道且未去狩獵，特意命婢子請三王妃一道品茗。」

琳娘面露不解之色，她與二王妃只是表面上的和睦相處，私下裡絕無一絲交情，倘若是因她身為三王妃，故才邀請了過去，那麼也該一起請榮娘的。

溫榮冷冷一笑，張三娘和溫菡娘出此惡計，二王妃韓秋嬏少不得也有參與，約莫是聽聞琳娘與自己在一處，就慌了神。如此倒也算是幫了她忙，否則她要費一番心思才能與琳娘分開。

溫榮輕鬆笑道：「既然二王妃派人過來請，總不能駁了二王妃面子，琳娘快過去吧！」

謝琳娘無法，蹙眉與溫榮道：「榮娘，妳騎術不佳，只一人就莫要走遠。不言旁他，那小鹿、野兔被趕得四處亂竄時，少不得會驚到馬，妳不若早些回幛房歇息，養足了精神，待晚上篝火宴再笑鬧一番亦是好的。」

溫榮感激地看著琳娘，頷首道：「琳娘放心便是，我一會兒就回了幛房。」

見琳娘隨婢僕回了行營，溫榮握著韁繩的手微微收緊，非但不往回走，反而朝人少的疏林行去。溫榮早安排了僕僮在林子裡候著，其中就有高昌僕僮塔吉，塔吉不但身手好，且箭術極高，拉弓射箭可百發百中。高昌僮僕的家眷自西州回京後，悉數安排在了溫府長房，塔吉如今已是府裡管事之一。邊城勇士重情義，塔吉等人皆言誓死效忠主子，溫榮對他們很是信任。有塔吉他們在，溫榮確實不擔心被猞猁傷到，再不濟，她亦可快馬逃離。

溫榮才進到林子，未行數步，便聽見一聲沈沈吠吼。溫榮心一緊，猛地回頭，卻是大驚失色！哪裡是什麼猞猁，那渾身金黑斑紋，分明是一頭獵豹！

獵豹此時正弓身齜牙瞪著她，嘴邊鬍鬚微動，唇腮抽搐，露出了白森森的犬牙。

溫榮心下暗道不好，獵豹要比猞猁迅敏上許多，不知塔吉是否能射中此凶狠之物？

不知猞猁怎會變成了獵豹？午時照溫蔓所言，張三娘與溫菡娘是算計了要溫蔓將她引到林子裡，再放出溫家二房養的猞猁，讓她成為猞猁的口中食。溫府豢養的猛獸咬死自家娘子，除了將獸奴打死解恨外，別的怪不得任何人。

溫榮穩了穩心神，溫家二房並未豢養過獵豹，這頭獵豹究竟是何府的？

溫榮身下的胭脂駒亦發覺了危險，踢著蹄子慢慢往後退去，不想此舉卻惹惱獵豹，獵豹猛地衝上前撕咬胭脂駒前蹄，胭脂駒一聲淒厲嘶鳴，轟地倒了下去，溫榮亦被摔在了地上。

獵豹已然將溫榮視作獵物，張了血盆大口撲將上來，溫榮大駭，又喊不出話，在此千鈞一髮的時刻，一隻巨大的白色鷹鶻伸直了爪子，朝獵豹直衝下來，黃喙灰鈎似鐵狠狠啄向獵豹面門，獵豹抬爪朝鷹鶻搧過去，那展翅能比溫榮肩膀還寬的鷹鶻登時落在地上，撲稜著再也飛不起。

獵豹綠幽幽的眼睛復又瞪向溫榮，比之先才更為躁動，就在溫榮以為大限至此時，一支利箭自溫榮耳旁呼嘯而過，正中獵豹額心，獵豹還未掙扎，就已轟然倒地。

溫榮還愣怔在那裡，就被人緊緊摟住，落入溫暖的懷裡。

草場上狩獵的郎君、女娘，亦聽見動靜圍了過來。

獵豹死狀猙獰，鮮紅的血自箭口處汩汩淌出，刺目的顏色順著層層堆疊的落葉向四處蔓散。

溫榮忽覺身上一輕，已被打橫抱起。

「榮娘，別怕，沒事了……」聲音低沈清澈，卻又有一絲顫抖。李晟冷冷望向人群，命僕僮請了醫官後，一語不發地抱著溫榮往行營而去。

李晟將溫榮送回幃房，綠佩瞧見溫榮胡服上的大片血跡，頓時急得哭將起來。

碧荷還不至於驚慌失措，兩步上前扶過溫榮，焦急問道：「娘子，哪裡傷著了？可請了醫官？」

溫榮穩穩心神，勉強笑了笑。「別擔心，我並未受傷，胡服上的血是胭脂駒的。」

聽言，李晟原本僵硬的表情不著痕跡地鬆了下來。

溫榮目光落在李晟那雙覆滿塵土的雲緞快靴上。陪都至盛京，縱是走快馬驛道，亦有幾百里路程。溫榮目光閃爍，抬眼問道：「晟郎，你怎會突然回來？陪都之事可忙完了？」

李晟頷首道：「陪都已無事。」說罷頓了頓，聲音頗為嚴厲。「榮娘，妳為何一人去了林子？」李晟知曉溫榮不善行獵，那黑豹是三哥府裡豢養的，平日這等凶物皆由豹奴管束，今日之事，絕非巧合。

溫榮聲音微低，看向李晟的目光頗為內疚。「……聽聞林子裡出現過白狐，我好奇，所以……」

「妳太不小心了！若是有個好歹，讓我……」李晟的聲音弱了幾分，頗為不自在。「讓我如何向老夫人交代？」

這人在外面冠帶巍峨，惜字如金，在她面前就像話嘮。

正說著，婢子進來稟報。「醫官來了。」

當時的情境看似凶險，可溫榮確實無大礙。搭耳胡帽、厚鬆的落葉，皆護了溫榮周全，只有手腕處輕微擦傷，略有紅腫。

女醫官將宮製外傷藥酒交與碧荷，並吩咐婢子為溫榮煎煮安神湯。

李晟蹙眉詢問：「何時能好？」

醫官躬身謙順回道：「約莫三、四日就能好利索了。」

送走醫官後，碧荷捧了簇新衣物，尷尬地向娘子使眼色。五皇子與娘子說話時是溫和體貼，可那好臉色只與娘子一人，閒雜人等每每對上五皇子的眼神，都能感受到透骨的寒意。

「晟郎，那個……我要更衣了。」溫榮的臉微微一紅，低聲道。

李晟輕咳一聲，大步流星，頭也不回地出了幛房。

狩獵場，因黑豹險些傷人一事，李奕、丹陽等皆少了狩獵的興致，李奕更是第一次當眾人的面發了脾氣。

溫榮沐浴更衣後，才知曉丹陽、琳娘她們已在外間等候。

琳娘見到溫榮，紅著眼睛，幾步上前牽起溫榮的手，滿是歉疚地道：「榮娘，對不住妳……」

溫榮已知曉黑豹是臨江王府的，可溫榮相信此事與三皇子和琳娘無關。本以為是張三娘要害她性命，如今看來，背後人真正的目的是令三皇子與五皇子翻臉，乃至決裂。

溫榮微微一笑，拍了拍琳娘。「琳娘，我沒事，往後我們都該留心了他人的鬼蜮伎倆。」

琳娘懂背後的利害關係，感激地看向溫榮，點點頭，握著溫榮的手更緊了些。

「此事定是張三娘所為，她嫁不成五皇子，就要害榮娘！」林瑤憤憤罵道。

先才五皇子抱著溫榮離開後，豹奴就被帶至三皇子跟前。三皇子厲聲逼問，豹奴知闖了大禍，嚇得神志不清，渾身發抖。就在李奕命人下杖刑時，豹奴猛地抬頭，瞪圓了眼睛，伸手亂指，最後指向溫菡娘和張三娘的方向，一口咬定是她們身後的婢子許了錢帛與他，將他引開了去的。被點到之人自然大聲喊冤，李奕正要拿婢子對質，豹奴突然扼喉，滿地打滾，狀似十分痛苦，待侍衛將他制住，豹奴已鼻口滲血，面色黑青，儼然中毒身亡。

溫榮聽聞豹奴死了，不由得心一緊。究竟是誰如此狠毒，罔顧人命？除去豹奴，沒有了罪證，今日之事就成了一樁糊塗公案。豹奴死前瘋瘋癲癲，胡亂的言行自不能作證。

溫榮眉眼中多了謹慎，望著瑤娘叮囑道：「瑤娘，此事關乎他人聲譽，莫要再說了，大家都小心了便是。」

林瑤皺起眉頭，狠命地咬了咬嘴唇。那豹奴點了張三娘和溫菡娘後，林瑤就一直盯住她二人。不做虧心事，不怕鬼敲門。她們分明面色醬紫、異常慌亂，直到確定了豹奴嚥氣，她二人才露出笑來，不是張三娘與溫菡娘，還能有誰？

綠佩伺候溫榮用過了安神湯，丹陽公主叮囑溫榮好好休息，便帶著琳娘與瑤娘離開。

三人走出幃房，瞧見張三娘在附近探頭探腦。

張三娘快走幾步至三人跟前，戰戰兢兢地同丹陽公主與琳娘見禮，好半天才囁嚅道：「獵豹傷溫四娘一事真與我無關，豹奴是狗急跳牆胡亂指認的，還望公主與三王妃明查，還我清白。」

「哼，賊喊捉賊！」林瑤瞥了她一眼，咬牙說道。

張三娘低垂的眼中閃過一絲恨意，卻是哀戚戚地道：「公主瞧瞧，就連林二娘亦這般說我了，叫我在京中還有何立足之地？」

丹陽冷眼看著張三娘。「與其求了我等，妳還是慶幸榮娘如今無事吧，否則就算豹奴死十次，妳也脫不了干係。」

說罷，丹陽三人丟下她，直直往三皇子幃房去了。

丹陽緊攥著帕子，她雖不若瑤娘那般衝動，卻也嚥不下這口氣。此次秋狩是她下帖子邀請榮娘來的，倘若榮娘出事，她難辭其咎，更何況榮娘還是她交好的姊妹。至於張三娘與溫菡娘，無確鑿證據治不了她們的罪，卻也不能那般輕易地放過她們！

張三娘望著丹陽的背影，脊背一陣發涼。她本是拉了溫菡娘一道過來探丹陽公主和三王妃口風的，可不想溫菡娘平日裡看起來膽大敢為，出了事就做起了縮頭烏龜。

反正豹奴已死，懷疑有何用？傷不了她分毫。張三娘思及此，又挺直了身子。最可惜的是溫榮娘竟然安然無恙，虧得她們費許多功夫布此局。

溫榮一覺醒來已是酉時，隱約聽見幃房外傳來樂鼓和歌聲。

碧荷進屋伺候溫榮更衣梳妝。「娘子，行營裡在辦篝火宴，挺熱鬧的。」

溫榮撩開一絲幔簾，不遠處正燃著熊熊篝火，許多人圍著篝火談笑風生，舉杯暢飲。

「娘子，溫二娘來看妳了。」綠佩端了碗飲子與溫榮。

溫榮微微皺眉，來了也好，省得她再去尋。

「榮娘……」蔓娘面如白紙，拉起溫榮的手，擔憂地說道：「知曉妳出事，我是心急如焚，然妳在歇息，故不敢貿然進來尋妳。可好些了？」

溫榮不動聲色地將手抽回，輕笑一聲。「黑豹是怎麼一回事？」

「榮娘，我正是為此事來的……」蔓娘的眼眶裡總似含著欲滴還收的淚珠，嘴唇囁嚅了兩下，沒再說下去。

溫榮嘆了口氣。「綠佩與碧荷是我心腹，不用避著她們了。」

蔓娘臉上一閃驚訝，半晌嘴角才爬上些許笑容。「榮娘……我真的不知曉林子裡會是黑豹，上元節與今日之事，我確實不光明正大……不論妳信不信，我是真無害妳性命之心，妳明白我在府裡的處境，我只想要自保。」

溫榮淡淡地看著蔓娘楚楚動人的臉，蔓娘要借此事對付董氏與菡娘，害人不一定要用有鋒刃的刀子。比之蔓娘與背後人，溫菡娘和張三娘的手段著實不高明，她二人也是被利用的。「罷了，小衣是怎麼一回事？」

午時蔓娘問她是否還記得她曾有過一件素錦菱花細翠紋小衣，溫榮當時心猛地一沈，那是她貼身用的，為何蔓娘會知曉？小衣若是落在他人手裡，她豈不是要任人擺布？

無奈蔓娘再不肯多說，只言她幫忙後，會一五一十告知她始末。

溫蔓微微偏頭，同情地看著溫榮，髮髻上的珠釵流蘇在燈下搖晃，閃爍著十字星光。她四妹妹的弱點是眼裡揉不得沙子，那人說的對，只要抓住了他人的弱點，就能讓他人聽你的話。溫榮娘果然肯聽她的話。

「榮娘，妳可知曉惠香是二夫人有心使來妳身邊的？」

溫榮眉心微皺，過繼到長房後，惠香就被送到了莊子上，她知曉惠香是府裡使來監視她的，卻不知原來是二伯母的人。

溫蔓繼續說道：「是惠香偷了妳的小衣，並交給了菡娘。至於惠香如何能進到妳廂房裡間，就該問妳信任的貼身侍婢了。」

綠佩與碧荷登時變了臉色，正要跪地，卻被溫榮攔住。

溫榮沈臉看了她二人一眼。「罷了，我知非妳二人所為，此事一會兒再說。」

「菡娘將妳的小衣送給了韓大娘子，亦是二王妃了。去年曲江宴會上發生了貴家女娘私會二皇子一事……話已至此，小衣究竟做了何用處，榮娘一定比我清楚。」蔓娘執帕子輕觸鼻尖。

溫榮驚得手腳冰涼。

蔓娘起身嫣然一笑。「榮娘，該說的我都說了，謝謝妳幫了我的忙。外頭篝火宴很是熱鬧，三皇子捕到了好幾隻鹿和兔子……」

聽見蔓娘提起三皇子，溫榮的身子微微一顫，抬眼謹慎地看向溫蔓。「妳怎知曉得如此清楚？」

溫蔓自瞧出溫榮已不安，抿嘴輕笑。「菡娘做事一向有欠思量，又極易被人煽動情緒。最重要的是，她從未將我放在眼裡。」未放在眼裡，便不會有提防，故要收買溫菡娘身邊的人，絕非難事。臨走時，溫蔓又回望了溫榮一眼，眼神裡有幾分憐惜。「榮娘，我還是那句話，不論妳信不信，我斷無害妳之心。我亦是希望妳順利嫁與五皇子的，往後還指了妳的幫襯。」二王妃等人要自保，對小衣之事是絕口不再提，而她知曉了也毫無用處，今日提醒溫榮，確實是要她心裡有準備。

笑裡藏刀比之猛獸的尖牙利齒更可怕，當刀鋒畢現時，會令人措手不及。

待溫蔓離開幛房，不及溫榮發話，綠佩與碧荷已撲通一聲，雙雙跪在溫榮面前。她二人皆知此事嚴重，小衣被偷、落入他人手裡是她們的失職，枉費了娘子那般信任她們。倘若那人拿娘子小衣作文章，再傳將出去，娘子的聲譽就毀了！

幛房裡很安靜，只有綠佩和碧荷低低哭咽的聲音。

溫榮嘆氣道：「我信得過妳二人，只不知怎會讓他人鑽了空子？」

雖然婢子不可能時時守在裡屋，但平日箱籠是落了鎖的，開鎖的鑰匙亦是由貼身婢子保管。

綠佩一怔，忽想起一事來，也不敢隱瞞，瑟瑟發抖，連連叩頭道：「娘子，都是婢子的錯！有次婢子打開娘子箱籠，才要取了錦帕的，不想那日吃多了飲子，忽然腹痛，奴婢來不及鎖箱籠……」綠佩眼淚直流，十分悔恨。

溫榮上前將綠佩扶起。惠香存心要偷她的貼身物件，縱是綠佩不曾打開箱籠，惠香也會尋了別的機會。溫榮卻是更念著綠佩對她實心實意的好，遂柔聲說道：「事已至此，往後莫再大意了便是。」與其再追究是誰將小衣流出去，不如想想該怎麼辦。

將溫蔓所言與曲江宴一事串起來，小衣定是落在了三皇子李奕手裡。可此事過去了一年，他也未在自己面前提起。若往好的地方想，或許他已將小衣銷毀，不聲不響是不想令她難堪……可若不是呢？溫榮咬咬牙，攥緊帕子。她要如何阻止……

「榮娘。」

溫榮聽見幛房外傳來聲音，心尖一顫。
「娘子，五皇子過來了。」碧荷輕聲道。
溫榮理了理髮鬢，帶著碧荷迎了出去。
李晟換下了先前風塵僕僕的暗色袍衫，著一襲素淨朗潔的銀白綾紗大科袍服，正負手笑望著溫榮。
溫榮早已熟悉了五皇子的微笑，俊朗修長的眉眼收斂光芒後分外柔和，微微揚起嘴角好似雲淡風輕。舒展的五官、輪廓分明的臉頰，比之李奕，要更加漂亮高雅。溫榮抬頭對上了那雙清澈的眼睛，心中微微一動，旋即又喪氣地垂下頭。
李晟走至溫榮跟前。「榮娘，身子可好些了？」
溫榮扯起嘴角笑道：「已無事了，晟郎怎不去篝火宴？」
李晟含笑道：「我想帶妳去看樣東西，可能與我去了？」
溫榮狐疑地瞧著李晟，不知他又賣什麼關子，想來左右也無事，遂點頭答應。
李晟牽起溫榮往幛房外走去，溫榮回頭發現碧荷等婢子不知何時不見了，她們倒是會瞧風向，關鍵時候卻忘了誰是主子。
李晟帶著溫榮到了行營西南角的一座獨立小幛房前，溫榮隱約聽見幛房裡傳來嗚嗚的聲音，李晟替溫榮撩起了簾子，溫榮抬眼看向幛房角落的籠子，竟然關著一隻通身雪白的狐狸，白狐正齜牙咧嘴地啃咬籠子，還不忘嚎叫兩聲，恐嚇溫榮。

就在溫榮以為這靈物是天不怕、地不怕時，白狐忽然夾緊毛茸茸的大尾巴，蜷縮進了角落裡，通亮的眼睛驚懼地盯著溫榮身後，原來是李晟放下簾子走至了溫榮身邊。

李晟清亮的聲音響起。「妳說想看白狐，我本以為狩獵場裡不會有的，不想竟然真在林子裡遇見了。」

溫榮臉一紅，下午晟郎問她為何要去林子，她尋不到藉口，忽想起瑤娘曾同她提起過，有人在狩獵場裡見到了靈物白狐，故才隨口一說，不想他當真了。

白狐確實很漂亮，溫榮忍不住多看了幾眼，可為何白狐是用一種哀憐憂鬱的目光與她對視？溫榮身子一頓，走上前仔細瞧了，才發現白狐肚子圓滾滾的，抖著兩隻耳朵，似是在祈求。溫榮雖一眼就喜歡上這毛茸茸的靈物，但心下終究不忍，猶豫半晌後道：「放了牠吧。」

李晟將溫榮牽到籠前。「若不喜歡大狐狸，以後小狐狸可以親自養。」

「好歹是靈物，與其囚在籠裡，不若放回山林吧。」溫榮有聽聞白狐通人性，本以為是書裡的神話，今日親眼所見，才知是真的。用自由換半世無憂……溫榮不忍看雪狐的眼睛。

沈默片刻，李晟輕聲一笑。「好，明日我就將白狐送至狩獵場外，只望牠不被他人獵著，枉費了榮娘的心意。」

二人回到行營。

篝火四周擺著密密匝匝的坐蓆，樂伎在旁敲鼓奏樂助興，一罈罈上好嶺南靈溪博羅被敲開了封泥，酒香與炙烤鹿脯、兔腿的香味交織，一陣陣飄來。

溫榮睡醒後口中寡淡，故只吃了半碗白粥，此時聞到香味倒開了胃口。

不遠處，琳娘與丹陽正在弈棋，二人看到榮娘，皆放下了棋子，瑤娘更是遠遠地喚了溫榮的名字。這一喊，眾人的目光皆被吸引了過來。

約莫是想起下午發生的不愉快之事，席上聲音小了下去，氣氛有些僵硬。

還是二皇子舉起酒盞，向李晟高聲笑道：「我正問奕郎你去了哪裡，原來是帶了小娘子花前月下了！」此話打破尷尬局面，眾人皆哄堂大笑起來。

不絕於耳的戲謔言語，羞得溫榮臉發燙，衝李晟微微蹲身後，轉身慌慌張張地去了琳娘她們身邊。

丹陽拉住溫榮，順便又在棋盤上落一子，與琳娘笑道：「我早說了五哥自陪都連夜趕回盛京是為了陪榮娘的，妳還不信了！」

溫榮笑罵了丹陽一句，正接過婢子奉上前的銀紋碗碟，卻見李奕撇下眾人，笑著向她走來。

李奕走至溫榮面前，嫣紅的火光映照著他涇渭分明的眼睛，坦然的目光帶了濃濃愧意，聲音一如既往的清亮溫柔。「榮娘，今日之事著實對不住，是我太過疏忽大意。若有何不妥的，儘管與我說了。」

思及李奕為人與小衣一事，溫榮的手握得格外緊，為壓下胸口不斷漫起的膈應與不自在，指甲嵌進了手心亦不自知，只勉強笑道：「奴無事，三皇子不必掛心。」

「無事就好。此為石脂玉粉，對外傷癒合有奇效，還望榮娘不棄。」李奕掌中是一只刻蓮花紋白玉瓶。

《博物志》有言：「名山大川，孔穴相向，和氣所出，則生石脂玉膏，食之不死。」

前世李奕便送過罕有的石脂玉粉與她，可惜雖是妙藥，卻無法令人不死，終究只是生肌消瘢痕的外傷藥罷了。

她本就無大礙，如此名貴的貢藥自不能接。溫榮輕翹眼角，抬眼看向李奕，目光短暫相接。李奕面上清淺的笑容似是夜色中綻放芬芳和光華的春桃花枝，無怪許多女娘皆沈迷在他的溫柔多情裡。溫榮慢慢吐口氣，若非有事她必須弄清楚，否則對於眼前人，她是盼永不相看的。他的好意，她敬謝不敏。溫榮正要謝絕，琳娘已起身接過白玉瓶。

琳娘牽過溫榮的手，兩手相握，順其自然地將白玉瓶塞給溫榮，輕聲細語道：「榮娘，不論妳受傷與否，終歸是遭了驚嚇，奕郎與我很是自責難安。石脂玉粉妳收下，權當是為了令我們心安吧？」

溫榮微微皺眉，卻是推拒不過琳娘，只得無奈道：「奴謝過三皇子與三王妃。」

「都是一家人了，還謝來謝去。」琳娘眉眼含笑地看著李奕。

李奕表情溫和，點了點頭，琳娘這才牽過溫榮，在她身旁的蓆子坐下。

溫榮收回目光看她二人弈棋，丹陽執的是黑子，不想琳娘的大片白子已被困死。比之丹陽，照理琳娘棋藝要更勝一籌，琳娘會輸是因李奕在一旁，她的心思不在棋上。

不遠處二皇子李徵勸酒的聲音高亢，命侍從將三只盛滿澄清靈溪博羅的獸首瑪瑙杯碰在了李晟面前。來遲了，自然要罰酒。

溫榮偏頭順著喧鬧聲望去，只見晟郎眉眼不動，端起比之尋常酒盞足足大了兩倍的瑪瑙杯，一抿而盡。

「五弟好酒量！」

談笑與篩酒聲越來越響，有郎君在喚三皇子回去。

溫榮抬頭要與瑤娘說話，卻感覺到一抹打量她的視線——三皇子並非在看琳娘下棋。溫榮執起錦帕，擋在鼻尖。

李奕挑眼輕笑，嘴角旁的一彎笑容更深了些。夢裡的雲霧後永遠是她花月一般的臉龐，清亮如秋水湖色的雙眸總能吸引他的目光。理應觸手可及，可每每夢裡驚醒，皆失落地發現枕邊人並非她。

她與閨中好友說話時笑得乾淨純粹，在五弟李晟身邊會含羞帶怯地垂下眼，唯獨面對他的是疏離和冷漠。縱然這朵花帶了刺，他也想要摘。算算日子，到時候了。

「三弟，如何還不過來？可是也想被罰酒了？」二皇子朗聲催促道。

送走李奕，溫榮鬆了一口氣。果然丹陽只能贏琳娘一盤棋，連輸三局後，丹陽牽過溫榮，央溫榮做她的棋盤幕僚。

溫榮指點了丹陽兩步，琳娘掩嘴玩笑道：「觀棋不語真君子，丹陽此舉可是要害榮娘做小人了！」

瑤娘笑起來。「三王妃這般說話定是因為怕輸了。」

琳娘端起一盤玉膾擺在林瑤面前。「尖牙利嘴，就知道討好妳嫂子！」

丹陽瞥了瑤娘一眼，滿臉笑容。「與我何干？她分明是在幫榮娘！」

溫榮抿嘴笑，也不接話。

四人嬉鬧著下了一局棋，溫榮抬眼環視四周，發現張三娘與溫菡娘皆未在篝火宴上，頗為詫異。「怎不見張三娘與菡娘？」

丹陽眼眸微閃。「她二人已經回府了。」

瑤娘壓低聲音道：「聽聞張三娘的侍婢被豹奴嚇到了，下午面色青白地暈倒在幃房裡。張三娘初始還精氣神十足，可眼見婢子狀況嚴重，這才開始後怕，申時便匆匆離開行營了。」

豹奴是胡亂點的人，根本無確鑿證據，張三娘這般慌亂離開，反令人生疑了。溫榮眨了眨眼問道：「菡娘呢？」

瑤娘癟癟嘴，對她二人很是不屑。「菡娘只說身子倦乏，與張三娘是前後腳離開的。」

篝火宴鬧到亥時末刻才散去。

次日上午，眾人仍舊在草場狩獵。

而溫榮起早後，照五皇子叮囑，留在幃房休息安神。

「娘子，五皇子真的獵到了白狐？」綠佩瞪著眼睛，很是驚訝。那等靈物漫說獵著，便是見到影子都極其難得。

溫榮端起紫蘇飲，輕抿一口，笑道：「是，我亦是第一次瞧見白狐，確實通身雪白。倘若在冬日雪地裡，必是分辨不出的。」

「娘子，靈物可是祥瑞大吉之物，五皇子獵到了雪狐，五皇子豈不是古書裡的天玄之人？」綠佩不假思索，脫口而出，兩眼都放出光來。

天玄為讖。好在屋裡只她主僕三人，若被他人聽去，必會給晟郎添了麻煩。溫榮皺眉斜睨了綠佩一眼。

綠佩對上娘子嚴肅的目光，自覺失言，吐吐舌頭，不敢再說話。

碧荷為溫榮手腕重新塗抹了外傷藥，打圓場道：「轉年五皇子就要與我們娘子成婚了，豈不正是祥瑞之人。」

「是了、是了，我就是這意思！」綠佩連忙抬起頭，湊上前討好地笑道：「娘子，可是有哪裡不舒服？婢子為娘子揉揉。」

溫榮才打發了綠佩，不一會兒碧荷又取出一只新縫的荷囊。

「娘子，瞧瞧這顏色可喜歡？婢子思量著再綴上並蒂蓮石三色流蘇，娘子用了再合適不過。」

溫榮見她二人一唱一和的模樣，好笑道：「妳二人可是想看白狐了？」

碧荷與綠佩相視一望，衝著娘子連連點頭。

昨日晟郎答應離開終南山時將白狐放歸山林，此時不過巳時初刻，想來白狐還在小幃房裡。

溫榮亦是打算再去瞧瞧那毛茸茸的靈物，遂笑道：「我帶妳們去了便是，沒得在此百般殷勤，惹我心煩。」溫榮吩咐綠佩帶上新炙鹿脯與乾果。不知晟郎是否有命人給白狐餵食，倘若忘了，囚在籠裡一夜怕是要餓壞的。

郎君與女娘皆往草場和林子狩獵了，行營裡只剩下執戟守營的侍衛，頗有幾分冷清。

溫榮三人到了小幃房，白狐果然還在籠裡，發覺有人進來，耳朵猛地豎了起來，警惕地瞪大了烏溜溜的眼睛，直到瞧見來人是溫榮，才嗚嗚兩聲，退回角落。

綠佩緊張地將果子和鹿脯投進籠裡，就見白狐一躍上前，肉肉的爪子抓起鹿脯吃了起來。綠佩歡喜道：「原來白狐這等靈物亦是要吃葷的！」

溫榮與碧荷忍不住笑起來。就數綠佩心思單純。

忽然，一道光投進昏暗的幃房，不知誰將門簾撩開了。

溫榮回頭瞧見來人，警惕地退了一步。

碧荷與綠佩連忙蹲身行禮。「三皇子安好。」

李奕頷首，清亮的目光落在垂首避於婢子身後的溫榮。他昨日已瞧出了溫榮的不同，往日二人相遇，溫榮對他是視若無睹，冷漠到令人心寒，可昨日他卻捕捉到了一絲驚慌和不安。如此甚好，他也不捨得眼前人因措手不及而無助慌亂。

李奕眼角眉梢皆是溫暖笑意，瞥了眼白狐，輕聲說道：「白狐鮮少能見，縱是出現在人前，亦是如風影一般，轉瞬消失。如此可見五弟騎射功夫了得，才能獵得白狐。」

溫榮沈下眼，不知三皇子出此言是何用意？「此白狐已有孕，故行動遲緩，五皇子是碰巧獵到。」太子與二皇子皆想離間他兄弟二人，旁人伎倆可躲可防，溫榮獨擔心李奕認為晟郎與他有異心。

李奕眼中神采透澈，看著溫榮髮髻上的點翠雙蝶金簪，笑道：「榮娘喜歡碧青翠藍的顏色？」

溫榮的心重重一跳。「三皇子見笑了。」

嘴角彎起，單純地對著她笑，聲音清澈輕柔，本似羽毛，卻一字一頓地扎在她身上——「古鏡菱花暗，愁眉柳葉顰。待那清溪波動菱花亂之時，榮娘可願抬眼仔細瞧我？」

溫榮丟失的小衣為翠色菱花紋！綠佩與碧荷是驚魂難定，大氣不敢出。

李奕眼見溫榮攥緊了小手，笑容更深了。「榮娘是心甘情願嫁與五弟嗎？不若仔細想明白了，莫要將來後悔，苦了自己，誤了五弟。」

溫榮呼吸急促。李奕究竟要做什麼？若是真鬧開了，她怕是只能與前世一般，一條白綾了卻此生，以示清白。可死，不過是解脫了她一人。

溫榮穩住心神。「三皇子今日之言，奴只作未聞。三皇子是五皇子極敬重的兄長，而五皇子在邊疆立了軍功，聖主授其雲麾將軍之銜，還望三皇子以大事為重。」

李奕忍俊不禁，何時起，她與五弟說的話都那般像了？原來她也知曉所謂的大事，勸他以大事為重。可她為何認為五弟會因為她而與手足兄弟翻臉決裂呢？李奕薄薄的嘴唇上揚，彎起璀璨的笑容，好整以暇地望著眼前嬌小女娘的神情百般變幻，驚慌、羞憤，轉瞬又歸回冷漠。她是否以為將心思藏在飄忽的霧氣裡，他就捉不住了？

溫榮沈著臉，繞開李奕，準備離開幛房。

李奕的目光隨溫榮到了門簾處。竟然如此鎮定，看來要抓住這隻小貓，還得費一番功夫。「榮娘，妳大可不必害怕我。我本是無意傷害妳與五弟的，可若妳實是不肯聽話……」李奕輕笑一聲。「兩者相較取其輕，我要以五弟為重，但榮娘亦可放心，我不會令妳太過難堪。」

溫榮腳步一滯，藏在袖籠裡的手微微發抖。不會令她太過難堪？溫榮背對李奕，露出譏誚的笑來。意思是，出了事後，會納她做側妃嗎？她是否還應該對他感恩戴德了？

溫榮不再與他多言，帶著婢子，腳不停地回到幛房。

第二十六章

雖在李奕面前強作鎮定，可溫榮實是沒了主意。聽李奕先才所言，是不會輕易放過她的，倘若真因此毀了清譽，她沒有臉面苟活於世不說，更會連累了府裡。還有五皇子……她能感覺到晟郎對她有心，她不忍傷害了他。

「娘子，如今該如何是好？」綠佩哭喪著臉。追根溯源，此事是因她疏忽大意而起，她十分愧疚，倘若娘子有個好歹，她必將隨了去！

溫榮輕咬嘴唇，此事絕不能迎頭受著，李奕並非魯莽之人，捕魚還需撒網，總歸會有風吹草動。想得越多，溫榮越覺得胸口悶得難受，心上似有沈重的石頭，墜得她喘不過氣來。

「榮娘？榮娘？」

半晌才聽到有人在喚她，溫榮猛地一驚，瞧見是晟郎自草場行獵回來了，這才起身上前，吶吶地笑道：「晟郎今日可有收穫？」

李晟望著溫榮，輕笑道：「自然是有的，我已命僕僮將鹿和兔子送到了馬車上，榮娘帶回了府裡亦是不虛此行。」

溫榮抬眼迎上李晟的雙眸，目光流轉間是慌亂和不安。

李晟微微皺眉，可見溫榮不願多談，只能笑道：「榮娘，巳時末刻了，我送了妳回府。」頓了頓，李晟忽想起一事。「對了，我已將白狐放歸山林，榮娘不必再擔心。」

溫榮抬起頭來欲言又止，說不感動是假的，本已呼之欲出的話落在嘴邊，只剩一句道謝。

臨近午時，眾人皆收拾物什，捎上此次秋狩戰利品，各自乘馬車回府。

溫榮在林子遇見黑豹之事一早就傳回了溫府，見溫榮安然無恙地回來，謝氏等人是長長地鬆了一口氣。

林氏拉過溫榮，仔仔細細地瞧了好一會兒，看到溫榮手腕上的擦傷，紅了眼睛說道：「過幾日是初一了，阿娘去昭成寺為你們求平安符，將平安符放在荷囊裡，也不要阿娘如此操心。往後狩獵，你們是再不許去了！」

溫榮想起前年軒郎墜馬，雖是有驚無險，阿娘卻也嚇得幾日不曾合眼，思及此，溫榮自覺十分慚愧。

李晟在穆合堂稍坐片刻，便起身告辭。

謝氏與溫榮知曉五皇子是領公差去的陪都，照理昨日回京後就該立時回宮面聖，既已拖延一日，她們也不敢多做挽留。

溫榮主動送李晟至穆合堂月洞門。

秋日暖白的陽光自林葉間投下，斑駁地落在李晟玉白雲海紋袍服上。

溫榮望著李晟清俊的面孔，顰眉道：「晟郎，昨日你徑直去了狩獵場，聖主是否會怪你？」

見溫榮滿面愁容，李晟心微微一顫，忍不住抬手覆上溫榮細弱的柳眉，似要撫去那已沾染至眉梢的愁緒。

溫榮被李晟此舉嚇到，紅著臉退了一步，侷促地絞著錦帕。

李晟收回手，握拳抵唇輕咳一聲，安慰道：「昨日我已交代了工部侍郎，今日只是回宮面聖請安罷了，榮娘不必擔心。」

溫榮頷首，低頭盯著蜀錦繡鞋上的四瓣金花。「晟郎快回宮吧，莫要遲了。」

「若有事，可讓桐禮傳話與我。」李晟又說了過幾日至溫府探望老夫人後，便轉身離開。

竹林甬道落滿了細長捲曲的竹尖葉，一步步踩上去沙沙作響。溫榮抬眼看向李晟的背影，玉白色袍服被風吹起，似與飛舞的落葉連成一片，婆娑輕揚……

晚膳時溫榮只勉強吃了一個玉露團，再沒了食慾。

林氏認為榮娘是累著了，也未多想，吩咐溫榮早些回廂房歇息。謝氏卻發覺昨日狩獵場發生的事情頗為蹊蹺，在溫榮與林氏皆離開內堂後，謝氏命汀蘭將此次隨溫榮去狩獵場的僕僮喚來問話。謝氏知曉實情後是又驚又懼，亦對榮娘此舉著實不解。究竟是何事，逼得榮娘出此下策，以身犯險？

次日，溫榮睜開眼，起身對上窗欞的初陽，猛地一陣眩暈。昨日輾轉反側，整夜未眠，敷了茶包也無用，無奈溫榮只得頂了眼眶下重重的黑眼圈，往穆合堂與祖母和阿娘請安。

林氏見溫榮一臉憔悴，正要捉過來細問一番。

謝氏眉心微陷，與林氏說道：「早起時見園裡青葉已結霜，看來今年霜降要提前了，約莫是冷冬。妳帶了汀蘭去庫房看看，銀炭與凍傷膏子是否已準備齊全？忽然冷下來，府裡有人凍傷便不好了。」

林氏這才想起官倉裡發的毛皮與銀炭等避寒物還未整理，連忙放下手中為榮娘繡的石榴紅小襖，同老夫人道安後帶著汀蘭尋管家去了。

溫榮在一旁神色慵慵地撥弄碾子裡的茶沫，等鍋釜水沸了再為祖母煮茶湯。

謝氏聽到風爐上發出咕嚕咕嚕的水沸聲，抬眼見溫榮還在用茶碾子碾已碎成松花粉的茶沫子。孫女若非遇到難事，斷不會是這般模樣，可照以往，榮娘應該會主動與自己說的。謝氏屏退了侍婢，直起身子，正色道：「榮娘，我已喚塔吉問過話了，妳可是有把柄落在了他人手裡？」

溫榮身子一僵，她昨日就想告訴祖母，求祖母幫忙出主意的，可實是覺得難以啟齒，故才拖到了今日。「祖母，妳可記得去年曲江宴，德陽公主將兒引到二皇子所處廂房，要毀兒清譽一事？」

謝氏點了點頭，那事虧了五皇子，榮娘才保全清譽。五皇子實是幫了她一府許多忙，待榮娘又是一心一意的，謝氏對五皇子是多有感激。而德陽公主約莫是心虛理虧，之後倒再未找過榮娘麻煩。

溫榮低頭說道：「那時兒被關在廂房，由於太過緊張害怕，忘了查檢二皇子醉臥的床榻是否有關乎兒的私人物件……兒本以為此事已過去，不想前日在行營，兒自蔓娘那兒得知德陽公主與二王妃等人不只將兒引至廂房，更偷得兒的貼身小衣，故意放在二皇子身旁。」

謝氏大驚，攥著佛珠的手微微發抖。「那小衣如今在何人手上？」

溫榮蒼白了臉，雙眼微紅，幾是哽咽地道：「在三皇子處。昨日三皇子威脅兒，他要兒想明白了，莫要誤了五皇子……」

謝氏氣得咳嗽起來，若此話非出自孫女之口，她是斷不敢相信的。三皇子儀表堂堂，平日是正人君子的謙謙模樣，誰能想到私下竟這般小人！

溫榮忙上前扶起祖母，難過地咬緊了嘴唇。若是可以，她實是不想讓祖母再為她操勞了。

過了好一會兒，謝氏才喘著氣說道：「妳賜婚與五皇子同他何干？縱是要籠絡琅琊王氏，他如今也娶了王氏女做側妃了，這般為難妳簡直欺人太甚！」

謝氏半合眼靠回矮榻。「榮娘，妳是否得罪過三皇子？可知他有何目的？」

溫榮苦著臉，她要如何解釋。重生為人，她在渠河樂園第一次遇見李奕時，李奕忽然好奇地問是否在哪裡見過她，那時她心裡即有所懷疑。李奕縱不似她那般，將前世的事情記得清楚，卻定然對她有印象，或許李奕記得前世她是他的妃子。

溫榮抿了抿乾燥的嘴唇。「兒平日鮮少與三皇子往來，想來不該有事得罪過他，只是……」溫榮停頓片刻，聲音輕了許多。「不知兒是否多心了，三皇子似乎……有納兒做側妃之想。」

謝氏驚訝地看向榮娘，旋即又鬆了一口氣。若三皇子真有此心，好歹不會將榮娘逼上絕路。聖主賜婚後，榮娘就算是他三皇子的弟媳了，奪兄弟之妻，他怎不覺得可恥？且此事鬧開，榮娘縱然順利嫁與三皇子，也將遭世人唾棄。

謝氏對孫女的脾性再瞭解不過，皺眉問道：「榮娘，此事妳有何想法？」

溫榮怔怔地看著手腕上的嵌寶白玉鐲。「祖母，兒寧願剪髮做女冠，便是捨了命也不能這般覥臉嫁與三皇子苟活。」

「胡鬧！身體髮膚，受之父母，輕言捨命怎對得起妳娘老子！」謝氏瞪了溫榮一眼。「此事尚可轉圜，我會想了法子。倘若三皇子真不顧情面，除了妳，最難堪的便是五皇子了。妳是女娘，不得開口，我會同五皇子說明白。榮娘，妳可要有五皇子因此退親的準備。」

五皇子與三皇子的手足之情遠甚其他兄弟……溫榮胸口一陣酸澀。

用過午膳，溫榮一回到廂房便脫了繡鞋，閉眼躺在箱榻上假寐，長長的睫毛隨著淺輕呼吸微微顫動。事情雖還未解決，可與祖母說後，心裡總算是輕鬆了一些。

倘若將來真發生了何事，好歹祖母不會對她太過失望，只不知祖母要如何與五皇子談及此事，五皇子知曉後又將怎樣？

縱是一夜未眠，溫榮此刻也毫無睡意，無奈只得睜開眼怔怔地盯著幔帳上的流雲花紋。漫說她根本不值得晟郎因為她而與三皇子反目，便是晟郎真有此想法，她也第一個不同意。如此想來，最好的法子就是五皇子主動退親，她則度牒做女冠，既保存晟郎顏面，李奕也不能違逾禮制再為難她，她從此亦可落得清靜。

一連三天，溫榮除了往內堂和紫雲居向祖母、阿爺、阿娘請安外，其餘時間皆悶在了廂房裡。林氏已緊張地準備請郎中為溫榮看病了，謝氏雖摁下了慌張的林氏，卻也知這麼拖下去不是辦法，莫要三皇子還未有動靜，榮娘就真的病倒了。

謝氏悄悄命人帶話與桐禮，只請五皇子得空時過府說話。現今五皇子領了左驍騎衛中郎將的實缺，平日公事十分繁忙，不似以往那般有許多閒情暇空。謝氏本以為傳話後，至少要兩、三日五皇子才會抽空至溫家長房，不想當天就收到了回帖，約莫申時中刻，五皇子會來府裡拜訪老夫人。

溫榮得到消息，陪祖母用過午膳即躲回了廂房，為打發時間，遂吩咐綠佩研墨，打算憑藉印象畫一幅終南山秋狩圖。無奈心神不寧，落筆凌亂，分明是秀色無限的終南山，落在筆下卻是一派肅蕭之象。眼前雖有天際白雲自舒卷的景象，心裡卻無與其淺托的興意。

溫榮長嘆一聲，索性洗墨，將紫毫掛回筆架。

信步走至妝奩前，妝奩最下層收存了五皇子送的一套白玉首飾，溫榮拿起那支雙蝶雕梅玉簪瞧了好一會兒，如此精緻與純淨透澈的簪子，她卻一次不曾戴過。溫榮抿了抿嘴唇，抬手將百合髻上的寶藍珠花簪取下，換上了如冰雪般的瑩玉簪子。

站在矮榻旁的綠佩與碧荷皆默默地看著娘子，心裡亦是不好受。賜婚聖旨下來之時，娘子即決定帶她二人去紀王府，為此這段時日綠佩與碧荷的心情一直很好，直到秋狩那日……不想短短幾日工夫，又生出這般變數。細想娘子的親事皆談得波折，最初以為娘子要嫁去林府的，不想臨頭林家大郎被賜婚尚公主；現在五皇子對娘子很是用心，偏偏三皇子要同娘子過不去。碧荷與綠佩二人也沒有其他想法，反正不管好賴都要跟著娘子，才不枉娘子對她們另眼相待和照顧。

溫榮正怔愣地看著蔓枝纏花鏡，忽然聽見廂房外傳來軒郎的聲音——

「榮娘，聽說五皇子過來了！」

碧荷上前將隔扇門打開，靛青色身影一閃，進了屋子。

國子監裡規矩多，溫景軒扯了扯緊繫的絹服領口。

溫榮點點頭說道：「五皇子正在穆合堂與祖母說話。」

「哎，若是知曉晟郎會過來，我就早些回來了！前幾日晟郎答應陪我練劍的。」溫景軒鼓著臉頰，皺著眉頭，一臉遺憾。自從知曉五皇子將成為他妹夫，他在人前是會擺起小大人的嚴肅模樣了。溫景軒說完，匆匆忙忙回紫雲居更換袍衫了。

溫榮想起昨日阿爺與阿娘在祖母面前討論軒郎的事情，不禁莞爾一笑。算來軒郎今年十六歲，京中貴家郎君和女娘議親都早，女子豆蔻十三，男子志學十五，故阿娘無事就將軒郎的親事放在心上，說是提早籌備，到時候就不會著急。

由於溫榮賜婚五皇子，故阿娘被京中夫人請去參加宴席或進香的次數多了，不幾日阿娘就對京中貴家女娘瞭解了大概，少不得在溫榮等人面前說些張家長、王家短，哪家娘子品貌端正、性子嫻淑，哪家娘子貌有缺陷、性子跋扈。

溫榮聽了也不多言，八字沒一撇的事，不過是白費思量。阿爺則是不置可否，說照軒郎的課業進度，再過兩年正好去考進士試，若因旁雜事分心而名落孫山，豈不是得不償失？阿爺態度堅決，認定軒郎年紀尚小，考上進士試再議親也不遲。

不料阿娘卻是言語驚人，直說太中大夫嫡子吳三郎，是在進士試前定了吏部侍郎府裡的耿大娘。耿侍郎起初是看中吳三郎貌似才俊與文采精華的，不想吳三郎連考五年皆未上榜。

素來男低娶，女高嫁。阿娘的意思再明確沒有了——吳家若不是提早同耿家訂親，定娶不到耿家那般門第和品貌的娘子！阿爺只瞪了阿娘一眼，斥其婦人之見。

溫景軒換了一身精白袍衫，又過來與溫榮說話。

「榮娘，我在國子監裡聽聞太子將番僧請進了東宮，聖主知曉後龍顏大怒，本是要嚴懲，可不知怎的，卻只罰了一年俸祿。」溫景軒吃了口茶，壓低聲音，頗為失望地與溫榮說道。在他眼裡，太子德行、才幹遠不如三皇子和五皇子。

太子明知二皇子等人虎視眈眈地盯著儲君之位，卻倚仗聖人寵愛，不知收斂悔改。罰一年的俸祿，亦是在縱容太子胡作非為了。溫榮沈吟片刻，道：「軒郎聽聽便是，莫要在外同他人妄言。」溫家長房已被劃為三皇子一派，好在國子監學規矩，軒郎心思單純還不至於被人利用。

溫景軒點了點頭，見榮娘面上氣色很差，不過幾日工夫又瘦了一些，遂皺眉說道：「妹妹定是讓黑豹嚇著了，茯苓餅能安神，國子監裡臨進士試的舉子皆是用茯苓餅做糕點，妹妹記得吩咐廚裡準備些。」

溫榮勉強笑著頷首答應，卻也不想再說話，只悵然若失地看向隔扇門。

婢子在外廊傳話，溫榮的心一下子怦怦跳個不停，本以為是祖母喚她去內堂，不想五皇子親自過來了！溫榮與溫景軒起身至院子與五皇子行禮。

李晟一襲朱紫蟒紋行服，知曉老夫人有急事，出了驍騎衛衙門，甚至不及換下行服。李晟眉宇舒展，笑著與溫景軒說道：「軒郎，溫中丞在內堂與老夫人說話，先才談到你的功課，老夫人想知曉如今你策論通幾策了？」

溫景軒正想請五皇子去東院的，聽到這裡幡然大悟，望著溫榮，意味深長地笑了笑後，轉身快步離開，往內堂尋祖母與阿爺去了。

溫榮垂首，悄無聲息地站著。

李晟面上極其平靜安寧，目光落在溫榮的瑩玉髮簪上，如釋重負般地璀然一笑。「榮娘，是我不好，讓妳為難了。」

溫榮詫異地抬眼看向李晟，由於連日寢食不安，溫榮白瓷般的臉上無一絲血色，眼裡是濃濃的猶豫和不安。

「榮娘，我們去南院可好？」李晟的聲音格外溫柔清澈。

二人一路往南院，來到了湖邊。

第一次陪五皇子至南院賞景是在去年七月，她曾以為五皇子只是短暫的過客。碧雲湖裡荷花已開敗，碧綠的蓮蓬搖搖晃晃地綴於荷稈上。

「榮娘，蓮蓬子可摘了，妳親手做的蓮粉糕，我還不曾吃到。」李晟微微一笑，很是期待地說道。

溫榮顰眉不解，為什麼晟郎的語氣聽起來十分輕鬆？溫榮想問卻沒問出口。

「榮娘，往後我們府裡也引水修蓮花池，如此每逢秋日，我們便可一起搖船採蓮了。」

李晟牽過溫榮，笑聲極輕。

溫榮咬了咬牙，終於忍不住地說：「晟郎，想來祖母已與你說清了，那事會令你難堪的，親事不如就此作罷……」

李晟指尖微微發涼，轉身攏過溫榮的肩膀，面上笑容僵硬。「聽到老夫人有急事尋我，我就擔心是妳不肯嫁給我……榮娘可能信我？若信我，就莫要將那事放在心上。」李晟牽起溫榮纖細的手，手很小，包在他的掌心就瞧不見了，如此甚好，他自該為她遮風擋雨。「榮娘，妳可知我在邊城的那段日子，眼前只有漫天的冰雪、風沙和白草，所有堅持到最後的將士皆是因為心存念想。我也一樣，待那日功成名就還鄉，醉笑三千場，從此不必訴離殤。」

溫榮的身子微微一晃，被李晟一下子攬在了懷裡，他呢喃道：「除了榮娘必須要親手準備的嫁儀，其餘事情，榮娘皆可不必掛心。我費盡心思才求得這門親事，轉年三月，我便可紅袍加身娶心儀的女子了，榮娘，妳怎能輕言退親，甚至拿命做兒戲？」

酸澀的氣息猛地湧上心頭，眼淚止不住地流下來，溫榮抬手抓著李晟的袍袖，這段時日她的心一直沈沈地痛。也許她不該再被前世陰影所累，兩世早已發生翻天覆地的變化，她不但認回了親祖母，亦同丹陽公主、三王妃成了閨中好友。前塵既已成過眼雲煙，她是否也該接受並相信眼前人，相信將來的夫君？

李晟伸手為溫榮拭去淚水，目光清朗、潮濕，好似雨後晴空。

溫榮的呼吸彷彿屏住了，如果不喜歡一個人，就不會那般害怕失去。

當初知曉林大郎尚公主，她不過是一笑泯之，很是淡然，甚至覺得林大郎與丹陽公主是郎才女貌，十分般配。丹陽公主全大禮日，她滿懷喜悅，衷心祝福他們。

而三皇子呢？自蔓娘口中得知小衣之事後，她並非沒有想過，是否乾脆咬咬牙，同前世一樣嫁給李奕做側妃？可她發現辦不到，心裡根本無法平靜下來，總是忍不住地害怕和慌亂，又不敢往深處去仔細想在害怕什麼。她擔心想得越多，便越清楚地意識到幸福離她越來越遠。

她確實不喜歡皇家的生活，處處算計和勾心鬥角，她誤以為自己毫不期待婚事。究竟是從何時何處起？是那年太后壽辰宮宴，冰雪梅林裡不同桃李混芳塵的身影？還是曲江宴上長身玉立杏花雨下，目光清冷的翩翩郎君？

晟郎在邊關打仗時，每隔一個月就會寄白沙和詩句與她，不善女紅的她特意繡一只香囊收存思念，素面瑞錦，她不忘親手在香囊上繡一句話：憑君傳語報平安。

心底深處，她真正害怕的不是三皇子李奕的威脅，而是徹底失去五皇子！故她寧願年少便伴青燈古佛，也不肯晟郎難堪和失望。

溫榮靠在李晟溫暖的懷裡，聽著他急促的心跳，柳眉忽然皺起。「五郎……」溫榮推了推晟郎寬闊的肩膀。

摟著她的雙臂先是繃緊，而後才用力放開，緊張地問道：「榮娘，怎麼了？」

溫榮抬眼望著李晟幽深清亮的雙眸，眼裡除了有她的影子，還有湖邊隨風輕顫的粉白秋海棠，漂亮得令人忍不住心生嘆息。「三皇子不會善罷干休的，五郎有何打算？」

李晟笑著道：「我要向三哥要回來，那本就該是我的！」

溫榮臉一紅，瞪了李晟一眼。「你與祖母也是這般說的？」分明有更好的辦法，卻要逗她。

「老夫人不同意。」李晟喪氣地搖了搖頭。「可我認為此法行得通，否則我不會半分不察此事。」李晟眼裡的失望一閃即逝。當初三哥算計林大郎和榮娘的親事時，他就知曉三哥對榮娘有意了。他可以不與王淑妃、三哥計較旁他，一心一意地助三哥成大事，只唯獨榮娘不能讓。更何況在三哥心裡，任何事和人皆不及江山來得重要。

溫榮眨了眨眼。此法確實行得通，揣摩人心約莫就是此意。李奕只敢在私下裡至幃房威脅她，卻不敢在晟郎面前提起隻言片語，無非是找軟柿子捏。晟郎補左驍騎衛中郎將，統領翊衛守皇城四面、宮城內外，翊衛和親衛、勛衛同屬三衛之一，李奕不能亦不願在明面上與晟郎翻臉反目，何況他本來就不占理。可既然不用瞞著晟郎，她就有折衷的法子，如此也不易得罪三皇子。

溫榮好不容易說服李晟陪她演一場戲，李晟耐不過她的軟硬兼施，嘴上是答應了，面上卻沈沈的。

送晟郎出府後，溫榮悄無聲息地溜回廂房，潮紅的眼角仍沾著未乾的淚痕。

碧荷端了水盆進來。「老夫人交代娘子在屋裡用晚膳，不用去穆合堂了。」

溫榮鬆了口氣，還好有祖母在，否則讓阿爺和阿娘瞧見她紅腫了雙眼，非得揪住不放問東問西的。不一會兒，穆合堂的婢子送來了米飯和精緻小菜，溫榮看著酸甜的松子鱖魚、清淡的白蘑燴蝦仁、噴香的金乳酥和炙鹿脯，是食慾大開。

晚膳後又撐著眼睛捧了《春秋繁露義證》翻看一會兒，戌時中刻綠佩打聽到阿娘已回紫雲居，祖母亦熄燈歇息了，溫榮這才徹底放下心來，一頭倒在箱榻上，再醒來已是日上三竿……

溫榮梳洗後往內堂與祖母問安，走過外廊時，隱約瞧見軒郎在穆合堂的玉亭竹園練劍，溫榮止步瞧了一會兒，一招一式皆可算有模有樣。

阿娘這段時日操心軒郎的親事，大約和軒郎偏武有關。雖然阿爺、阿娘不曾為軒郎正式請武功師傅，可軒郎的心是收不住了，將來科舉不順定會一心從戎的，阿娘能想到的唯一辦法，就是替軒郎尋一門親事，用溫柔貌美的枕邊人將軒郎踏踏實實地留在盛京府裡。

人各有志，且不論事情或人，皆是在時時刻刻地變化。

溫榮嘴角一彎，不由自主地笑了起來，拈起裙裾，一路小跑去了穆合堂。

謝氏見溫榮恢復了往日的神采奕奕，面上露出輕暢的笑容。

不想林氏皺著眉頭將溫榮拉了過去，沈吟片刻，道：「榮娘，妳阿爺昨日說五皇子在內宮與朝中受了不少委屈，妳要懂得體諒五皇子，將來嫁去紀王府，要學會幫襯夫郎，更不能使小性子。」

阿娘忽然冒出這番話，溫榮覺得雲裡霧裡，詫異地抬頭向祖母求助，可祖母置若罔聞地靠在矮榻上假寐，手指緩緩地轉動佛珠。溫榮了然輕笑，阿爺和阿娘誤會她和五皇子在秋狩時鬧彆扭了。將時間和她的表現連起來，如此解釋著實合理，且昨日晟郎還是黑著張臉離開溫府的。阿爺會主動同阿娘談起朝中政事，是要借阿娘之口，教她賢良淑德、夫為妻綱。溫榮沒有反駁，連連點頭答應，面上表情謙遜，心裡在思量五郎究竟受了何委屈？

謝氏起身，將林氏打發出了穆合堂，才與溫榮慈祥地笑道：「榮娘如今可放心了？」

溫榮不好意思地低下頭，試了試茶湯溫度，端起茶盞奉與祖母。

謝氏慢慢揭開青紋茶蓋，榮娘用金黃茶膏信手勾勒的山水畫清靈逸動，端起茶吃一口後，頷首玩笑道：「榮娘心情好了，我這當祖母的才能有口福！」

提起這個，溫榮就內疚。「都是兒不好，令祖母費心了。」

謝氏衝溫榮招了招手。

溫榮笑著上前，軟軟地倒在祖母懷裡。想起阿娘先才說的話，溫榮抬頭問道：「祖母，五皇子在朝堂上受委屈了？」

在內宮受委屈溫榮是能理解的，晟郎亦是極善隱忍的性子。王淑妃與李奕不愧為母子，面上笑容親和柔善，心下卻實為陰狠。王淑妃要在爾虞我詐的後宮為三皇子鋪出錦繡前程，少不得使手段甚至妄害人命。五皇子在王淑妃身下長大，必須收斂光芒，只做依附和平庸，如此才能保全性命，逐漸羽翼豐滿，脫離王淑妃。可朝中究竟何事令晟郎委屈？

謝氏收起念珠。「榮娘可知曉太子引番僧入東宮，卻未被重罰一事？」

昨日軒郎旬假一回府即在她面前打抱不平此事，溫榮點了點頭。

謝氏道：「東宮放話出來，說太子請番僧入宮，是在替聖主祈福，不聲不響是因為太子愚孝。」

溫榮撇了撇嘴，可真是能找藉口。愚孝是假，想借讖語裝神弄鬼謀事是真。

謝氏緩緩地說道：「除了聖主不捨嚴懲太子，還因為長孫氏族在背後替太子撐腰。與五皇子直接相關的是安西都護府一事。」

溫榮點頭道：「五皇子、應國公、王節度使在邊城打了勝仗，為了鞏固邊防，五皇子同應國公商議後，上奏摺提議在西州交河城設置安西都護府。」

聖朝軍不但重創西突厥，更令西突厥後撤退出吐火羅，聖朝疆域版圖擴大至塔里木、于闐南沿。

晟郎提議設置的安西都護府，與早前的獨立地方軍政長官節度使一制不同。安西都護府有四個軍鎮要塞：碎葉、龜茲、于闐、疏勒。除了鞏固聖朝西北邊防，保護通往西域絲綢之路的要道，亦要令四軍鎮相互牽制。要達到相互牽制的目的，軍鎮長官的人選顯得十分重要。

「五皇子、應國公、王節度使功不可沒，除去五皇子，陳留謝氏與琅琊王氏少不得要在打勝仗的好處裡分一杯羹，」謝氏微微停頓，皺眉道：「不想聖主命長孫昭出任安西總都護之職。」

溫榮一怔，怎多了一個總都護？豈非又繞回去了？當初三皇子和五皇子肯出面，最大的誘因是可透過此事令太子一派失勢，不想到最後，總督護又是太子母家長孫氏中之人。

長孫昭原為京中正四品左監門衛中郎將，資歷和年齡皆不夠資格擔任安西總都護之職，是聖主的破格升任。細想來，卻也有不同，畢竟長孫氏勢力加大，受益的不只太子，還有二皇子。難怪阿娘會說五皇子在朝中受委屈，因為在阿爺眼裡，就算聖主設總都護一職，任職人也應該是陳留謝氏或是琅琊王氏的族人，怎麼也輪不到未出一分力的長孫氏。

謝氏輕握矮榻扶手笑起來。「罷了罷了，朝中事與我等內宅婦人無關，只要五皇子與妳阿爺不做出格的事情，我們便可無憂了。祖母前日聽到風聲，最擔心的是聖主任命五皇子為安西都護，還好聖主與太后尚算是疼惜五皇子，不捨親兒去邊關長年吃西北風，否則榮娘一成親就要與夫郎分居兩地，我這當祖母的不忍啊！」

「五皇子想去還去不得呢！」溫榮知曉祖母是在逗她開心，晟郎只是新晉武將，比之長孫昭，資歷更淺、年紀更輕，雖有可能被送去邊疆歷練，但絕不可能出任安西都護，在京中補任正四品中郎將已是極好了。

「哪能這般編派五皇子了？」謝氏慈祥笑著，輕輕拍撫溫榮。「丫頭，那事縱然妳有主意，心裡也有底，但少不得要聽五皇子的話。」

溫榮雙眸閃爍。不幾日臨江王府要辦寒露宴，若無意外，她是可拿回自己的東西了。

臨江王府辦請寒露宴的日子很快就到了，此為三王妃謝琳娘嫁入王府主持中饋後的第一次筵席，故辦得十分仔細。

除了溫家，中書令府林家亦收到了請帖，瑤娘起早梳妝後去染墨居書房尋大哥。

書案上堆放著厚厚公文和常看的幾本書，瑤娘踏入書房見大哥正拿起墨條磨墨。早前是由僕僮磨墨洗硯的，不知何時起，書房裡的事情大哥皆親力親為了。

與進士試前一樣，回府後林子琛大部分時間是在書房度過。

「大哥，今日你不用在翰林院當值，可能與我們一起去臨江王府？」

書房比之以往顯得空曠，牆上的書法丹青被悉數收進了箱籠，溫榮繪的瑤池牡丹如今掛在林瑤的廂房。

林子琛沈眼說道：「妳們先去吧，我將公文看完，巳時再去。」

瑤娘微微舒口氣，好歹大哥肯去參加宴席。昨日大哥因為替榮娘父親御史臺溫中丞說話，被祖父厲聲訓斥了，看到大哥冷臉離開徑直去書房，她和丹陽公主根本不敢上前勸。

林瑤沈默半晌，道：「祖父年紀大了，大哥往後順著祖父的意思吧，莫要再惹祖父生氣了。」

林子琛皺起眉頭。祖父斥責他年輕莽撞，說聖主往翰林院不過是隨口一問，他竟然敢在聖主面前大放厥詞。御史臺上奏摺彈劾他人確為分內事，可三皇子分明將溫中丞視作對付太子一派的急先鋒。入仕前他即知曉朝中多險惡，可他仍舊不願做抱頭縮頸、側足而立之人。祖父雖為正三品大員，平日行事卻太過謹小慎微，甚至因此罔顧黑白。

林子琛覺得他這七品文官著實憋屈，遠不如溫中丞直言納諫或是五皇子仗劍沙場來得肆意暢快。

「溫中丞彈劾太子，完全是為了三皇子。」林子琛抬頭看了眼瑤娘，面色不豫。

林瑤嘴角微顫，表情有些不自然。「可是五皇子都未站出來，大哥也應該聽祖父的。」

溫中丞呈上御案的奏摺被聖主摔在了地上。朝堂形勢緊張，連帶京中貴家內宅也惶惶不安。

瑤娘的意思很清楚——五皇子是溫中丞的準女婿，而他不過是個外人。林子琛喉嚨一癢，忍不住乾咳幾聲，壓在心底的痛楚忽就火急火燎地燒起來。每夜閉上眼就會想起那個人，本該與她攜手一生的，怎料被一紙賜婚所阻，早知如此，他寧可不摘桂冠，棄筆從戎！

林子琛眼底一片黯然。「五皇子是武將，武將不能干涉朝政。」所以他要說話。不管是為了是非明斷，還是為了那個人。

門外的婢子上前傳話。「丹陽公主來了。」

屋裡一片靜謐。

丹陽帶人送來了早飯，看到瑤娘抿嘴露出笑來，手卻緊緊握著帕子。「瑤娘可用過早膳？」

瑤娘笑著搖了搖頭，神情有幾分尷尬。

丹陽將食盒放在了案几上，囑咐琛郎莫要太辛苦後，便牽起瑤娘的手往書房外走去。

「正好陪我一起吃。用過早膳我們便去臨江王府，榮娘亦是會去的，聽聞她前幾日身子不適，我也想早些見到她。」

林子琛眉眼微動，直到書房外的聲音遠了，才抬起頭來。前幾日軒郎亦是說榮娘自狩獵場回來後就神情恍然，人也消瘦了許多。

林子琛吩咐僕僮將青海驄牽出馬廄，起身自書櫥取了一本書。

溫榮約莫巳時中刻到了臨江王府大門，扶著綠佩落馬車，即有彩衣華服侍婢上前拜倒接迎，將溫榮請往府裡的瓊臺筵席。

溫榮看到王府閣室門前長長的賓客名單，名單裡有近一半是認識並相熟的京中貴家女眷。宴請了這許多賓客，三皇子多半會在宴會上作文章，若是她再表現得堅決不從，難保事情會被鬧開，不幾日全盛京都會傳她的失德之事，令五皇子與溫家長房顏面無存。

與其躲暗箭，不如對明槍。

溫榮扶了扶望仙髻上的攢千葉並蒂蓮金簪，雙鬢的綴流蘇點翠玉鸞隨著動作輕輕搖晃。

丹陽等人早已到了雲水瓊臺，見到溫榮的妝扮皆是一愣。往日溫榮鮮少施妝，生就芳華，自會嫌脂粉污顏色。可今日不但唇上點了洛兒殷，面靨更施淡粉桃花妝，一雙似蹙非蹙的柳煙眉旁沾著蕊梅花鈿，清麗之上多添了幾分嫵媚和嬌豔。一身玉白通紗大袖衫，綴牡丹嵌寶瓔珞束胸長裙，裙襬處是細細的滾金瀾邊，打扮得十分精緻。

溫榮上前與丹陽、瑤娘坐在一處說話。琳娘還有請嬋娘赴宴的，可是未見到嬋娘的身影，看來那消息是真的了！溫榮欣喜地向瑤娘問道：「嬋娘身子幾個月了？」

「兩個月了，她卻是個沒心沒肺的，竟然才發覺，如今臥床將養呢！」瑤娘笑起來，很是替嬋娘高興。

琳娘是臨江王府的主母，自無法一直陪她三人，過來說了兩句話，見溫榮精神頗好，才放下心來。吩咐了婢子後，便去別處招待賓客了。

丹陽想起溫榮和瑤娘還未仔細瞧過臨江王府，離宴席開始還有一會兒工夫，遂提議去四處走走。溫榮與瑤娘亦認為是好主意，三人便相攜一道遊園。

臨江王府很大，與雲水瓊臺相對的另一處池塘裡修了漢白玉高臺樓閣，丹陽對臨江王府很是熟悉，繞過了高臺樓閣，不需侍婢指引，徑直走在了前面。丹陽挽過溫榮，指著前面的一片竹林笑道：「別瞧這一片竹林尋常，裡面可是別有洞天。」

婢子在一旁謙恭地說道：「公主慧眼，三皇子在竹林裡修了雲亭小築和曲水流觴，清幽雅致，平日三皇子皆是在雲亭小築作詩待客。公主與娘子是否要前往賞玩？」

丹陽正要扯二人進竹林，瓊臺的婢子過來傳話——

「二皇子、三皇子、五皇子皆到席了，奴婢前來請公主與娘子回席。」

溫榮等人果然隱約聽見自瓊臺處傳來樂鼓聲，林瑤顧不上許多，亦無心去看何小築流觴了，拉過丹陽，快步朝瓊臺走去。

溫榮執著的鴛鴦戲水鏤花玉柄扇忽然掉在了地上，因此她不得不停下腳步。

在竹林伺候的婢子連忙上前撿起，小心將扇子沾染的塵土擦去再奉還溫榮，貼心地說道：「婢子名喚桂兒，是在雲亭小築伺候三皇子茶湯的，不知娘子有何吩咐？」

溫榮輕撫雲鬢，碧荷悄悄上前塞了一金給婢子。

那婢子很是惶恐，正要推拒。

溫榮盈盈輕笑。「桂兒，三皇子今日可會過來雲亭小築？」

婢子滿臉喜意。「用過席面後，三皇子定會至雲亭小築醒酒。」

溫榮輕聲道謝後，帶著綠佩和碧荷回瓊臺了。

丹陽和瑤娘走出一段路才發現溫榮未跟上，便在雲水高閣等她，見到人，丹陽上前抓著溫榮的手忍不住數落。「一個不察，妳就跟丟了！」

三人是坐在瓊臺上席，三皇子與五皇子正在幾步之遙的地方同滕親王說話。

不一會兒，兩位皇子向三人走來，溫榮和瑤娘起身見禮。

目光流轉間，溫榮羞怯地垂下眼。輕翹眉梢旁的銀紅梅蕊花鈿襯著冰玉般的面容，在陽光下泛著瑩瑩的光，好似秋末的溫度，乍暖還涼。

李晟見溫榮一身盛裝打扮，臉登時沈成了黑鍋底。

李奕面上笑容卻是越來越深，這般嬌羞柔媚才似他夢裡的娘子。雖然有些突然，但和感覺裡一模一樣，只要他先伸手拉一把，她就會主動靠過來。李奕的眼睛雖看向了丹陽與瑤娘，餘光卻不願離開溫榮半分，和煦地說道：「琛郎也過來了，正在雲閣與杜郎說話。」

丹陽面色變化，忍不住往樓閣看了幾眼。

用過席面後，郎君們繼續行酒令，女娘則三三兩兩地聚在一起玩花鼓或辦詩社。

今日張三娘、溫蔓娘、溫菡娘也被請來了，張三娘和溫菡娘面色晦暗、玩興索寡，溫蔓娘則低著頭，半分不敢多說話。

女娘結詩社，本就是湊趣，不分好賴對上一二即可，溫榮恰好抽到對二王妃韓秋嬏的下闋，只得零零散散地湊了兩句。

張三娘譏誚地冷笑道：「竟然能被稱為才女！」

溫榮輸了，罰吃一杯蜜酒，無奈不勝酒力，吹了些風後，面容微微發紅。

溫榮與丹陽、瑤娘打了聲招呼後，扶著碧荷離席，往別處醒酒。

因有前世的記憶，溫榮對臨江王府不陌生，走上竹林裡的青石甬道，即見到用假山石和半竹圍成的曲水流觴，曲水流觴取了雲亭小築活泉裡的水，清澈透亮。

站在曲水流觴旁，溫榮看見竹尖亭裡一襲朱紫錦緞蟒袍、束紫金冠的李奕。

李奕舒展眉眼，笑容含而不露地朝溫榮走來。「榮娘，妳終於想通了。」眼前女子容顏絢麗，卻又帶有江南山水的婉約，許是吃了不少酒的緣故，李奕覺得怎麼也看不夠。

溫榮不著痕跡地退了一步。「若奴未想通，不知三皇子將如何？」

李奕看出溫榮面上仍有猶豫之色，笑了笑。嫁給晟郎是正妃，與他只能做側妃，她自然心有不甘。李奕修長的手指自袖籠內取出一物，道：「妳點頭便可，晟郎那兒我會去解釋，絕不為難妳半分。」

青石甬道旁的湘妃竹沙沙作響，竹林裡雲亭小築與曲水流觴皆是以竹為居，處處透著青竹品善寡慾的君子之性，無怪丹陽公主誇讚此處別有洞天。

溫榮垂首斂目，面有驚慌之色，眼底深處卻劃閃過一抹冷笑。竹有三德，剛柔正，虛心而直、無所隱蔽才能為正。溫榮覺得李奕長身玉立於竹林中，實為諷刺。

「榮娘，此事若被人傳出去，漫說是當五王妃，往後妳怕是都不用再嫁人了。」李奕略微停頓，嘴角輕翹，微微露出瓷白的牙齒。「我們何必相互為難彼此？」

溫榮抬起眼來，怔怔地看著李奕手裡的小衣，眼神是慌張、不安和驚魂難定。

李奕知曉溫榮的心思已經亂了，他只等她掙扎不動，乖乖聽話。

「……那便有勞三皇子了。」溫榮好似下了極大的決心，雙眼終於恢復清澈純淨，嘴角似笑非笑地輕輕翹起。

「榮娘，妳怎會在這裡?!」

不遠處傳來一聲厲喝，李奕與溫榮皆面色一凜，溫榮轉身看清來人，登時花容失色！

雲水瓊臺的女眷們結詩社鬧了一陣子，幾番對詩下來，無人作出值得傳誦的佳句。三王妃謝琳娘本打算將女眷所作的詩句不分好賴均命人謄寫在蠟生金花羅紋宣紙上，再掛於瓊臺水廊，可才說出想法，就被二王妃和丹陽公主等人攔下。

韓秋嬏玩著銀熏球，皺眉冷笑道：「十幾首詩，只有三王妃妳吟的詠菊可拿得出手，將我等拙作與妳佳作掛在一起，妳是眾星捧月了，我們卻要被三皇子笑話。」

琳娘笑得十分親和。「二王妃是來打趣我的，明眼人都瞧著呢，我的詩興並不如妳，二王妃才是真真的北辰星。」

韓秋嬏的眼角翹起來，頗為自得。

北辰星只有居其所，才能得眾星拱之。丹陽公主瞥了韓秋嬏一眼，端起醒酒茶，緩緩吃了一口。

雖不再掛於瓊臺水廊，卻也不能隨意丟棄。謝琳娘吩咐僮官將詩句謄寫在素面絹紗碧竹扇的空白絹面上，待散席，再贈與赴宴女娘當禮物。

約莫是瞧見對岸高閣裡的郎君行酒令熱鬧，很快就有女娘提議拋去骰子，借傳花來行酒令，此為盛京女娘的新玩法。

謝琳娘命婢子摘一朵硃砂紅霜大菊花過來。

二王妃沒有玩的興致，坐回上席，令王府歌伎在一旁伺候琵琶絲竹。

張三娘和溫菡娘則是喜歡熱鬧的，湊趣地擠在一起同丹陽公主等人傳花球。屏風後的鼓聲戛然而止，花球傳到了瑤娘手上，象牙醒酒權杖被拋至瑤娘面前，瑤娘不得已湊了首詩，一邊吞吞吐吐、一邊不忘攔著旁邊的僮官記錄，惹得眾女娘一陣哄笑。

就在一群女娘笑鬧著要求瑤娘再補唱一首小曲時，席中忽然傳來一聲驚呼。眾女眷循聲看去，只見張三娘的撒花鬱金裙被打濕了一片，一闖禍婢子面色蒼白地歪在張三娘身上。

張三娘本就氣不打一處出，現下心頭火更是直接燒起來，豎起蛾翅眉，將那婢子狠狠踢在地上！

那婢子是溫菡娘的。雖說是婢子不慎將茶湯灑在張三娘裙上，有錯在先，可要打要罰該是她溫菡娘的事情，自己貼身侍婢怎容得其他府的娘子來教訓？溫菡娘心裡不樂意，冷眼斜睨狼狽的張三娘。前月秋狩還同仇敵愾對付溫榮的好友，一瞬間翻了臉。

王府的婢子取來帕子為張三娘擦拭，三王妃則走過來柔聲勸她二人。「這是怎麼了？都消消氣吧，莫要真傷了和氣。」

不料那倒在地上的婢子忽然站起來，又猛地跪在地上，爬到溫菡娘裙襬旁，用勁抓著搖晃，眼睛直直瞪著二王妃，顫抖的聲音很是恐懼。「娘子，快看！那兒……那兒站著中毒死去的豹奴！他眼裡還淌著血，就站在二王妃的身後！他在看我們，在看我們——」

婢子話一出口，在場女娘皆是脊背一涼。

二王妃更覺得渾身發冷，想要回頭去看，脖頸卻僵硬得半分不能動彈。

沒有二王妃的吩咐，一旁的歌伎不敢停下，嗚嗚的絲竹樂偏就哀婉淒涼起來，令人越發的不寒而慄。

韓秋嬸嚥了口口水，額頭沁出薄薄的汗。秋狩林場裡的豹奴和黑豹是她安排的，張三娘與溫菡娘只是想利用溫府的猞猁令溫榮受傷，可二皇子根本不在乎李晟會娶誰。雖然她見不得溫榮高嫁做王妃，但還不至於急著要她的性命，人的目光不能太短淺，讓溫榮痛快地死了多無趣？她要眼睜睜地看到溫榮和丹陽公主、謝琳娘翻臉決裂、反目成仇！可惜二皇子要借溫榮的命讓三皇子與五皇子生間隙，無奈，她也只得權且順從夫郎的意思。

韓秋嬸想到這裡，勉強冷靜下來，扶著憑几正要起身，未料那溫菡娘的婢子又哭將起來，甚至拋開溫菡娘，直直朝她跪下，不斷叩頭，口中卻喊的溫榮娘！

「四娘子，奴婢不是有意要害妳的，求妳別讓豹奴收拾奴婢！」

長長的指甲嵌進手心裡，韓秋嬸乜眼瞧四周，除了竊竊私語的女娘，最突兀的要數惶惶不安的謝琳娘和不動聲色的丹陽公主了，這二人根本是在冷眼看戲！謝琳娘為了幫助奕郎將二皇子扳倒，是盼著此事鬧大，今日宴席是三王妃辦的，動手腳容易，此事定與她有關！

韓秋嬸穩下心神，捏著錦帕走到溫菡娘面前，冷聲說道：「還不將人拖走，由著在此胡言亂語，讓人看笑話！」

對面高閣裡的郎君也聽見了動靜，遣人過來探問。

謝琳娘這才幡然醒悟，吩咐婢子帶張三娘去更換袍衫，命廚裡送暖湯過來為眾人壓驚。

席上歡快的氣氛已散得一乾二淨。

張三娘隨婢子離開瓊臺時，忽然看到有影子從她面前躥過，嚇得一下子坐在地上，哆嗦著嘴唇。她的貼身侍婢在秋狩時就出了魔怔，好在當時是在幛房裡發作，無人知曉。與今日那婢子的情形幾乎完全相同，亦是渾身一顫後就跪在了地上，說是有一個戴高高帽子的影子來拿她。貼身婢子中邪看見髒東西，張三娘自不敢在狩獵場多作逗留，命人將婢子捆了，堵住嘴巴後悄悄丟上馬車。回到薛國公府後，她好歹念著婢子貼身伺候的情分，請來郎中看診，無奈幾劑藥湯下去都不見好，沒兩日就口吐白沫死了。她是想請僧人過府作法驅邪的，卻被她阿娘攔下，怕動靜太大，縱是無事也會引起別人懷疑。

這般鬧一齣，溫四娘被豹子襲擊的糊塗公案又擺上了檯面。聖朝尊崇佛法，亦信鬼神，今日之事在女眷們的賣力講解下，溫家二房和薛國公府張家的名聲怕是難以保全了。

謝琳娘令小廝與三皇子傳話，告知女眷席裡發生的事情，不想小廝回稟，說三皇子和五皇子皆未在席上。謝琳娘飛眼看了下高閣，許是他們兄弟二人有要事相商，遂未作他想。

瑤娘抬眼環顧四周，同丹陽公主悶悶地說道：「榮娘怎還未回來？平白錯過活生生的一場戲。」

丹陽拈起一顆梅子放進嘴裡，舒心地打趣道：「怕是真醉了，正躺在某處花叢裡睡著呢！」

第二十七章

這一邊好戲才落下，那一處李晟捉著溫榮的手自竹林出來。

李晟抿著嘴唇，冷著一張臉。照榮娘的安排，他並不需要做什麼，不過是令三哥篤定他不但生氣，更對榮娘失望了即可。算來皆是順其自然的，任何人撞見未過門的妻子與其他男子私相授受都會羞憤難忍、火冒三丈，所以他不容分說沈臉要回小衣，此舉是天經地義。正是因為三哥瞭解他，所以三哥以為榮娘已無退路，還小衣時很乾脆。如今三哥非但不會同他翻臉，甚至會覺得愧對他，可惜三哥永遠都等不到榮娘被退親的那一日。李晟知曉榮娘是擔心將來三哥繼承大統後會與他過不去，可今日之事雖順利，他胸口還是憋了一口氣。

溫榮看向李晟，表情嫻靜，嘴角卻俏皮地揚起。「五郎，那三皇子在竹林外安排了人，你是如何不聲不響進來的？」

李晟瞥了溫榮一眼，不在意地說道：「竹林南面攔了圍牆，那裡沒有人守。」

溫榮忍不住笑起來。「無怪孟嘗君特雞鳴狗盜之雄耳。」榮娘是在笑他堂堂五皇子竟然越牆而入。李晟停下來，目光灼灼地看著溫榮。

溫榮噤聲，轉頭望向別處，手腕上的玉釧相碰發出幾聲脆響。

「以後出府赴宴，不許再如此打扮了。」沈默半晌後，李晟認真地說道。

溫榮噘嘴道：「不如此怎令三皇子相信我有屈從之意？」

李晟攏了攏衫袖。

溫榮這才想起來，顰眉道：「那東西快還我吧！」

「成親後自會還妳。」李晟冷臉說道。二人拉扯著回瓊臺，迎面遇上過來尋溫榮的丹陽和瑤娘。

丹陽正要張嘴笑話，卻發現二人表情頗為古怪，好似鬧了彆扭。

前幾日京中有傳五皇子和溫家四娘不和，丹陽本以為是張三娘等人因為嫉妒而故意放出的傳言，此刻看來倒並非是空穴來風……

溫榮掙脫了李晟捉住她的手，沈臉拉丹陽與瑤娘回到瓊臺。

同上月秋狩一樣，張三娘和溫菡娘皆以身子不適為由，提前離席回府。瑤娘一面吃茶湯，一面繪聲繪色地將先才發生的事情告訴溫榮。

溫榮沒有作聲，偏頭看了眼靠在憑几上合眼養神的二王妃，半晌才低聲問道：「菡娘的婢子真是衝二王妃叩頭的？」

瑤娘撇了撇嘴。「可不是？二王妃素來不光明，嫁與二皇子後好似又厲害了，婢子魔怔時倒未見她太過驚慌，想來不過是強作鎮定。虧心事做多了，遲早要遭報應！」

丹陽瞇眼玩笑道：「別忘了嚼舌根的還有《十八泥犁經》呢！」

瑤娘連忙用帕子捂住嘴，摟著榮娘懼怕道：「嫂子嚇唬我！」

不一會兒，三王妃謝琳娘命婢子將謄寫了詩句的碧竹團扇送與眾女眷。

溫榮看著先才作的詩句，不禁莞爾，吩咐婢子伺候了筆墨，沾墨提筆改了詩面的三字兩韻腳，圓潤娟秀的小楷比之王府女僮官的是十分靈氣。

丹陽湊過來相看，忍不住捏了捏溫榮的香腮。「……怪道不屑與我等對詩，幸虧不用掛瓊臺水廊，否則是有得我們羞臊了！」

瑤娘巴巴兒地將詩句抄在自己的扇面上，還未練到家的行書被榮娘和丹陽嘲笑是凌亂的張狂。

待宴席散去，因三皇子留下丹陽公主說話，故溫榮與瑤娘先相攜離開瓊臺。

二人緩緩行至王府大門，溫榮正要與瑤娘作別，抬眼見到不遠處立於青海驄旁，一襲精白袍衫、正身而立的駙馬。

看到大哥，瑤娘嘴裡有些苦澀，大半年了，大哥心裡仍舊過不去那道坎。雖然丹陽公主是無可挑剔的好嫂子，可她亦更喜歡榮娘，許是先入為主吧。大哥不願意給榮娘添麻煩，縱然有念想，也只站在遠遠的地方，無人注意時悄悄轉頭看榮娘一眼。說沒有私心是假的，林瑤確實想將榮娘牽到大哥面前，好歹說上一句話，讓大哥好受一些。

「榮娘，大哥還是放不下。」瑤娘看到溫榮親切的笑容，忍不住說道：「外人皆羨慕哥哥，認為哥哥無論是仕途抑或親事都很順利，可賜婚後大哥整個人都變了……阿娘私下裡哭了許多次，說是早知如此，進士試前就應該訂下親事的。如今大哥與三皇子、五皇子來往也少了，畢竟大家都領了公職，平日衙裡公事繁重，與從前的閒散無拘自是不同。」林瑤強顏歡笑，握著溫榮的手微微收緊。

瑤娘偶爾會聽到大哥同祖父、阿爺談及政事，大哥嘴上不明說，但她知曉大哥不認同三皇子的一些做法與政見。比之三皇子，大哥心底要更欣賞五皇子，可自從五皇子求聖主賜婚榮娘，大哥的眼神便徹底黯淡下去。

溫榮臉色微變，捏著團扇玉柄的手一顫。

林瑤自知唐突了，歉疚道：「榮娘，我知道不該再說這些，妳莫要往心裡去。大哥那兒，該勸的都勸了，我只是悶在心裡難受……阿娘與我是無能為力了。」

溫榮牽起瑤娘的手，安慰道：「妳大哥總有一天會明白丹陽公主的心意。」

臨江王府的僕僮開始點亮大門的燈籠，天色漸暗，溫榮遠遠望見李奕親自送了晟郎與丹陽公主出來。

溫榮為避免同兩位皇子打照面，匆匆忙忙向瑤娘道別。「過幾日我們一起去探望嬋娘。」

瑤娘送溫榮上了馬車後，才走去大哥身邊，等丹陽公主一起回府。

溫榮撩起了一絲簾幔，晟郎正向她這邊張望，隱約能瞧見晟郎因見不到她而板緊的面孔。溫榮目光爍爍，抿了抿嘴唇，忽然一笑。馬車漸行漸遠，視線裡，丹陽公主與三皇子又說了幾句話才離開。至於林大郎和丹陽公主的家事，她既不懂亦無資格胡亂建議。其實彼此都是在相互磨合，她和晟郎也一樣。既無法改變，便不存在放不下和看不開的，無非是願不願意，能否下得了決心罷了。

送走所有賓客後，臨江王府恢復了安靜，謝琳娘回廂房服侍李奕更衣。

雖忙了一整日，李奕卻顯得十分高興，溫潤的目光落在賢妻身上，體貼地說道：「琳娘，今日辛苦妳了。」

琳娘紅著臉為李奕整理衣襟。「都是妾身應該做的。」琳娘說了瓊臺溫三娘婢子魘征的事情，輕嘆一聲道：「……不知怎的，忽就發作了，又驚著二王妃，偏生是在我們府裡，傳出去，倒成了我們的不是。」琳娘吩咐婢子收拾瓊臺時，注意到二王妃靠的憑几有幾處淺淺的尖甲掐痕，二王妃心裡其實很恐懼。

「要怕的也不是我們。對了，溫四娘可有談及此事？」

李奕精緻的五官映著一層光芒，琳娘一時失了神，猛地意識到夫郎提起了榮娘，琳娘微微顰眉，奕郎約莫是懷疑榮娘在宴席上動了手腳，遂搖了搖頭笑道：「當時榮娘未在瓊臺，且榮娘平日行事坦蕩，無算計人的心思，想來此事與她無關。」停頓片刻，琳娘又道：「奕郎，榮娘今日著意打扮必是為了五皇子，你是當哥哥的，也該勸勸五皇子別使性子。」

看著如白蓮般溫雅美麗的妻子，李奕嘴角笑容更深，上前攬住琳娘的身子，暖暖的氣息撲在琳娘耳邊。「還是妳想得周全，明日我便去說。」

溫家二房侍婢在臨江王府見鬼一事，在盛京沸沸揚揚地傳了一陣子，數月下來，溫菡娘與張三娘皆未出現在京中任何宴席上。

隨著年關將至，天氣越發冷，穆合堂裡生了三處炭爐。

溫榮托著腮，幫阿娘整理和核對禮單。逢年關有許多的關係和人情要往來，今年是阿娘第一次主持溫家長房的中饋，自不能有遺漏和差錯。

謝氏見林氏有榮娘幫忙，便徹底放下心來，樂得享清閒，不一會兒便靠在矮榻上打起了瞌睡。

溫榮起身為祖母換手爐，轉身正看到綠佩一臉驚訝地小跑進內堂，若不是她打了個噤聲的手勢，綠佩怕是要喊出聲了。「怎麼了？」溫榮壓低了聲音問道。

綠佩拍拍胸口，輕聲道：「娘子，溫家二房傳來消息，溫二娘子和趙家二郎訂親了！」

溫榮一愣，這怎麼可能？「可是尚書左僕射府的趙二郎？」溫榮顰眉道。

綠佩點了點頭。「就是他！趙家請鎮軍大將軍府夫人做的保山，聽聞是趙二郎主動求娶！不想趙二郎與溫二娘子早有了首尾（注一），是私定了盟約的！」

溫榮端起熱茶吃了一口。狩獵場上她被暗算之事中，最大的受益者是蔓娘。府中娘子名聲有差，會累及姊妹，表面上看似蔓娘為菡娘所累，嫁與太子做側妃一事被一拖再拖，拖到太子被軟禁東宮，不了了之，實則遂了蔓娘的心願。

思及太子被軟禁，溫榮忍不住嘆了一口氣。太子本是生性聰明、丰姿俊巍的，無奈因腿疾而心生自卑，心思皆轉移到了聲色犬馬之上。在聖主面前，太子是陽奉陰違，每逢上朝滿口忠孝，長孫太傅等人當面勸解時，太子亦是痛切自責，可背地裡仍舊不思悔改，與那等不逞之徒（注二）遊戲，不想此次竟然因一名太常樂人而惹怒了聖主。溫榮自晟郎處聽聞，太子極寵愛那名太常樂人，此事被御史臺彈劾揭發並查實後，睿宗帝惱羞成怒，不由分說地將太常樂人處死。

聖主本無懲處太子的打算，無奈太子太過出格，因為心中掛念死去的太常樂人，非但在房裡掛上太常樂人畫像，更在宮苑建碑文，早晚祭奠。太子被軟禁與阿爺等御史臺言官以及尚書左僕射等重臣的彈劾勸諫有極大關係，聖主知再無動於衷將不能服眾。

太子被軟禁後，溫家二房自然徹底打消送蔓娘做側妃的念想。溫家長房是三皇子一派，二房則投靠了二皇子，看似一切都變了，實際不過繞個彎。

比之太子，趙二郎可算翩翩如意郎君。溫榮想起狩獵場上蔓娘同她說的話，蔓娘希望她順利嫁與五皇子，往後還指了她幫襯。當初她未多想，此時復又思量，卻不明其意。

蔓娘是得償所願了，只不知一心念著趙二郎的溫菡娘，如今該如何自處？

前院傳話，五皇子遣人送了兩罈富平石凍春（注三）與溫中丞。

注一：有首尾，此指有關係、有私情。
注二：不逞之徒，指心懷不滿而鬧事之人。
注三：富平石凍春，五大名酒之一。據載，唐代有五大名酒：長城箬下春、滎陽土窯春、富平石凍春、郢州富水春和劍南燒春。

謝氏聽到動靜，醒了過來。
溫榮小心扶祖母起身，在屋裡走動，活絡身子。嫁往紀王府的日子越來越近，溫榮只想多陪陪親人。
很快的，溫世珩捋著美鬚，滿面笑意地踏進穆合堂。溫世珩知曉二房的事後冷笑道：「太子行為不端，縱是有聖主寵愛又能如何？儲君為國之本，聖主自當深思熟慮，以安天下之情。蔓娘嫁往趙府是明智之舉。」早前提及儲君之事，溫世珩還心存顧慮，可自從他親手寫的參彈奏摺致太子被軟禁後，是越發的慷慨激昂起來。
在溫榮的記憶裡，此時聖主還未有易儲之心，但離太子被廢也不遠了。可究竟是何事令聖主痛下決心，溫榮卻無印象。

日子過得格外快，轉眼到了二月初二，恰逢龍抬頭碰驚蟄日。
溫榮起早幫阿娘點燈燒香上供，又親自去廚裡端現炸的熱騰騰古樓子。
茹娘雙手合十，虔誠地在供桌前拜道：「金豆開花，龍王升天，興雲布雨，五穀豐登。還望保佑阿姊事事順意。」
謝氏半合眼看向茹娘笑道：「今日求的是風調雨順，穰穰滿倉，怎唸叨起妳姊姊了？」
茹娘癟了癟嘴。「過幾日阿姊就要嫁去夫家，其間再無節日，只能求了龍王神保佑。」
溫榮忍不住笑起來，這閨中日子是怎麼也過不夠。

謝氏吃了一顆榮娘釀的蜜果子，想起一事，微皺眉說道：「榮娘，紀王府已經建成了，聽聞今日起，內侍會往紀王府收拾佈置。」

溫榮不甚在意地點頭道：「想來王淑妃會安排妥當的。」

謝氏嘆了口氣。「偏生這時候五皇子因冰災去了河東道。」

溫榮看著燒得紅彤彤的銀炭爐。晟郎不在京中，紀王府邸皆由王淑妃佈置，祖母是在給她敲警鐘——如今紀王府裡安排的全是王淑妃的人手！

謝氏抬眼說道：「嫁做五王妃，往後少不得與王淑妃、德陽公主等人見面來往，她們可不是省油的燈。」

溫榮笑著安慰祖母。「昨日楊尚宮和尚儀局犟掌司還誇兒禮儀周全呢，兒在人前不失禮，背後再躲著她們，定是沒有關係的。」

謝氏搖了搖頭。「妳這孩子，就知道逗祖母開心，往後若是有委屈，只管回府說了，無論發生什麼事情，娘家永遠都是妳的依靠。」

酸澀的氣息湧進鼻子，溫榮眼睛一濕，低下頭，手不停地打絡子。這幾日祖母親自過問了她選下人的事，擔心綠佩與碧荷太年輕，祖母又挑選了府裡的老管家甘嬤嬤，還有六名婢子、僕僮隨她去紀王府。

祖孫二人正說著話，汀蘭送了溫家二房邀請赴宴的帖子進來。蔓娘是在年前定的親，那時家家戶戶皆忙著籌備年關，故溫家二房宴請的日子乾脆推遲到上元節後。

謝氏看了眼泥金帖，與林氏道：「雖說榮娘全大禮在即，可畢竟是親戚，不去也不好，明日妳帶了榮娘和茹娘過去向二老夫人請個安。記得禮物盡快挑了，免得被人說三道四。」

當初溫榮得聖主賜婚，謝氏與林氏商議後決定不要太過張揚，故未大擺宴席，那幾日皆是京中貴家送帖上門道賀，溫家二房亦封了厚禮過來。

雖說比之龍子龍孫的五皇子，趙二郎不過是翰林院小職官，但兩房明面上是極近的親戚，故林氏挑選賀禮時絲毫不敢馬虎。一組金筐寶鈿團花紋金杯、赤金冀鹿鳳鳥紋攢盒、一支金累絲雙鸞和鳴點翠步搖。林氏將賀禮呈謝氏過目，見老夫人點頭了，才安下心來。

林氏至今不知曉謝氏才是夫郎的嫡親母，每每見到二老夫人仍十分尊敬，更因不能在旁侍奉而心懷愧疚。

內侍監督佈置了紀王府，回宮後徑直去了蓬萊殿。

王淑妃正和三皇子李奕說著話，內侍半彎腰，輕輕的腳步走進內殿。李奕止住了聲音，目光閃爍地看著內侍。

內侍垂首稟告。「老奴已照淑妃殿下吩咐，妥善佈置了紀王府邸，還請淑妃殿下放心。」

王淑妃長長的指甲撥弄著銀熏籠，抿嘴笑道：「曹公公辦事，我豈有不放心的？前日內常侍伊公公身子抱恙，想來內常侍一職，曹公公再合適不過了。」

曹公公攏手躬身道：「老奴謝過淑妃殿下賞識。」

王淑妃擺了擺手，曹公公與宮婢皆退出了內殿。

王淑妃看向李奕，顰眉不悅。「奕兒，你不是說晟郎會至聖主前請退親嗎？這轉眼可就要全禮了。」

李奕半天不語，只覺得心一點點地沈了下去。

見狀，王淑妃乾脆靠回牡丹爭豔雕花軟榻，淡淡地說道：「事已至此，你莫要再在此事上費心思了。晟郎與溫四娘本是般配，且如今聖主極器重晟郎，上元節宮宴，聖主當重臣面誇了晟郎是難得的將相之才。」得此誇獎，反令王淑妃等人鬆一口氣。不過是將相之才，而非帝王之命。

李奕攏緊袖口，半晌才露出笑容。「母妃放心，晟郎大婚前都能親自前往河東道察視冰災，為主分憂了，兒自然不會給晟郎添麻煩。」

第二日，林氏帶著溫榮和溫茹一起至溫家二房參加宴席。

已過了上元節，溫家二房仍張燈結彩，十分喜慶，婢子和僕僮一早就在大門前迎客。

宴席辦在府中正院聚芳園。

林氏母女三人先到祥安堂向溫老夫人問安，這才往聚芳園而去。

一進聚芳園花廳，就見到一身銀紅織金藕絲大牡丹束胸裙、半翻高髻上是花開並蒂如意正簪、面上化了頗濃的酒暈妝的溫蔓娘。真真是美人紅妝色正鮮，面容鮮亮紅潤，和原來像換了一個人似的。

蔓娘正隨方氏和董氏招待賓客，看到了林氏和溫榮，蔓娘笑盈盈地上前行禮，先蹲身同林氏行晚輩禮，正要向溫榮行皇親大禮時，被溫榮一把扶住。

她還未正式嫁去紀王府，眾目睽睽下受蔓娘的大禮，盛京少不得要傳她頤指氣使、盛氣凌人了，如此她可是吃不消。溫榮揚起嘴角，笑得歡喜。「二姊是越發漂亮了。」

溫蔓拉起溫榮的手，軟軟地開口道：「擔心妹妹今日不能過來，輾轉了一夜不曾合眼，現在終於安心了。」

溫榮目光一抬，看到坐在僻靜處的溫菡娘。溫菡娘陰沈了一張臉，正惡狠狠地瞪著溫蔓娘，那眼神好似恨不能在溫蔓娘身上燒出兩個洞來。溫榮望著蔓娘，友善地笑了笑。蔓娘該擔心的不是她，而是溫菡娘吧？「二姊，妳快去招待賓客，莫要怠慢了夫家人。」

蔓娘面露羞澀，這才鬆開手去陪趙家夫人說話。

花廳裡的賓客一一上前向溫榮道好。

不一會兒，林氏就被將軍府夫人和郡公夫人拉去一處玩葉子牌。

無奈二房宴請的賓客裡，幾無溫榮相熟的女娘，遂牽了茹娘，尋一處不惹眼的角落，閒閒地吃茶。溫榮正打算領茹娘一道去聚芳園走走時，不想趙家二娘朝她走了過來。

趙二娘向溫榮行了常禮，目光微閃，滿面笑意地說道：「榮娘，往日溫府與趙府鮮少往來，今日被邀請過來參加宴席我就擔心要落單了，還好榮娘有在。算來我們一早便已相識，我更是羨慕榮娘的才華，可惜一直尋不到機會與榮娘說話，今日與榮娘做個伴可好？還望不嫌棄。」

溫榮親切地笑道：「瞧妳說的，正好一起說話解悶。」知曉趙二娘平日亦喜歡下棋，溫榮吩咐婢子送了棋盤和棋子來。與其費心思尋話題，不若下棋打發時間。

趙二娘落下一子，不經意地說道：「二哥與妳二姊私定盟約之事可是令阿爺、阿娘好生驚訝，聽聞他們是在去年上元節逛燈市時相識的，蔓娘說那時榮娘與她一起去的燈市，榮娘可知曉此事？」

溫榮抬眼，正好對上趙二娘試探的目光。蔓娘臨自己親事都不忘將她抬出來，五王妃的身分好壓人，有她見證趙二郎和蔓娘相識，可堵住不少人的嘴巴，只是這般傳出去，倒似二皇子與五皇子多了一層牽扯。去年上元節，她們確實是在天街旁的酒肆裡和攤女伶吃酒的趙二郎「偶遇」，當時那般境況，竟能讓他二人心生情愫？

溫榮微微一笑。「那日我們姊妹三人是在酒肆見到趙二郎，不過打了聲招呼，之後我便先行回府了。」她不會去害溫蔓娘，卻也不願意被溫蔓娘三番四次地利用。

趙二娘瞥了溫蔓娘一眼，面露譏誚之色，轉過頭仍舊捧著溫榮說話，語氣頗為遺憾。「往日榮娘身邊總圍著許多娘子，每每見丹陽公主、三王妃與妳在一起，我是想親近都不敢，今日真真是借了蔓娘的光。」

溫榮面色不動，看來在趙家人眼裡，溫蔓娘是配不上趙二郎的。既不得待見，往後蔓娘在趙府的日子怕是不會好過，不過蔓娘的手段並不需要旁人為她擔憂。

伸手不打笑臉人，溫榮頷首應道：「往後兩府是姻親，自該常來常往才是。」

一局棋下完，席面上正在佈菜擺箸。

方氏身邊的嬤嬤忽然慌慌張張地跑進花廳，也顧不上許多，哆嗦著嘴唇與方氏說道：「大夫人，不好了，二娘子掉進水裡了！」

「什麼?!」方氏抬手抖著錦帕。「快！快去救人啊！」

被這樣一鬧，眾人的目光皆聚了過去。

溫榮環視一圈，發現溫菡娘不在花廳裡，不禁微微皺起眉頭。

眼見溫家大夫人與二夫人皆出了花廳，女眷裡有好事的也跟了上去。

待眾人到了離花廳不遠的荷花池時，蔓娘正好被趙二郎救上來，婢子趕忙送上大氅。

雖已是春日，可池水仍舊寒涼，方氏望著被凍得嘴唇發紫的蔓娘，先忍不住落下淚來，反倒是林氏吩咐婢子帶渾身濕透的趙二郎、蔓娘去更換衣衫，並交代請郎中和煮薑湯。

他二人離開後，眾人的目光都落在驚魂未定的溫菡娘，以及溫蔓娘那只知道哭泣的貼身侍婢上。

趙夫人冷冷斜睨了溫菡娘和方氏一眼，便一聲不吭地隨婢子離開荷花池，去看趙二郎。她本就對這門親事不滿意，如此看來，果然是一家子沒有教養的。

溫菡娘怔忡地望著趙二郎和溫蔓娘離開的方向，想起先前趙二郎冰冷的眼神，心裡是一陣陣鈍痛，張張嘴發不出聲音，半晌才喃喃自語道：「不是我……不是我推的，是她自己掉進了池裡，和我一點關係也沒有……」

董氏的嘴角沈了下來，轉身向參宴的女眷們道了歉，命嬤嬤將好似丟了魂魄的溫菡娘扶回羅園。

消息陸續傳到了花廳，女眷們三三兩兩、竊竊私語地談論此事。

溫家兩個娘子爭一門親，說出去就是天大的笑話。

趙二娘拿起帕子捂住嘴巴，眼露譏諷之色。那溫菡娘是一早就對她二哥有心思的，否則每次赴宴也不能一直死皮賴臉地纏住她，連趕都趕不走。

趙二娘對去年秋狩和臨江王府發生的事情本是將信將疑的，今日卻可知溫菡娘真的是極其狠毒的性子，不但膽大妄為地夥同外人陷害將成五王妃的妹妹，更為了一個男人將姊姊推進水裡。如此想來，幸虧二哥看上的是柔柔弱弱、頗好拿捏的溫蔓娘，倘若是娶了像溫菡娘這般沒規矩的嫂子，豈不將趙府鬧得雞飛狗跳？

趙二郎和蔓娘及時吃了薑湯，郎中為二人把脈後表示並無大礙，大家才放下心來。

賓客在聚芳園裡草草用過席面，未時就散了。

好不容易送走賓客，董氏正要趕回羅園詢問菡娘，不料祥安堂的白嬤嬤已過來請她母女到老夫人跟前說話。董氏垂著眼睛，嘆了一口氣，面上神情難辨。

方氏早已將躺在箱榻上歇息的蔓娘拉起，扯到了老夫人眼前，聲淚俱下地將荷花池邊發生的事情說了，蔓娘的貼身婢子更跪在地上，信誓旦旦地說親眼看到三娘子將二娘子推下池子。

溫蔓臉色煞白，心慌亂地跳個不停，看向老夫人，邊咳嗽邊喘著氣哭道：「祖母，菡娘當時並非故意的，是我自己沒站穩，不小心才摔下了荷花池……」

老夫人沈著臉。偏偏在宴席時出了此事，丟臉丟到全盛京了！「罷了，妳不用幫三丫頭遮掩，一會兒她們過來後我自會問個清楚。」

說話間，董氏領著目光僵硬的溫菡娘進了祥安堂。

老夫人目光銳利地看向溫菡。「妳老實說了，二丫頭是如何掉下池子的？」

溫菡抖了抖嘴唇，抬起頭怨恨地盯住溫蔓。她忍不住想起了趙二郎清俊面容上安雅的笑顏，很是風流漂亮，每每見到趙二郎她就挪不開目光……不想淳郎竟然被溫蔓這低賤的女人搶走了，淳郎甚至不顧寒涼的天氣，跳進水裡將狐媚子抱出荷花池！想到這裡，溫菡不禁咬牙切齒，一字一頓道：「她不過是庶出的下賤子，縱是真被淹死又能如何？更何況我根本沒有推她！」

老夫人見菡娘此時還不知悔改，氣得將綠釉福壽茶碗擲到溫菡腳邊。

「鏘」的一聲，嚇得溫菡肩膀一顫。

「杏屏，將妳看到的一五一十說出來！」溫老夫人嫌惡地看了溫菡一眼。

溫蔓的貼身侍婢杏屏嗚嗚咽咽地哭道：「……三娘子先罵二娘子是狐媚子，沒臉沒皮地勾引趙二郎，還說我們家娘子低賤，過繼到大夫人身下又能如何？大夫人現下在府裡亦是吃白食的……二娘子被說哭了，卻未回一句嘴，後來二娘子想拉三娘子的手，不想三娘子非但不肯，更抬手將二娘子推了下去……」

「我沒有！」溫菡娘尖叫起來。「我沒有推溫蔓，是她自己跳下去的！」

溫菡忽然想到什麼，脹紅了臉，慌張道：「我知道了，是溫蔓她故意害我的！祖母、阿娘，妳們一向疼我，這次一定要相信我！蔓娘看到趙二郎往荷花池走來，才故意掉下水，想以此來陷害我——」溫菡只覺得臉頰一痛，董氏已一巴掌搧了過來。

董氏怒其不爭氣。「還好妳二姊與趙二郎沒有出事，事已至此，妳竟無半點悔改的心思？快向妳二姊道歉！」

「二伯母，三妹妹不是有意的……」溫蔓娘紅了眼睛，緊張地開口道。

董氏上前將蔓娘摟在了懷裡。「好孩子，是菡娘不懂事，枉費了妳們的姊妹之情，今日她也得到教訓了。」

老夫人一下子靠回了軟榻，重重喘著氣。「家門不幸，家門不幸……」

方氏忙上前拍撫老夫人的後背，目光閃爍。分明差一點就成了……

回到羅園廂房，董氏臉上的神情是萬分失望。

溫菡撲進董氏懷裡大哭起來。「阿娘，我真的沒有推溫蔓娘！」

董氏長嘆一聲，緊捏手中的帕子。「縱是我相信今日之事與妳無關又能如何？旁人只知道溫家的二娘子溫婉體貼，被三妹妹毒害了仍處處維護她……我早與妳說了，凡事要沈住氣，妳自己好好想想，這兩年妳都做了些什麼？一個未出閣的女娘，竟三番四次地傳出壞名聲的流言。溫榮娘與妳無冤無仇，她嫁與五皇子對我們並無壞處，妳偏偏因為嫉妒，同薛國公府的張三娘合謀害溫榮娘，結果妳二人亦是被他人利用了，最後非但不曾傷溫榮娘分毫，反而惹了一身腥。倘若當初妳避開此事，就不會損害溫家名聲，蔓娘更是早被嫁去東宮，哪裡還會有今日的宴席？」董氏用帕子沾了冰水為溫菡敷臉。好歹是她的女兒，是她身上掉下來的一塊肉，先才若非迫不得已，她不會下重手。

董氏眼圈發紅。「若說陷害溫榮娘一事無確鑿證據，今日溫蔓娘卻是在眾目睽睽之下被救起，此事是掩蓋不過去了，不幾日就將人盡皆知。兩件事放在一起，就坐實了妳的心腸歹毒，漫說趙家，盛京裡是再無貴家肯同妳議親了。阿娘之所以在祖母面前嚴罰妳，是為了保住當家主母的位置，好歹將來還能為妳籌謀……」

溫菡娘面上無半點血色，瞪大了空洞洞的眼睛，整個人似被重重一擊，徹底癱軟在了地上。

林氏帶著兩個女兒回到長房。

謝氏聽說了溫菡的事情，搖搖頭唏噓不已。「溫菡娘性子太過跋扈，心眼小又容不得人，時至今日是自食惡果了。」

溫榮皺起眉頭，蔓娘慣會利用別人，達到了目的又讓人抓不住把柄，比之溫菡，溫蔓的手段實是高明。溫榮剝了幾顆松子，心想，就要各自嫁人了，以後彼此少來往才是。

五皇子和溫榮的全大禮日定在三月六日，據欽天監所言，此日子是難得的六合日，天德月德，更四相時德。

全大禮前一日，照常例溫家長房裡張羅了宴席，請一些相熟的京中親眷。

嬋娘和瑤娘是溫榮的表姊妹，自告奮勇過來陪溫榮說話解悶。

陳留謝氏一族的一位嬸嬸，牽過溫榮上下瞧了好一會兒都不捨得撒手，滿面笑意。「真真是個可人兒，與琳娘一般，都是有福氣的。」

另一位族嬸朗聲笑起來。「五皇子是才韻俊偉好兒郎，我們榮娘亦是貌美自端莊，二人實是相配。昨日家夫下衙後還說了，自五皇子從河東道回來，聖主予五皇子的賞賜是一箱箱地往紀王府裡抬呢！」

此話一出，滿屋子羨慕的眼神。

溫榮也知曉賞賜之事，晟郎前日才從河東道回到盛京，河東道不但災情過了，災民亦得到妥善安置，當地更及時恢復了春耕。聖主大喜，賞賜了大量財物與晟郎，由於賞賜規格超逾皇子之限，故聖主同時下詔取消了太子出庫物限制。

宴席上熱熱鬧鬧，親友的誇讚之言反令林氏掉下眼淚，想到溫榮明日就要離開自己身邊，便覺得十分捨不得。

嬋娘牽了溫榮去一旁說話。

嬋娘已有六個月的身孕，溫榮和瑤娘好奇地看著嬋娘顯懷的小腹。

「要不要摸摸？」嬋娘面上一抹紅暈，幸福地眯起眼睛。

溫榮緊張地點頭，嬋娘牽起溫榮的手輕輕地放在小腹上，溫榮忽然覺得手下一癢，驚訝地抬眼看嬋娘。

嬋娘好笑道：「是孩子在動呢，可見他喜歡表姨母。榮娘，明日妳府裡人多，我就不過來了，就放瑤娘那瘋性子來幫妳鬧新郎子。」嬋娘頗為愧疚地說道。

溫榮認真地頷首。「嬋娘安生在府裡養身子才是，今日能過來，我已是十分高興了。」

瑤娘湊近溫榮，附耳低聲說道：「嬋娘特意過來與榮娘妳傳授經驗呢！」

溫榮臉頰緋紅，輕輕捏了一把瑤娘。「妳一個未出閣的小丫頭說起這些，真是沒羞沒臊！」

林瑤噘嘴，滿不在乎。「那有何了?嬋娘都與我說過的，女娘遲早都要走這一遭。」

溫榮與嬋娘聽言，皆撐不住笑起來，原本緊張的待嫁心情頓時散去了一半。

雖然明日的親迎是在初昏申時，但溫榮一早還需起身祭祖和正冠。

參宴的夫人、娘子不敢在溫府多做逗留，用過席面後，申時未到皆告辭離府。

三月的盛京街道兩旁是吐綠納新的高大銀槐，間或的桃李杏花如煙如霧般盛放著馨香，清風拂過，紛紛揚揚落下細碎迷濛的花瓣，比之平日的春意盎然，今日安興坊是掛滿了彩綢，喜氣洋洋，熱鬧非凡。

溫府處處收拾一新，迴廊屋簷高掛大紅燈籠，侍婢與僕僮亦換上了簇新衣裳。

自溫榮廂房陸續抬出的箱籠、屏風被悉數裝上了馬車，只待同溫榮一道去那紀王府。

溫榮踞坐於蓆上，透過妝鏡看著幾被搬空的閨房，鼻子一酸，連連眨眼睛。

碧荷伺候溫榮用了小半碗粥，不一會兒，上妝的婢僕與嬤嬤即至廂房，忙碌地為溫榮更衣上妝。

嫁做五王妃即為一品外命婦，溫榮換上了一身銀紅織金雙鳳大牡丹束胸裙，外罩銀紅團金廣袖明鸞錦緞長衫，掛緋紅織錦團花披帛。

「娘子，三王妃、丹陽公主、林二娘子到了！」綠佩進屋，滿面歡喜地說道。

溫榮提起裙裾出門迎接，就看她三人笑盈盈地走了過來。

「好不容易到了榮娘的大好日子，可是要好生鬧上一番！」丹陽公主朗聲笑道。

三王妃牽著溫榮坐回妝鏡前，今日是三王妃替溫榮正冠。

琳娘瞥了丹陽一眼，捂嘴笑道：「新郎子可是妳那冷面冷言的五哥，平日裡妳談五皇子色變，別是還未上前就敗下陣來。」

丹陽公主一抬脖子。「卻是小瞧我了，還怕五哥生氣不成？」

看她三人妳一言、我一語，說得不亦樂乎，溋榮是羞得滿面通紅。前一世嫁做良娣，不過是幾輛馬車拉去東宮罷了，哪裡有這般正式和熱鬧的全禮式？

「五王妃，可是要瞧瞧我們的壓箱禮了？」瑤娘也不肯放過溋榮，在一旁促狹地說道。

丹陽公主送的是一整套嵌鴿血石金釵首飾，皆是精緻的荷花蓮子如意紋，寓意了和合美滿、多福多子。

琳娘的壓箱禮是和闐碧玉沁巧雕雙鸞紋藕路路珮。琳娘牽起溋榮笑道：「不許嫌棄了。」

溋榮是知曉這藕路路珮的。路珮是應國公早年出征西域，回京時自西域帶與琳娘的禮物，路珮本是一對，如今她二人一人一枚。

瑤娘頗為不好意思地拿出自己的壓箱禮，是一支羊脂白玉通管銀毫，低聲說道：「我也不知榮娘缺什麼……只是平日裡我最喜歡榮娘作的丹青。」

溋榮笑著接過羊毫，看到白玉管上細細刻著的牡丹圖時不禁一愣，竟是她曾經送與瑤娘的百花展翠瑤池春！溋榮抬手輕輕撫過白玉管上滑膩的刻紋，確是極用心的一件禮物。

溋榮感激地望著她三人，正如瑤娘說的，她並不缺了什麼，難得的是盼了她好的心意。

不一會兒就有婢子過來催了。溋家、謝家的姑嫂親眷都已經聚在前院正廳裡，琳娘連忙拿起鴻雁紋玉背梳為溫榮篦髮。

溫榮與琳娘全大禮日一般，梳的九環望仙髻，琳娘自綠佩捧著的漆盤中取過九翅赤金鳳正冠與溫榮戴上。

正冠後，琳娘衝丹陽與瑤娘笑道：「妳二人還不快來沾沾喜氣，尤其是瑤娘，可得求個如意好郎君！」

二人笑嗔了琳娘一句，忙不迭地走上前，丹陽公主取一支金累絲嵌寶八瓣寶相花金簪簪在溫榮左鬢，瑤娘則拿一支柳然慧心石榴花金簪簪於右鬢，如此才是寓意極好的。

丹陽望著妝鏡裡貌美絕色的溫榮，忍不住誇讚道：「五哥真真是好福氣，一會兒咱們新婦子卻扇後，不知要羨煞多少郎君了！」

溫榮羞得沒處躲，乾脆輕推一下丹陽。「枉我視妳們為閨中好姊妹，今日卻來打趣了我！」

瑤娘笑道：「我要為嫂子打抱不平了，嫂子全禮時，五王妃在旁可是沒少羞臊人！」

幾個娘子又笑鬧了一陣後，林氏過來請丹陽公主、三王妃、瑤娘用席面，而溫榮因為上過了妝，故只能簡單地吃些小點心。

溫榮祭祖後，納娶的吉時就快到了。

「紀王府的迎親車馬到街市口了！」外間傳話侍婢高聲喊道。

溫府登時喧譁起來。

丹陽拊掌笑道：「我要去鬧新郎子！不趁今日鬧鬧五哥，往後必是沒有機會的！」

就見丹陽與瑤娘各拿起一根裹了紅綢的棒子。

琳娘連忙笑道：「妳們手下留情了，真將新郎子打壞，榮娘定會心痛，要與妳們秋後算帳的！」

丹陽連連擺手道：「榮娘放心便是，先才妳族嬸提議用荊條抽新郎子呢，可是被我攔下的！」

眾人聞言，皆撐不住地大笑起來。

溫榮的心怦怦直跳，索性低著頭、揪著手指，不再搭理她們。

眾女眷早已是氣勢洶洶、一窩蜂地擁到了府門前，那溫府大門外的街道亦是鬧哄哄的一片。

迎親隊伍裡最顯眼的是一架明鸞紅幔油壁香車，當先的則是一位高高騎於皎雪驄上，一身銀朱金銀團花連紋大科袍服、紫白玉腰帶、束紫金冠，器宇軒昂的俊美郎君。

往常李晟冷面肅眉、目光銳利，高貴精緻得令旁人不敢直視，可今日的新郎子卻收起了肅冷之氣，面上是藏不住的笑意。他身後是林子琛、杜樂天、延平郡王、滕王世子做儐相。

行至溫府大門外，李晟翻身下馬，規規矩矩三讓升階後才快步行至廣亮大門前。

溫府大門自是沒那般容易開的，李晟抬手叩環敲門，無奈門裡只有越來越響的笑鬧聲。

杜樂天在旁大笑道：「五皇子快快求了姑嫂出來相看！」

李晟清了清嗓子，高聲唸道：「下走無才，得至高門。皆蒙所問，不勝戰陳。」

本以為溫府鬧姑嫂，會顧忌新郎子是五皇子，不敢鬧得太厲害，可不料裡面竟然傳來了丹陽的聲音——

「既是高門君子，貴勝英流，不審來意，有何所求？」

「丹陽，不許胡鬧了！」李晟高聲喊道。

這一喊，門裡門外更是喧天笑將起來。

李晟轉頭瞧了眼身後笑得直不起腰的儐相，縱是琛郎亦是笑得十分歡喜，只在垂首之時，清俊的眼角眉梢顯了淡淡的落寞。

李晟哪裡受過這般嬉鬧？可想到能娶得榮娘，遂又好脾氣地脫口唸道：「聞君高語，故來相投，窈窕淑女，君子好逑。」

女眷也怕擔心誤了吉時，且一會兒還要鬧郎子的，故終於鬆了口。「立客難發遣，展褥鋪錦床，請君下馬來，緩緩便商量。」

大門吱呀一聲開了，李晟滿心歡喜地要進門，卻被琛郎扯住，往邊上一推，堪堪躲過了迎面劈來的大棍子！

所幸李晟、林子琛等皆是身手極好的，不能還手，各處閃躲便是，接著又陸續闖過了中門、正堂門。

正堂門是由溫景軒與溫家兄弟守的，溫景軒一瞧見五皇子和林家大郎，還未對詩就已敗了陣來。

溫榮手執團扇掩面，被一眾女儐相簇擁至內堂，羞赧地坐在李晟平日騎的馬鞍上，再由婢子將簾幔放下。

人聲、腳步聲伴著哄笑聲進屋來了，溫榮心知五皇子此刻就在簾幔外。

琳娘撩開簾幔，有模有樣地替溫榮撲粉畫黛。

不知誰先喊了一句「新婦子，催出來」，隨五皇子來接親的郎君皆悉數吶喊起來。

好不容易安靜下來後，溫榮聽到了那再熟悉不過的聲音，清朗明亮卻不失溫柔——

「兩心他自早心知，一過遮闌故作遲；更轉只愁奔月兔，情來不要畫蛾眉。」

溫榮臉紅得似朝霞一般，可琳娘還不肯作罷。

「今宵織女降人間，對鏡勻妝計已閒；自有夭桃花菡面，不須脂粉污容顏。」李晟再次朗聲唸道。

琳娘笑得歡喜，羨慕地瞧了溫榮一眼，這才撩開了簾幔。

「榮娘，要行大雁入懷禮了。」李晟輕聲提醒道。

溫榮抬眼對上李晟神采奕奕的目光，覺得心一暖，旋即又羞澀地垂下頭。

一隻喙上繞了五色絲錦的大雁輕落入溫榮懷中。

綠佩與碧荷將溫榮扶了起來。

溫世珩、林氏在正堂裡受了李晟和溫榮的參拜。

溫世珩一板一眼地交代道：「戒之敬之，宮室無違命。」

林氏雖紅著眼，卻是滿面笑意地為溫榮遮上了蔽膝。「勉之敬之，夙夜無違。」

在一片道喜聲中，溫榮被扶上了油壁香車。

李晟翻身登上皎雪驄，先繞馬車三圈，迎親隊伍才緩緩前行。

從溫府徑直行至紀王府，本是不算遠的，可迎親隊要繞市坊一周。

一路上，馬車漸行漸停，皆是障車堵路唱詞的。

皇親貴胄大婚，拋撒錢帛是極大方，可六、七次障車下來，縱是安坐在紅幔香車裡的溫榮都覺得不耐了。

「某甲郎不誇才韻，小娘子何暇調妝。二女則牙牙學語，五男則雁雁成行。自然繡畫，總解文章。」

又停了，這障車詞比之先前的還要直白，跟在香車旁的綠佩忍不住隔窗與溫榮小聲說道：「這小子好不曉事，娘子莫理睬他。」

障車詞是在祝他們得五男二女，因而無暇調妝。溫榮兩頰飛紅，垂眸不語。

溫榮羞臊不安，可李晟與眾儐相竟然十分喜歡，李晟甚至肯開金口，興致極高地與障車郎君對了幾句，再撒許多金銀布帛，這才繼續前行。

離紀王府越來越近了，馬車終於停下，外面的侍娘撩開簾幔。「溫娘子，請轉氈。」

溫榮透過蔽膝的縫隙，就見紀王府裡行出數十名手持氈蓆的華服侍婢，領頭僕婦將氈蓆鋪在了車下，後面人亦如此，依次鋪出氈路。

碧荷與綠佩一左一右，手執團扇遮掩溫榮側臉，那豔如霞蔚的明鸞錦緞長裳拖曳於地，隨溫榮緩緩的步子，迤邐而行。

周圍是喧鬧不停的歡笑和喝彩聲，溫榮隨氈蓆一路穿門過院，終於行至紀王府第二進院子的聽楓軒。青廬就搭在聽楓軒的露天庭院裡。

李晟上前緊緊牽住溫榮的手溫暖修長，溫榮忽覺得十分安心。二人相攜走進青廬帳，在司禮的指引下行了拜堂禮，雙雙坐在撒滿果子、金錢、花鈿的箱榻上。

帳內外早已立滿了觀禮的儐相親眷，不知是誰先喊了一聲「新婦子快快卻扇」，緊接著卻扇詩是一首連一首，此起彼伏，握著溫榮的大手越發緊了。

杜樂天學士無愧詩名，張口即得的卻扇詩確是神來之筆，文雅亦能驚落風雨，但今日可不是詩唸得好就能讓新婦子卻扇現仙容的。終於，溫榮執團扇的手快僵了，正要放下扇子時，不料竟聽見三皇子李奕的聲音。

「千重羅扇不需遮，百美嬌多見不奢。侍娘不用相要勒，終歸不免屬他家。」

團扇後，溫榮不禁微微皺起柳眉，李奕雖未做晟郎的儐相，但是有來觀禮。

「榮娘，」如瑤琴低音曲調般溫潤的聲音在溫榮耳邊響起。「莫將畫扇出帷來，遮掩春山滯上才；若道團團是明月，此中須放何花開。」

溫榮垂首抿嘴輕笑，緩緩放下了團扇。侍娘見狀，歡喜上前替溫榮取下蔽膝。

隨著紅幔雙鸞團扇和蔽膝的移開，暖暖燭光映照在了溫榮皎潔如月的面容上。本就已國色芳華，點唇畫眉後的五官更是精緻絕倫，面靨暈開極淡的粉色斜紅，眉心至額上繪了一枝細婉延展似火如荼的紅蓮花，比之往日的眷美端方，此刻又添了十分嬌豔嫵媚。

周遭一時靜默，旋即是喧天的哄笑嬉鬧，帳內皆是熱辣辣的目光和調笑他二人的言語。

溫榮終於斂了怯意，微微抬首看她的夫郎，晟郎的面容亦如染了層晚霞，喉結滑動，癡望她的目光清澈裡帶了幾許迷濛。

在笑鬧聲中，李晟與溫榮行了同牢禮，交纏而飲合巹酒。

三皇子李奕望著溫榮妍媚的模樣，一時失神，腦中似電光石火般地交錯閃現出一幕幕景象，不對……不該是這樣！

第二十八章

二皇子今日亦來觀禮，轉頭看到三弟滿面疑惑、雙眼無一絲光亮，心裡不禁冷笑，走上前拍拍三弟的肩膀，朗聲笑道：「五弟豔福不淺，可是讓你我二人好生羨慕。」

李奕黑潤的眼睛半晌才恢復神采，揚起笑容緩緩說道：「確實，羨慕。」

紀王府已備好了筵席，眾人在百子帳裡鬧了好一會兒，又戀戀不捨地瞧了新婦子幾眼，才意猶未盡地離開。

李晟牽起溫榮細白的柔荑，執於溫潤雙唇淺淺一吻。「榮娘，我先出去宴客。」外面已有人在催促了。李晟捏了捏溫榮的手，深深地望了心中人兒一眼後，移步出青廬。

瞧見新郎子離開，紀王府的侍婢立即放下帳簾，嬤嬤上前為溫榮取下沈沈的九翅正冠，卸了釵鈿後只用絲帛鬆綰烏溜溜的長髮。

綠佩、碧荷伺候溫榮換了裳裙，捧來淨水銅盆，洗去面上鉛華。

不知過了多久，青廬外婢子高聲傳話——

「紀王殿下回帳了！」

「榮娘。」李晟嘴角揚起漂亮的弧度，沿箱榻坐在了溫榮身側。

溫榮吸了一口氣，晟郎身上是濃濃的酒氣，她抬眼關切道：「怎吃了那許多酒？」

李晟頗為委屈地說道：「三哥他們想灌醉我！」

溫榮忍不住輕笑一聲。晟郎酒量確實是好的，這般還能神志清醒地自己走進來，實是不易。

李晟望著溫榮的雙眼是越發癡迷，可全大禮儀式還未完。

侍娘捧了紅錦漆盤上前笑道：「該繫同心結了。」

李晟嘴角含笑，取過五色絲錦，親自蹲身脫下溫榮的繡鞋和綢襪，將五色絲錦繫在了彼此趾節上。

「再行合髻禮。」侍娘滿面笑容，高聲唸道。

侍婢為李晟、溫榮各絞下一綹青絲，綰結為信物。

「天交織女渡河津，來向人間只為人；四畔旁人總遠去，從他夫婦一團新。禮已成。」

隨著侍娘的話音剛落，青廬裡的旁人退了一乾二淨。

青廬的幾道簾子俱已落下，溫榮綰髮髻的絲帛忽被輕輕扯去，青絲如瀑傾瀉而下。溫榮的心慌亂得怦怦直跳，格外清澈的杏眼卻是瞪了李晟一下，好似在怪他唐突的舉動。嬌嗔之言還未來得及說出口，就已落入了溫暖的懷抱。

李晟握著二人綰結的髮髻，眼睛猶如夜空繁星般光亮，濕暖的氣息微微發顫。「儂既剪雲鬢，郎亦分絲髮，綰做了同心結，終結秦晉，榮娘以後是再不能離開我了。」

原來還是醉了。溫榮泛著水光的雙眸隨紅燭閃閃發亮，五郎急促的心跳就在她耳邊，她柔聲回道：「我願與君將心縈繞，自此不分兩處，不言相思。」

「榮娘、榮娘……」

隨著幾聲低低柔軟的輕喚，溫榮只覺眼前一陣天翻地覆，轉瞬已然落於箱榻之間。

李晟傾身壓下，雙唇溫柔覆上，細細密密的吻順著溫榮的眉梢、面頰、櫻唇一路而下。酥麻的顫慄令溫榮忍不住地往後躲了躲，雙手輕推李晟的臂膀。

李晟感覺到了溫榮的緊張，微微抬起頭，氣息卻越來越重。「榮娘，不要怕……」

溫榮張了張嘴，李晟的身形幾是她的兩倍，「好沈」兩字還未出口，櫻唇又被含住，侵入的舌尖好似沾染了朝露的花瓣，唇齒間已然瀰漫了柔軟與清芳……

隔著薄薄綢衫，李晟感覺到身下人兒太過嬌小和柔軟，心疼可又忍不住在她身上留下他的痕跡。

溫榮的呼吸越來越淺，雙手忽被向後扣住，癡纏的吻終於離開，轉而咬上了她的中衣衣帶，身上一輕，溫榮緊張地睜開眼。李晟褪下身上僅剩的衣衫，露出了小麥色的健碩身子，溫榮驚訝地看到李晟左肩蜿蜒而下一道兩指長的刺目疤痕。

「這、這是怎麼回事？」溫榮伸出手，細軟的指尖輕覆在李晟的傷疤之上。溫榮猶記得去年年初，晟郎是因箭傷住在碧雲居的，可眼前的分明是刀傷。

李晟心裡一悸，除去衣服的灼熱身軀復又落了下去，英俊的面孔微紅，眸光閃爍。「押送方成利離開邊城時遇見了埋伏，是我抓鬮周時一時大意了。」

如此說來是去年六、七月的事情，晟郎是帶傷回京的。溫榮柳眉微顰，道：「怎不與我們說了？」

李晟細膩的吻來回劃過溫榮的眼角眉梢，帶著刺人薄繭的雙手在她身上緩緩遊走，握住了溫榮胸前柔軟，如夢囈般的聲音沙啞沈緩。「急著求賜婚，就忘了……」

溫榮還未來得及感動，身下被托起，褲子順勢脫下，雙腿一下子被頂開了，她貝齒輕咬紅唇，閉上眼睛，心化柔水。他是她的夫郎……

雙腿間的腰身聳動了數次，可每一次皆在攻城掠地時堪堪停住。溫榮再次忍不住睜開眼，極近的距離是他精緻俊朗的容顏，而清朗溫軟的眸光上卻籠了一層迷霧，該不會是……他不會？

李晟在溫榮唇上輕啄。「榮娘，別急。」

「你……」溫榮羞紅了臉，索性擺開不再看他。她何曾急了？

忽然，炙熱、堅硬一下子擠了進來，撕裂般的疼痛令溫榮忍不住繃緊了身子，額上泌出細密的冷汗。隨著他一點點地沈入，疼痛漸漸被說不出的感覺替代，好似冰雪交融裡抵死的纏綿……

混合了青廬裡蘇合新香的辛刺味兒蓋過了溫榮身上的清香，很快的，律動變得極致快速，一股灼熱湧進身子……

隨著炙熱離開，溫榮痛得蜷縮在箱榻裡。

李晟趨上前摟回嬌人兒，凝望懷裡柳眉微顰、雙眸似水霧濛濛的小娘子，身下又是一熱，可瞧見元帕上的點點紅梅，怕傷到榮娘，只得壓下慾望。

「榮娘，我讓婢子送水進來。」李晟輕撫溫榮面頰。

又折騰了好一會兒，二人才重新躺回箱榻。明日一早還要進宮拜見聖主、太后、王淑妃，溫榮已覺十分疲累，故任由李晟摟著。

「榮娘，此生我定不負妳。」軟軟的吻落在溫榮眉心。

「五郎……」帷幔旖旎，溫榮呢喃低語，偎在夫郎懷裡安心睡去。

簾帷外柔和的光透進了青廬，在婉轉啼鳴聲中，溫榮悠悠醒轉，睜開眼睛就對上李晟滿含笑意的明亮雙眸。溫榮的臉頰微微一紅，在娘家未養成早起的習慣，如今嫁作人婦，第一日就憊懶了，確是羞愧。

「什麼時辰了？」溫榮撐著正要起身，忽然腰上一緊，被結結實實地抱進某人懷裡。

「還早呢。」李晟低下頭，鼻尖輕蹭懷裡嬌娘白皙細嫩的脖頸，若有若無的清香縈繞在鼻端，放在纖腰上的手已順著衣襟溜了進去，輕聲道：「榮娘，還痛不痛？」

溫榮覺得背上酥酥麻麻，似有小蟲爬過，她雙腿現在還在痠痛，又羞又惱，手指推上身前堅實的臂膀。「五郎，別鬧了，要準備進宮了。」

嫁與皇子自是不同於尋常人家，平日裡不用與公爹、阿家住在一府裡，可親迎次日，新婦子還是要進宮行舅姑禮的。且宮裡為此辦了家宴，今日若是失禮，讓她往後還有何顏面？溫榮抬眼一眨也不眨地瞪著李晟，難言的羞澀裡是不肯服輸的秀徹神采。溫榮知曉不論她如何使勁，肆意環摟她身軀的堅實臂膀都不會動分毫，柔弱的女娘自該學會如何四兩撥千斤。

四目相對，李晟噙在嘴角的笑容如流水一般，不著痕跡地搖了搖頭。

溫榮氣結，不想他平日一本正經，清冷好似不染煙塵，此刻竟然這般無賴！既是枕邊人，總不能任由夫郎荒唐。

半晌，離開嬌軀的修長手指又纏繞上垂落在溫榮耳邊烏黑如緞的髮絲，優美上揚的嘴唇發出無聲嘆息，似是十分無可奈何和勉強。「都依妳。」

溫榮毫不猶豫地掙脫了李晟，攏上素白絹衣，撩開簾帳下榻。回頭見李晟又老神在在地躺回箱榻假寐，無半分起身的意思。今日他得假，不用去公衙，往後可是卯時不到就要起身的。

綠佩、碧荷聽見動靜，趕忙進帳服侍溫榮更衣篦髮，要換的裳裙和首飾是一早準備妥當的。

第一日以五王妃的身分進宮陛見，穿戴都非常的講究。

溫榮看了看桌案角的玉石箭刻，剛過卯時中刻，原來是真的還早。

安興坊與皇宮隔興寧、常樂兩個市坊，他們只需在巳時前入宮即可。

「娘子，是高髻還是半翻髻？」綠佩一邊為溫榮篦髮，一邊問道，見碧荷瞪了自己一眼，才意識到該改口了，膽怯地瞧了眼拉了幔帳的箱榻，蹲身恭敬地喚了句「五王妃」。

溫榮又好笑又好氣地搖了搖頭，心裡卻是一陣恍惚。猶記得前世，綠佩從始至終也改不了「娘子」的稱呼。她曾以為是因為綠佩訥實，此時才知原來是不願。不願她甘為良娣，時時處處都要看那韓秋嬏的臉色。

如昨日全大禮一般，溫榮仍著銀紅鸞鳳紋禮服，半翻高髻上戴九尾鳳冠，面上只施淡妝。

碧荷為溫榮戴翡翠荷葉紋耳鐺時壓低了聲音說道：「王妃，淑妃殿下為五皇子安排了六名貼身伺候的婢子。」說罷頓了頓，似有幾分猶豫。「那幾人皆是貌美，瞧著慵懶且行事輕佻，怕不是好意。」

溫榮面色不動，頷首道：「我知曉了。」倒是意料之中的事。她並非王淑妃選的稱心五王妃，故王淑妃迫不及待地給她添堵了。

府裡的舉動皆會一五一十地傳進宮裡，她既不能打發也不能攔那六名侍婢伺候五郎，否則只會落人口實，被傳為妒婦。仔細想來，王淑妃是晟郎的姨母，而她是他的妻子，孰近孰遠？既然是安排給五郎的，她就不作這主了，且看便是。溫榮垂首抿嘴輕笑。

溫榮才打扮好，就聽見背後窸窸窣窣的聲音，李晟紮了鬆垮的白絹中衣起身了。

綠佩與碧荷連忙向五皇子行禮，緊張得不敢抬頭。

該喚婢子伺候他更衣了，溫榮轉身笑道：「五郎平日可有慣用的侍婢？」在宮裡定然是有的，只不知是否一道被安排進紀王府了？

暖暖的光下是一抹迷茫的笑意，李晟搖了搖頭。「沒有。」

「胡說！」溫榮嗔道，柳葉般的黛眉輕揚，親自走到李晟跟前，為他將中衣衣襟理正，衣帶也繫緊了些，免得她看到厚實的胸膛，忍不住臉紅。「淑妃殿下吩咐了六名婢子伺候五郎，可是要妾身喚了她們進來？」李晟眸光深深淺淺，令溫榮一時看不透。

「我不習慣外人伺候。」

自己穿衣是不難，但洗澡那些呢？

李晟似看透了她的心思，悠然淺笑。「原來是偶爾讓桐禮和侯寧幫忙，可今後他們是不能到我房裡了。」

溫榮抬手打掉又摟上她腰的大手。

綠佩與碧荷面面相覷，倒是極有眼力見的，一眨眼工夫便退出了青廬。

「榮娘，以後我為妳畫眉，妳為我更衣可好？」

聽著好像很公平……可她的眉不畫而黛啊！再這般胡攪蠻纏下去，是真要遲了。溫榮替李晟換上朱紫色金線四爪蟒紋行服，踮腳繫上領釦，又自案几上取來十三片金玉帶，施施然提至李晟眼前。

李晟嘴角含笑，無動於衷，低頭瞧著溫榮，雙眸如映了月光的一彎碧湖。「榮娘，行事須有始有終，怎能半途而棄？」

允許某人厚臉皮，就不允許她半途而廢？溫榮拿起玉帶環上李晟的腰時，忽地一吻落在了額頭。一句道謝也沒有，但他自己嫻熟地穿上了朝靴。

李晟牽著溫榮走出青廬。

候在青廬外的六名侍婢果真如碧荷所言，頗有姿色。六女嬌滴滴地向李晟與她行了禮，有兩人甚至敢翹起眼角，悄悄打量她。溫榮抿嘴淺笑，不知王淑妃的人在紀王府能鬧出多大動靜？

昨日遮了蔽膝，只能見腳下寸土，此刻才知曉聽楓軒的模樣。院子兩邊是東西廂房，正房與各處廂房用環形遊廊相連，迴廊又環抱了一處花木扶疏、十分精緻的花園，他們全禮的青廬就搭在小花園裡。

李晟帶溫榮沿青石甬道走出花園，院子的前後還有兩處庭院。

南面庭院頗為寬廣，西北角上是一座古樸大氣的鬥拱白玉石，掛於石亭的紫檀牌匾金刻了「聽楓」二字。

北面庭院裡是靈璧石建的曲水流觴，帶了石階的清澈小池塘裡假山聳立，那假山雖小，卻曲徑逶迤。

溫榮看了看石亭。聽楓軒？素來楓林多寂寥，常帶了濃濃離愁。楓醉未到清醒時，情落人間恨無緣。溫榮笑著問道：「『聽楓軒』可是五郎起的名？」

李晟眼神微微閃動，搖頭道：「建府邸時，我未在京裡，故皆託由工部、禮部，只母妃與三哥偶爾差了內侍相看。」

照此說來，院子與石亭皆不該被命名的，畢竟工部、禮部是負責修建和置辦，並不能妄猜五皇子的喜好。難不成是淑妃殿下或李奕起的名？

「楓葉一曰愁緒，二曰相思。楚客傷離言楊柳，孤舟殘月對楓林。」溫榮噘嘴說道，話語中帶了風雨，令聽者眼眸似要潮濕。

「不許胡說。」聲音寵溺。溫榮的大袖衫下是二人十指相扣的雙手，李晟微嘆了一聲。「小時候我和三哥一起在弘文館聽學，某日蔡允恭大學士教我們作詞賦，我一時興起，照散體〈上林賦〉作了半首〈聽楓賦〉，當時就三哥知曉了。約莫是因為此事，故三哥為庭院起了『聽楓軒』的名字。」李晟轉頭看溫榮，平靜舒朗的眼底湧過一絲情愫。「榮娘可有好主意？」

是在詢問她。知曉是李奕起的，她是必然要換掉的，可一時半會兒也沒有好的想法，遂笑道：「得空了五郎與妾身合計一個名了。」

很快有嬤嬤過來催促他二人用早膳。

溫榮見食案上擺的俱是她平日喜歡和常用的，問了才知是甘嬤嬤吩咐過廚房。溫榮微微皺眉，這般倒顯得她嬌縱了。可甘嬤嬤是祖母親自挑的，行事極為穩妥，熟知內宅，照理不該犯了這拙劣的錯誤。周圍都是紀王府一早安排好的侍婢，溫榮只能等晚上了再尋機會問甘嬤嬤。溫榮心裡忍不住一陣腹誹，前兩日她還無憂無慮地偎在祖母懷裡說話，今日就已成了紀王府的主母。照理紀王府內宅該十分簡單的，偏偏王淑妃與五郎似敵似友，不得不防。

溫榮偏頭笑道：「妾身還不知曉五郎喜歡吃什麼？」

「我不挑的，往後榮娘吩咐什麼，我就吃什麼，可蜜糖松子酥要榮娘親手做。」李晟說得很是認真。

溫榮愣了愣，那蜜糖松子酥是她常做了讓軒郎帶去國子監的。溫榮這才想起，五郎離開盛京的一年裡，軒郎似乎沒再向她討要過。怪道他教軒郎武功騎射那般勤快了，原是得了束脩！

紀王府的下人見五皇子對五王妃幾是言聽計從，心下各有思量。紀王府內院的管家盧嬤嬤是王淑妃安排的，現在溫榮自娘家帶來的嬤嬤、侍婢、僕僮，皆未領到差事。

內宅之事雖煩心，可此刻溫榮卻更擔心宮中家宴。

二人用過早膳，即吩咐車馬往皇宮去了。

紀王府的油壁紫簾馬車停在了延政門前。李晟特意翻身下馬，陪溫榮一道換乘了宮車。

此時辰聖主和近臣尚在太極殿處理政務，故李晟與溫榮將先行前往延慶宮拜見太后，待到家宴時，溫榮再捧棗栗、肉脯獻與聖主，尋常人家需由新婦子做盛饌等禮式就免了。

自延政門到延慶宮，宮車將經過東宮。隔著數丈高的厚厚宮牆，溫榮仍能隱約聽見宮裡的伎樂鼓角、刀槍棍棒之聲，太子此刻正引突厥人在東宮作樂。

溫榮前世有耳聞太子荒誕不經的行徑。傳言太子不知何時起，開始瘋狂迷戀突厥民俗，甚至不惜自己扮作屍體，命侍從圍著他號哭跳鬧，行突厥喪禮。本以為是誇大其詞，畢竟在爭儲中被宮內人故意放話詆毀抹黑並非罕事，如今才知曉確有其事。

算來太子是前幾日才被聖主赦恩解足禁的，去年鬧得頗大的太常樂人一事才消停不久。忽然，自宮牆裡傳出幾聲聲嘶力竭的慘叫，聲音傳到宮牆外已是微弱，可仍令人不寒而慄。太子殘暴，視下人命如草芥。思及此，溫榮忍不住皺起眉頭。

李晟將溫榮攬進懷裡，嘴角輕輕彎起。「榮娘，不用怕。」

溫榮垂下眼，目光閃爍。她並非害怕，只覺得頗為不公。太子行為荒誕，卻因他是嫡長子，故聖主縱然有廢立之想，亦遲遲無法下決心，長孫太傅等老臣甚至言「今四方無虞，唯太子、諸王有定分最急」，以此勸告聖主打消廢長立幼的想法。

二皇子李徵是嫡次子，照理勝算極大，無奈他奪嫡野心太過明顯，早早令聖主察覺並反感他暗中交結朋黨的行為，若非如此，太子被廢立後，儲君之位是非二皇子莫屬的。

前世的乾德十六年，不知具體發生了何事，聖主終於對太子死心，並下了易儲決心，緊接著太子暗地裡準備謀反。窮途末路地以卵擊石，自是謀反未遂。照聖朝律例連坐法，太子的朋黨翎羽俱被投入大理寺獄問罪。聖主雖不忍誅太子，也將其流放嶺南了。

溫榮暗自輕嘆，照理嫁與五皇子是相對穩妥的，可不知為何，她心裡總隱隱感到不安。

前世的事情她大多數只知結果，而不知其中的風雲變化。在令人眼花撩亂的政局面前，她有的終歸不過是淺顯的婦人之見。

宮車到了延慶宮外，李晟扶溫榮落車並於殿外等候。

很快的，太后身邊伺候的朱女史滿面笑容地親自迎了出來。「太后請五皇子、五王妃進內殿說話。」

溫榮邁腳走進殿門，發現延慶宮比之往常多鋪了一層柔軟的紅錦地衣（注）。

朱女史恭敬地與溫榮笑道：「太后昨日特意命人鋪上的，說五皇子和五王妃大婚，延慶宮裡也該喜慶些。」

溫榮展顏靦覥笑起，柔聲說道：「太后對晚輩最是慈愛了。」

「可不是？」朱女史笑道：「先才還在唸叨了殿下和王妃。」

走進內殿，溫榮看到太后半躺在墊了龍鳳紋錦緞的童子奉桃紋軟榻上，跪於錦杌的宮婢正用美人拳為太后捶腿。晟郎與她是最先到的，溫榮鬆了一口氣。待巳時中刻，東宮太子妃、公主、王妃等晚輩俱會進殿拜見太后。

朝武太后睜開了半合的雙目，面上先露出笑來，眼神是慈祥和滿懷關切的。

溫榮的心微微一動，朝武太后對晟郎的祖孫之清，不管深厚，總是真的。且祖母疼她，若非知曉朝武太后確實頗為看中她，也不會那般容易地應下親事。

注：地衣，此指鋪在地上的紡織品。

李晟與溫榮走上前行禮，溫榮身形端正平穩，雖因遵禮制而佩帶了滿身珮環珠翠，但並不發出一絲聲響。

太后吩咐擺坐，笑令親孫兒李晟坐在旁席，招手喚溫榮至跟前說話。

太后要起身，溫榮連忙上前小心將太后扶起。

朝武太后握著溫榮的手，端詳了好一陣子，連連頷首道：「好孩子。」

雖說見過太后許多次，可這般被拉在眼前仔細看，還是令溫榮羞赧恭敬地垂下頭。

「三年前在德光寺看到妳第一眼，就知是有出息的孩子，比之德陽、丹陽那幾個，可是知事柔順體貼了。我是想多多召妳進宮說話的，又擔心婉娘不悅，誤會我要搶了她的寶貝孫女去。」說著，太后忍俊不禁。「如今還是讓李家給搶了過來，成了我的孫媳婦！」說罷，朝武太后抬起頭看了李晟一眼，讚許道：「晟兒果然是有眼光，昨日楊尚宮回來都與我說了，你二哥和三哥好不嫉妒你，宴席時恨不能將你灌醉，結果他二人先雙雙醉倒在席案下，一會兒我可得訓了他們兩個，真不懂事！」

溫榮臉紅得不敢再看朝武太后。

李晟在太后面前雖不會滿面笑意，但相較與旁人的冷肅，神情尚算清雅。「是了，還請祖母為孫兒主持公道。」

朝武太后聽言，笑得合不攏嘴，眼角的皺紋也更深了些。「你這孩子，肯放下身段求祖母，祖母哪件事不應允了？往後你是要好好疼了媳婦，否則漫說婉娘了，我亦是第一個不答應。」

李晟放下身段求的第一件事，約莫就是賜婚。

李晟聲音清朗透亮。「兒定不負祖母美意，不會令榮娘受委屈的。」

朝武太后面上露出滿意又欣慰的笑容。

不一會兒，聖主遣內侍至延慶宮，傳李晟往太極殿商議朝政。

朝武太后面似不喜，五嶽眉一沈。「祖孫難得坐在一起說兩句話，他老子爺就迫不及待來要人！」

兩盞茶不到的工夫，王妃、公主等陸續至內殿與太后請安，人多了，朝武太后就顧不上溫榮了，而琳娘和丹陽公主還未到，溫榮只得坐在一旁靜默。聽到宮女史打簾的聲音，溫榮抬眼，看見盛裝打扮的二王妃正昂首端方地走進內殿。

韓秋嬏的目光落在溫榮臉上，神情少了往日的趾高氣揚，衝著溫榮頷首，柔和微笑。

沒有人會愚蠢到在太后面前肆意造次。

自平陽、丹陽等公主出嫁後，宮裡還有四名年紀尚幼、未自立府邸的公主——衡陽公主十三歲、城陽公主十歲、東陽公主九歲、盧陽公主七歲。

衡陽公主與太后請安後，恰巧坐在了溫榮身旁，轉頭看向溫榮，甜甜一笑，露出了兩個酒窩，言語頗為隨意。「一早我就好奇怎樣的女娘能令五哥求娶？這兩年祖母壽辰宴，我都有見到五嫂的，可惜一次都未說上話。」

太后壽宴，妃子、公主、命婦等滿滿登登，大部分是幾面之緣。現今嫁到皇家，衡陽她們就算是小姑子了。

溫榮笑道：「過幾日請了妹妹往紀王府作客，到時候我們可好好說話了。」

「五嫂果真是個爽利人，想來去五哥府上，是無人敢攔我的！」衡陽公主大大咧咧地笑道。

丹陽公主和三王妃是姍姍來遲，朝武太后笑嗔了她二人幾句，也不會真為難她們。看到丹陽公主走過來，衡陽坦然說道：「五嫂，我先去陪太子妃說話，改日去五哥府上看望五嫂。」說罷，起身同丹陽公主、三王妃問了好，即向太子妃走去，百合髻上金絲勾做的金盞花顫顫巍巍，十分顯眼。

溫榮拉著丹陽和琳娘坐在一處，埋怨道：「妳們怎麼才來？叫我好等！」

丹陽掩嘴笑起來。「我們不來遲些，怎襯托新婦子勤快？」

「再胡亂打趣，我可是不理妳了！」溫榮目光在內殿環視了一圈，貌似人都來齊了。

丹陽公主望向太子妃的方向，撇撇嘴。「倒是個能來事的！」

丹陽是在指衡陽公主。溫榮也發現衡陽頗為不一般，先才太子妃是一臉陰鬱，衡陽公主過去說了幾句話，太子妃面上就露出了幾分笑意。

衡陽公主的生母是五品才人，在後宮裡位分低下，宮中母憑子貴的同時，又何嘗不是子憑母貴？衡陽公主在太后、聖主那兒雖不如德陽、丹陽得寵，但比之其他公主，要好上許多。溫榮不禁想起蔓娘，心下對衡陽多了一分提防。
三人說了會子話後，丹陽被喚去了太后跟前。
溫榮這才牽起琳娘的手，壓低了聲音問道：「怎麼了？」先前她就看出琳娘面上有幾絲一閃即逝的鬱結之色，想來琳娘不願令太多人知曉，故暫壓在心裡未問。
「就是瞞不過妳。」琳娘看了眼太子妃，旋即又收回目光。「榮娘，妳可知曉去年太子請番僧入東宮的事？」
溫榮頷首道：「聽聞聖主先是龍顏大怒，後因長孫太傅等人出面，故太子未被重罰。」番僧比之太常樂人、引突厥人玩樂之事，倒算是小巫見大巫。
「我是不久前才知曉的，那番僧確實能卜凶吉和算卦，據說極準，當時被太子召入東宮，亦是勸太子收心養性，否則命數將變。」琳娘抿嘴輕聲說道。
溫榮的眉眼多了幾分謹慎，在她看來，所謂卦語、讖言、符咒都是騙人的，可琳娘極聰慧一人，應該不會輕易相信。「琳娘所慮為何事？」
琳娘淺吸了口氣，輕聲道：「三皇子也將那番僧請到了臨江王府……」
溫榮並未接話，下意識地拿起茶湯抿了一口。前世李奕曾言，人謀可勝天。李奕非嫡出，縱是在此般劣勢下，他也未崇信過鬼神之說，更不會像太子一樣行巫蠱術，只自始至終在聖主面前端著仁義賢德的正身品貌。李奕接近番僧總不是聽經和卜卦，究竟是何目的？
琳娘接著低聲道：「去年番僧離開東宮，宮裡就有傳言，說番僧手裡有一本未解開的讖書，所以太子才將番僧請入東宮的。」

溫榮緩緩摩挲青釉茶碗上滑膩的蓮花八寶托壽文。為避免妖言惑眾，讖緯之術在當朝已被禁止。雖說是被禁止了，可早年聖朝卻有因讖言而獲利過。

上徽二年高祖建朝之初，曾發生過一次山洪，離盛京南郊八十餘里地的秦華山在電閃雷鳴間忽然山崩土裂，湧出山水後驚現刻著大紅讖言的天石——

明日月，振遼疆，與替更亡，弘德定之。

弘德為高祖之名，讖言顯然是說高祖登基乃天命所定，民心所向，在李氏王朝下，將四海昇平、國泰民安。

當時前朝餘孽尚存，餘黨裡有帶人馬藏於山林，有退躲至邊城待時機起事的，若說這些武官是無謀之勇，不足為患，那麼令高祖最為頭痛的便是四散於民間、聚眾妖言煽動的文士。天石讖語一傳十、十傳百，已飽受戰亂之苦的黎明百姓自以天為大，非但不再信叛亂文士之言，更暗地裡揭發。讖言的及時出現，確是穩固了民心。

溫榮心中思量，雖說她與琳娘是閨閣裡的手帕交，關係極好，但若李奕真是為了讖書才接近番僧，琳娘就不該同她說起，畢竟事關重大，未有定論之前，最好藏著、掖著。除非，此事和她也有關係。溫榮放下茶碗，道：「琳娘可知三皇子請番僧入府所為何事？」

琳娘搖了搖頭，臉上有些猶豫。「就是不知奕郎為何這般做？倘若真有讖書，又事關國運，奕郎怕是會惹禍上身。」

溫榮看著琳娘。「可還有其他人知曉了？」李奕行事謹慎，既然聖主因番僧懲罰過太子，他就不會犯此錯誤。

琳娘神色複雜。「原來五皇子也未與妳提起。三天前奕郎請了番僧入府，那日五皇子也有到臨江王府。」琳娘頓了頓，沒再繼續往下說。除了三天前的那次，今晨卯時不到，番僧又至府邸，與奕郎在書房說話。今日之事五皇子是不知曉的，思量再三，琳娘決定不主動提起。

兩人靜坐了片刻。

溫榮抿著嘴。晟郎在成親的前三日才從河東道回盛京，照琳娘所言的時間，晟郎是回京第二日就去臨江王府了。因為馬上要全大禮，所以那幾日晟郎不方便到溫家長房，分開兩個月，她也是昨天才見到了晟郎。她素來不主動過問晟郎有關朝政和內宮的事情，仔細想來，晟郎也從未同她提起。

溫榮安然一笑。「琳娘莫要太擔心，番僧自西域而來，說不定他們兄弟二人只是好奇番僧在西域沿途的所見所聞罷了。」

琳娘面上神情一閃即逝，她知曉這般在背後打聽奕郎和五皇子的事不光明正大，可前幾日阿爺才囑咐過她，平日裡要勸奕郎，縱是有抱負，也不能急躁自亂陣腳。欲速則不達，更何況將希望寄託在讖書鬼神等虛言之上？奕郎和她雖似百般恩愛，可奕郎心裡真正所想，她也從來不知曉。

李晟到了太極殿後，被盧內侍請在外書房安候，此時長孫太傅、林中書令正在內殿書房與聖主議事。很快的，宮婢伺候了茶湯。

李晟負手欣賞殿牆上的山水丹青，有三幅是宮廷畫師新作的，皆用硬毫提線勾勒，粗狂卻大氣非凡。李晟想起了榮娘畫的春江景和牡丹圖，目光不禁變得柔和。

從前榮娘不肯贈畫，每每想要欣賞她的墨寶，都得費一番功夫，少不得時常往延慶宮拜見太后了。昨日榮娘自娘家帶來幾只箱籠，其中一只存放的就是榮娘這些年來所作的丹青。

「五皇子。」

李晟聽見聲音，回過神來，轉身看到琛郎籠了籠手，與他見禮。

他三人私下隨意，可在宮中人前，禮儀還是少不了。林子琛是駙馬，行了家禮即可。悠遠明亮似山澗清泉的神情轉瞬消失不見，李晟看了看琛郎手中的文書。「長孫太傅與林中書令正在書房裡。」

林子琛的表情頗為淡然，頷首道：「我奉命將謄寫好的文書送過來，等等便是了。」林子琛想起先才翰林院學士傳出來的消息，走上前低聲問道：「晟郎，你自河東道回京後，可是彈劾了檀州州牧？」

彈劾檀州州牧是公開的，李晟自然而然地道：「今年河東道十八州府裡，檀州冰災最為嚴重，京中已下令當地開倉放賑，並運送了大量炭茅至檀州，可檀州州牧不但未及時通知警示百姓避寒和禦寒，反而剋扣糧資，導致許多百姓被凍死。若非我親自去了檀州，怕是那檀州州牧還要瞞報凍死和陷雪而死的百姓數目。」李晟回京第二日就向聖主稟報了此事，並前往御史臺準備點御史官員做巡按往當地查實，約莫再過數日就可確定前往河東道的御史官員。

林子琛手握拳抵唇，忍不住咳嗽了幾聲。

李晟皺起眉頭。「身子不適該告假一日。」

昨日林子琛當他的儐相，就有時不時地乾咳，聽聲音應該是冬寒害咳疾後落下的頑症。紀王府擺的成親宴席裡，他有勸林子琛少飲酒，無奈林子琛雖不似二哥和三哥那般頻頻敬酒，卻自斟自飲了半鐔子。琛郎酒量不及他和杜樂天學士，後還是杜樂天學士送他回林府的。本以為今日琛郎會告假，不想還是到了翰林院，甚至準時點卯。

李晟也見不得林子琛這般模樣，他知曉琛郎心裡的結，畢竟他曾暗妒過琛郎，尤其是琛郎登進士榜那年的曲江宴上，那時的心情恐怕解憂的唯有玉瓊漿了。

李晟的眼神幾不可一見地暗了暗，琛郎至今不知道丹陽向聖主求賜婚其實同三哥有關。人都是有私心的，他不像三哥會做出拆他人姻緣之事，但事有轉機，他也不會放過謀求自己幸福的機會。無可轉圜，卻還沈湎於過去。李晟想勸，卻發現他是最不合適開口的。

「不妨事。」林子琛擺了擺手，約莫是因為隱忍，鬢角處隱隱冒著青筋。

翰林院的學士裡有人出自河東道檀州，還有人的同科進士在河東道為官，故林子琛聽到了另一種聲音——

有言五皇子年少氣盛，在河東道抗冰災時，仗著自己五皇子的身分一意孤行，根本聽不進旁人勸言。檀州州牧之所以未及時警示冰災，是為了不引起百姓慌亂，且當地年年嚴寒，百姓們心裡都是有數的。朝廷發往當地賑冰災的物資有限，他檀州州牧並非剋扣押後，只是在尋時機發放，避免出現哄搶鬧事的局面。至於瞞報凍死人數，不過是五皇子一人之詞罷了。林子琛斷不得真假，孰是孰非皆只有提醒五皇子提防留心眼。

李晟坐回堂椅，宮婢上前為五皇子和駙馬新換了一盞茶，不一會兒，盧內侍出書房傳李晟、林子琛陛見。

今日宮中家宴設在望雲樓，樂師在旁演奏著歡快的龜茲樂。

除了先前往延慶宮同太后請安的小輩，後宮位分在六品寶林之上的妃子亦陸續到了望雲樓。眾女眷依次入席後，聖主才帶著太子、諸皇子緩緩而來。

聖主坐在正西的主位，太后作為女眷主宴，則在左首席。

聖主略微說了兩句安宴之語，眾人在案几後跪拜領宴。

太后笑著望向溫榮。「今日家宴是為慶祝晟兒和榮娘大婚，都是一家人了，大家自不必拘謹，隨意便是。只是這開宴前，還有重要的事。」

溫榮和丹陽、琳娘同坐一席，丹陽抿嘴好笑，輕推了溫榮一把。

溫榮自女官手中接過盛滿了棗栗、肉脯的圓笲，從案几後繞過，面容恭順，盈盈走向正席，穩穩捧了圓笲端正拜倒在地。「兒定早自恭謹，斷斷自修。」

聖主朗聲笑起。「好，能得此佳兒佳媳，某甚是欣慰！」

自長孫皇后逝世，中宮之位一直虛懸，且李晟生母亦早逝，故溫榮只須拜了聖主，便可退回席中，相較尋常人家，反而少了許多繁文縟節。

溫榮隱隱感覺到一抹打量她的視線，微皺了皺眉，轉頭同丹陽和琳娘說笑。

丹陽吃了一口熱羹，與溫榮笑道：「春日不去踏青可惜了，待妳回門後，我們幾人一道去樂遊園辦探春宴，順道幫瑤娘尋個如意郎君！」

琳娘手執錦帕在丹陽眼前一晃，戲謔道：「比之丹陽，我與榮娘是要羞死了，瑤娘可是知曉她嫂嫂這般急著將她嫁出去？」

丹陽瞥了琳娘一眼。「妳這般不識好人心，我改日問了三哥有何想法去！」

「好了好了，現在確實是初春遍芳甸的遊玩好日子，過幾日一道去便是。」溫榮見她二人要鬥上嘴了，好笑地打起圓場。

不遠處，李奕端起琉璃盞，豔紅透亮的葡萄美酒明晃晃地倒映著他的眸光，他煥然一笑，抬手敬向五弟。今天早上胡僧說到了前世今生，確實很有意思……

番僧與他言佛經。從死相續，皆由不知。

李奕餘光漫過溫榮一席。番僧說他有前世的債和宿世的冤，這場輪迴裡眾生本該一無所知，卻偏偏有一人半透了真假，可又因此人無法徹底看清前世因果，故擾得眾生皆困於迷惘泥沼之中。番僧能卜出玄機與他說上一二，但不能詳盡地透露天機。

放在以前，對這等裝神弄鬼之言他定然嗤之以鼻，可仔細想來，確似有不少人被困在了前世冤債裡，他就是其中一個。他從未想要傷害溫四娘，可為何她一開始就對他懷有敵意，一步步逼得他亂了陣腳……

用過席面，聖主即離開了望雲樓。

丹陽正要帶溫榮、琳娘至芳萼苑賞花，三皇子和五皇子向她三人走了過來。

「準備去哪裡？」李晟微微低頭，嘴角含笑地問道。

「丹陽言芳萼苑不但開了許多奇花異草，還豎了幾架鞦韆。」溫榮偏頭，發現丹陽已迫不及待地拈了一枝青翠節草纏繞在細長手指上玩耍了，不禁莞爾一笑。

「可是要去打鞦韆和鬥百草？」李奕聽聞，也來了興致。

丹陽頷首道：「自然是的，春日在庭院鬥花草和打鞦韆再好不過了，何況榮娘還未去過芳萼苑，可不得去瞧瞧。」

李奕和煦笑道：「確實是好主意。我與晟郎先往延慶宮見過太后，一會兒也到芳萼苑的曲亭下棋。」

幾人又說了一會兒話後，丹陽才帶著溫榮、琳娘往芳萼苑走去。

望雲樓通往芳萼苑的青石甬道旁，用太湖石和黃玉石搭了許多假景。

溫榮還未踏進芳萼苑，就先聽見花苑裡傳出女娘的歡笑聲，原來德陽公主、二王妃她們也過來了。

看到丹陽將才打好的草結掐斷，溫榮笑問道：「不知宮裡鬥百草，是文鬥還是武鬥了？」

「自是武鬥的，我們可不似妳和琳娘，出口就能吟詩作賦。」丹陽轉頭看向太湖假山石。

德陽公主一面陪太子妃說話，一面命宮婢將幾日前才送入盛京的南海美鬚送過來。

倒是好奢侈的做派，美鬚是東晉山水詩人謝靈運臨終前施與南海寺廟的，德陽公主等人為了鬥草，不惜千里迢迢派人往南海取來。

衡陽和二王妃她們則在賭鞦韆。溫榮抬頭望向杏花雲海，多姿曼妙的女娘雙手向空如羽翼一般，紅薄輕紗幔在飛舞的杏花裡如煙撩亂，果然是一派令人詩興大起的美好景象。

「妳們可知道宮廷樂師用〈鞦韆詞〉譜了曲子？」丹陽公主頗為自得，抬手指著豎了鞦韆的綠柳道。「早先我是能高到與樹冠齊的。」

溫榮和琳娘相視而笑，好漢可不提當年勇。

琳娘掩嘴道：「我與榮娘可不敢，就如妳先才說的〈鞦韆詞〉，我和榮娘是『復畏斜風高不得』的人。」

「妳二人出口成章偏要在我面前賣弄討羨慕！」丹陽笑著乜了琳娘一眼，忽想起一事，頗為嚴肅地向溋榮問道：「榮娘，聽聞老夫人的咳疾頑症如今好多了，卻不是吃的藥，而是每日用妳釀的蜜柚做飲子？」

溋榮頷首道：「是，祖母不願意吃藥，只能想了這些偏門法子。」

丹陽眼睛一亮，拉起溋榮的手。「榮娘，妳將法子教了我！」說罷嘆了口氣，並不遮遮掩掩。「琛郎常留宿在公衙，去年偏是寒冬，公衙怎能及得上府裡？結果染了肺弱之症，又不肯好生將養，這就落下病根子了。雖說不是嚴重的，可每日乾咳也不是辦法。」

溋榮並不知曉林家大郎生病了，昨日瑤娘也未同她提起。

「那蜜柚飲的法子很簡單，只需要槐花蜜和香柚便可。」溋榮乾脆一口氣說完。「只一定要用新取的槐花蜜釀香柚，槐花在五月才開，現在的陳年舊蜜做不得了。去年我瞧祖母喜歡，特意多釀了幾甕，故府裡還有許多，明日回門我令小廝送一甕與妳。」

丹陽聽言連連點頭，歡喜地說道：「先謝謝榮娘了！」

三人一路賞花，說說笑笑，正打算鬥花時，有宮女史匆匆上前，言王淑妃在蓬萊殿召見溋榮。

溋榮初嫁入紀王府，淑妃召見她是在情理之中。

溋榮朝丹陽、琳娘笑了笑。「過幾日去樂遊園時再與妳們鬥花了。」作別了丹陽和琳娘，溋榮隨宮女史乘上宮車，沿太華池石廊道前往蓬萊殿。

蓬萊殿裡頗為清雅寧靜，鸞鳳鏤寶相花鎏金香爐裡燃著暖暖的零陵香和雀頭香，裊裊青煙如飄帶一般，輕輕環繞紅漆抱柱。

大殿裡不似尋常寵妃那般擺滿珍貴金銀琉璃，殿牆上掛了數幅字畫，其中一幅甚至是前朝書聖王羲之的親筆真跡。王羲之亦為琅琊王氏中人，王氏家族素來賢德才子輩出，宮中佳麗無數，王淑妃能榮寵不衰，除了風華美貌，更因她的才情。據說在睿宗帝的后妃中，能與王淑妃才貌相衡的，只有王淑妃的孿生姊妹王賢妃，可惜王賢妃芳齡早逝了。

在內殿外靜候了片刻，聽到通傳聲後，溋榮隨宮女史小步走進內殿。

撩開寶石琉璃珐瑯簾，溋榮見到了坐在西府海棠紋紫檀矮榻上，一身銀紅繚綾金絲流雲高腰長裙、高髻上簪一品鳳釵的王淑妃。今日家宴，王淑妃是有著意打扮的，由此令旁人知曉她王淑妃對此次宮宴和五皇子很是重視。

宮婢接過王淑妃手中的纏枝牡丹紋銀茶碗，躬身悄無聲息地退至一旁。

王淑妃看向溋榮，明豔一笑，長長的銀紅指甲輕叩矮榻，柔聲說道：「好孩子，過來。」

溋榮恭順地走上前拜倒。「兒見過淑妃殿下。」

「快起身吧，與我無須行此大禮的。」王淑妃親自牽過溋榮，讓溋榮安心坐於她身側。

溋榮第一次離王淑妃這般近，猶記得前世王淑妃每每看到她，皆是一臉的不耐和厭煩，此刻卻滿眼慈愛，面上笑容無一絲勉強。

「榮娘在紀王府裡可還習慣？」王淑妃吩咐宮婢送上新鮮果品和點心，親切地問道。

溫榮乖順地點頭笑道：「紀王府裡十分舒適，兒知曉是殿下親自監督佈置的，晟郎與兒心裡對殿下很是感激。」

「感激就是生分了，哪有長輩不為小輩操心的？」王淑妃輕笑一聲，端詳了溫榮一會兒。確實貌美，比之她和青娘年少時還要美上三分，可畢竟才過及笄之年，故精緻風華下是難掩的稚氣。王淑妃嘴角噙笑地說道：「榮娘是在杭州郡出生的吧？我與青娘小時候也曾隨阿爺、阿娘在杭州郡住過一段時日，杭州郡實是令人流連忘返。都道盛京水畔多麗人，我和青娘卻認為杭州郡的西湖邊，才是真真的美人如花競爭豔。」

青娘是王淑妃的胞妹，晟郎的生母。不知王淑妃為何忽然提及王賢妃？溫榮垂首，頗為羞赧。「淑妃殿下至杭州郡，怕是百花也失卻顏色了。」

「果然是個嘴甜討人喜歡的！」王淑妃笑容更盛，拍了拍溫榮細白的手背，旋即又嘆氣道：「青娘是晟兒的生母，若是她還在，今日見到晟兒與妳喜結秦晉，定十分歡喜。」王淑妃狀似漫不經心地顧自說道：「不知榮娘是否知曉，晟兒母親青娘與我是同胞姊妹，我們姊妹自小同盤而食、同榻而眠，親如一人似的，及笄後，又被家族同時送進了宮。」王淑妃執起錦帕，輕拭眼角。「青娘逝世，我最憂心的就是晟兒，那孩子偏偏不喜歡說話，凡事皆藏在心裡。就好比他與妳的親事，既然你二人早已相識，就該與我們長輩說了……我不知實情，滿盛京貴府裡挑挑揀揀，弄得人盡皆知，生怕委屈了晟兒……」

溫榮想起外面傳他二人私定盟約之事就覺得頭疼，他是省心省事了，因長輩都是捉了她探問的。溫榮惶恐羞愧地說道：「是兒等不懂事，令殿下費心為難了。」

「罷了，」王淑妃復又露出笑來。「凡事都沒有晟兒娶到稱心如意的妻子重要。」

溫榮順著王淑妃恭敬一笑，眸光好似霧散後的天空，一片清明。

「自奕兒和晟兒相繼搬出宮自立府邸後，蓬萊殿是越發冷清了，聽聞妳與琳娘交好，往後妳二人可得常進宮陪我說話。」王淑妃眼裡閃過一絲黯然，言語頗為失落。

溫榮心中微動，王淑妃所言所行倒似十分情真意切，若非她知曉李奕繼承大統，王淑妃徹底掌權後宮的狠戾嘴臉，怕是要動容了。溫榮點了點頭，誠懇認真地應下。

王淑妃看向紫檀案几上的水晶沙漏。「時辰不早了，一會兒出宮晟兒尋不見他的娘子，怕是要著急的。」

溫榮起身端正拜別。「兒過幾日便進宮探望殿下。」

王淑妃命宮女史送溫榮回芳萼苑。

溫榮轉身小步不停地悄聲走出內殿。

看著溫榮的纖細背影，王淑妃懶懶地靠回紫得發亮的矮榻，褪去笑意的精緻面容上，是令旁人不敢逼視的冷意。

第二十九章

臨近申時中刻，送賓客離開的宮車已在芳萼苑前的青石道上等候。

馬車到了紀王府，溫榮撩開簾幔準備落車，李晟已經站在車廂旁將溫榮抱了下來。

回到廂房，溫榮至套間換了一身家常素色撒花襦裙，出來時看見李晟紋絲不動地坐在蓆子上，翻看她自娘家帶來的手抄棋譜。

「五郎，要準備用晚膳了。」說罷，溫榮喚碧荷陪她去院子裡的小廚房。今日宮中家宴，她特別留意了晟郎那一席，看看哪幾道菜是晟郎喜歡的，哪些又是鮮少動箸的。

還未走出內室，手就被忽然拉住。抬眼對上那雙明亮的眼睛，波瀾微漾的目光深處有幾分孩子氣。溫榮撇了撇嘴，本還想躲過去了，無法，只得再進套間，服侍李晟換上絹袍。

李晟拉起溫榮小巧的手，輕覆手心。「廚裡的事情吩咐婢子就可以了。」

成親才一日，溫榮就發現他特別黏人，在外人面前威風凜凜，回家後又成另一般景象。

「妾身想去廚房吩咐幾道五郎喜歡的菜。」本以為他還會糾纏，不想眼前人揚起嘴角，忽然一笑，爽快地說了聲「好」。

碧荷撩開天青寶相花紋雲錦簾子，甘嬤嬤已在廂房外候著。

甘嬤嬤面色微變。「昨晚內院總管事盧嬤嬤帶了廚娘過來，只問了五王妃在娘家的喜好，素來下人都是照主子口味配菜的，故奴婢也不曾多想。」

溫榮笑道：「不妨事的。甘嬤嬤先在主屋裡伺候，平日裡許多地方還需煩勞甘嬤嬤幫襯。」

「王妃這樣說是要折煞奴婢了。」甘嬤嬤鬆了一口氣，沒有感情的夫妻容易生分，她親眼見了五皇子對王妃的寵愛，自也知曉他們是感情深厚的。

溫榮微微一笑，晟郎的口味與她頗為相似，一個大男人竟也偏好酸甜的。今日宮中席面，尚食局奉上的大部分為上等菜品，可相較油膩味重的臛碎和五生盤，晟郎寧願去吃旁邊素面邢窯杯裡的醋芹。然她也一樣。

溫榮在廚房指揮廚娘燜上水晶飯，做了膾絲、魚羹和兩道小菜，又親自剔了蟹肉，細碎捲了她在杭州郡時常吃的金銀花平截。若非時辰已晚，溫榮還打算做一道杭州郡有名的醋魚。

待嫁的那幾個月裡，阿娘擔心她嫁到紀王府後吃不到喜歡的江南名菜，求人不如求己，領了她在廚房裡手把手地教了幾日，故如今除了精緻糕點，溫榮還有數道拿得出手的菜品。

待廚房將飯菜準備好，溫榮吩咐在東次間擺了食案。

李晟看到廚房端來菜，眼睛一亮，連著添了兩碗飯。尤其是溫榮親手做的金銀花平截，幾是吃得一點不剩。

到了晚上，兩人梳洗後躺在了箱榻上。

李晟將溫榮抱在懷裡。「榮娘，下午見過太后，我回到芳萼苑沒有看到妳……我擔心妳在宮裡走丟了……」李晟將臂膀又收緊了些，黑亮的長髮落在溫榮皙白的頸間。

溫暖潮濕的耳鬢廝磨又麻又癢，溫榮忍不住笑出了聲，仰起小臉，明亮的眼睛一瞬也不瞬地對上李晟的目光。「皇宮再大也不過千畝地，總能找到的。」

李晟靈巧地解開了她的衣帶，溫熱的手掌沿腰線緩緩上移，握著她的柔軟輕輕摩挲，清澈聲音忽就染上了薄媚和輕柔。「榮娘，我小時候就走丟過……我藏在假山裡，然後等了一宿……阿娘已不在了，一直沒有人來尋我……所以榮娘要牽緊我……」

溫榮一愣，正想問他王賢妃的事兒，卻已被李晟一個翻身壓在廂榻間……

成親第三日是回門。

李晟帶著溫榮準時到了溫府長房，兩人進穆合堂就向長輩磕頭行禮。

老夫人謝氏端坐於紫檀矮榻，滿面慈愛地望著他二人。

溫世珩和林氏卻是坐立不安，畢竟跪在他們面前的是五皇子，真是扶不是，不扶也不是，神情很是不自在。禮數過後，溫世珩連忙請李晟上座。

眾人說了一會兒話後，溫世珩與李晟便去書房商議政事，林氏則去廚房吩咐送去書房和穆合堂的茶點。

謝氏拉了溫榮在身邊說話。「昨日進宮如何？五皇子待妳可好？」

溫榮臉微微一紅，露出笑來。「五皇子待兒極好，進宮亦是順利，祖母莫要為兒擔心。」

謝氏皺眉道：「進宮還是要小心提防。往後與三皇子、德陽公主、二王妃等人見面次數多了，更要記得留了心眼。」

溫榮知曉祖母對去年秋狩和小衣等事心有疑慮，故一次次提醒，可她卻不希望祖母再為她操心了，祖母年紀已大，思慮過重對身子不好，平日應該安心享福的。「兒見了他們都是繞開走的，現在看在五皇子的面上，他們也不敢那般膽大妄為了。」

謝氏聽言頷首道：「話雖如此，可如今朝堂和後宮不太平……榮娘，五皇子可會與妳說起朝中之事？」

溫榮搖了搖頭，她並非不關心晟郎和阿爺在朝中的情況，只是直覺這些事不該她主動探問，她唯一能確定的，是晟郎不會害阿爺。

「五皇子年紀輕輕就立了軍功，少不得有人要眼紅，就是他三哥，怕也不是省油的燈。」謝氏伸出手整理孫女的鬢髮。「妳二人剛成親，許多事確實不便直言過問，但也要提醒五皇子，行事要謙虛謹慎。」

約莫是朝堂上出現不利於五皇子的聲音了。溫榮靠在祖母肩膀上，輕鬆笑著應下，更多的還是勸了祖母放寬心好生將養，又起身親自為祖母煮了茶湯。

用過席面後，林氏提起了溫家二房，溫蔓娘與趙家二郎的全禮定在下月二十日。

林氏猶豫片刻後同溫榮說道：「蔓娘昨日親自過來了，說是想請妳觀禮並為她正冠，卻不知妳是否願意，更不敢貿然派帖子至紀王府……」

溫榮放下茶碗，見阿娘欲言又止，知曉阿娘是想勸她答應。阿娘並未看清蔓娘為人，反而很是同情蔓娘，畢竟早先蔓娘在溫家二房的日子確實不好過。

雖說她並不想為蔓娘正冠，可兩府還需維繫面上關係，而且她全禮時溫二老夫人亦帶著蔓娘過來了。溫榮頷首道：「想來那日無事，我一早過去二房幫忙了便是。」

蔓娘行事滴水不漏，示弱的同時也處處透了謹慎。比之蔓娘，溫榮更好奇如今溫菡娘在溫家二房的境況。

溫榮正想開口問菡娘的情況，茹娘就已忿忿地說道：「阿姊，那蔓娘不是爽利人！昨日我問蔓娘，二伯母是否真要將菡娘送去咸宜觀學規矩，她卻支支吾吾地推託不肯說了。換我是不願幫她正冠的，偏生阿娘聽到軟話就鬆了口，替阿姊答應了下來！」

盛京咸宜觀中的女冠多為士大夫家的女娘，將菡娘送入咸宜觀不失為一個好主意，暫時避一避風頭，過一、兩年仍可還俗議親。成安大長公主當初為了躲和親，避免遠嫁異邦，就是做了樣子假意入道的，三年後又還俗下嫁了。

林氏走上前點了一下茹娘的額頭。「這孩子，在妳姊姊面前編排起阿娘了！」

茹娘噘了噘嘴，遞一只精緻的金鑲邊仕女撲蝶紋荷囊到溫榮手裡，笑著說道：「我繡了兩只呢，阿姊看看可喜歡？」

溫榮接過荷囊，捂嘴笑道：「茹娘繡的我自然喜歡！說來我真真是讓阿娘與妳寵壞了，繡工都拿不出手。」

「阿姊女紅亦是極好的，不過是平日忙於寫字、作畫，沒得空罷了。」茹娘忽又嘆了一聲。「原先荷囊、錦帕的花樣子皆是阿姊畫的，如今阿姊不在府裡了，往後我只能照搬繡一些尋常的圖樣。」

「兩府離得近，茹娘可常來紀王府玩的。」溫榮展顏牽過茹娘的手。

茹娘笑起來，露出雪白的牙齒，並不理睬一旁阿娘使的眼色。「阿姊開口，我定是要去的！還不曾見過王府是如何模樣呢！」

溫榮和煦地笑著點了點頭。眨眼她已嫁人，妹妹也十一歲了。猶記得在杭州郡的家中，她醉心書畫，看不慣茹娘每日摸針線，那時她稚氣地認為姊妹倆道不同不相為謀，復醒後她才知曉，姊妹之間是與生俱來、血濃於水的親情，並非似旁人，要靠那所謂的道謀相維繫。

回到盛京的三年裡，她在長房陪祖母的時間也要更多些，慶幸茹娘與她仍十分親近。幼時茹娘乖順靦覥，這幾年性子也似容貌一般，越發的精緻和張揚，好似一枝含苞待放的帶刺薔薇花。溫榮看向溫茹，柳眉杏眼，尖尖的小臉如同四年前的自己。

申時，廊下傳來腳步聲，溫世珩與李晟一路談笑、一路往穆合堂而來。

「那本雙勾的『蘭亭宴集序』實是筆法精細，風味有餘啊！」是阿爺的聲音。阿爺先才吃席面時還皺著眉頭，用過席面後更是一刻不肯耽擱，又帶了晟郎去書房說話。

本該是嚴肅地商談政事，怎就變成了暢意地欣賞書法？而且溫榮記得阿爺書房裡沒有雙勾本『蘭亭序』的。

「我也是碰巧得到的，還有一本『快雪時晴帖』的雙勾本，若知溫中丞愛好，今日便一起帶過來了。」一聲音如流水一般清澈灑脫。

溫榮抿起嘴角，眉眼帶著淺淺的笑意。

侍婢撩起簾子，溫世珩和李晟走了進來。

謝氏留二人在府裡用晚膳。

溫榮還未開口，李晟已點頭答應。溫榮心下好笑，乾脆起了風爐在一旁煮茶。

不多時，溫景軒也自國子監回來了。

外廊侍婢的通稟聲剛落下，軒郎就迫不及待地撩開簾子，快步進穆合堂。

「妹夫、妹妹來了！」溫景軒與祖母、阿娘問了好，衝溫榮笑了笑，施施然地坐在李晟身邊。

軒郎在李晟面前比阿爺還要隨意，兩人話還未說三句，就起身去院子舞刀弄槍，穆合堂裡食案擺好了還不見他二人回來。軒郎難得有練武的機會，拿起刀棒就廢寢忘食了。

謝氏笑著說道：「妳阿爺昨日答應為軒郎請武功師傅了，可要求軒郎要像五皇子一樣文武雙全。」

溫榮挑了挑眉毛，如此軒郎可有得辛苦了。現在長房這一支只有軒郎一個獨子，阿爺也沒有納妾的打算，家人都將希望寄託在了軒郎身上。祖母嘴上不說，心下卻是期盼將來軒郎能立功建業，讓溫家復黎國公爵的。

「祖母、阿娘，我去喚晟郎和軒郎回來用晚膳。」溫榮起身說道。

「阿姊，我與妳一起去。」茹娘將絲絛丟回笸籮，理了理裙裾，挽著溫榮的手一道去穆合堂的庭院。

院子裡的樹影影影綽綽，溫榮抬眼看向正提槍比武的兩人。

軒郎緊皺眉頭，青紗絹袍已被汗水浸透，每招每勢皆拚盡全力，算是使盡渾身解數了。可恨的是，對手從始至終都在輕鬆地躲閃，偶爾提劍擋上一、兩招，神情十分閒適自如。

溫茹抱怨了一句「哥哥不長進」，溫榮忍不住笑起來。軒郎其實很優秀，只無奈五皇子太過出類拔萃。

樹梢後升出了半彎月影，在游移的薄霧裡若隱若現。

聽見溫榮的輕笑聲，李晟輕轉手腕，軒郎手中的長劍被一下挑落在地。

李晟指點了軒郎幾句，軒郎雖極為挫敗，卻也心服口服。

溫景軒回東院更換袍衫，李晟轉身向溫榮走來。

不同於軒郎汗襟重透那般狼狽，李晟玉白雲海紋袍襬隨風揚起，似未染一絲纖塵。

月色在李晟修長的眉眼輪廓上鍍了一層盈盈的光，筆挺的鼻梁、總是抿著的薄薄嘴唇，好似俊朗無傷。不知從何時開始，哪怕只是不經意地相視一望，兩人都會迷失在彼此的目光裡。她與晟郎可算是有情人終成眷屬，可不知為何，她心底總時不時地湧起極淡的憂傷。

李晟上前牽起溫榮的手，一旁的茹娘發出了幾不可一聞的嘆息。

用過晚膳，二人自溫家回到了紀王府。

溫榮見時辰尚早，帶著管事盧嬤嬤、甘嬤嬤和婢子將東西側院收拾出來，以後來了客人也好住。至於剩下幾進院子，溫榮暫時命人鎖了起來。

溫榮想起去年丹陽公主與她說的話——

「……琳娘著實賢慧大方，這些時日她閉門不出，就是為了在府裡張羅三哥納側妃之事……她正在看第四進院子，準備收拾好了，專供三哥的側妃與姬妾住……」

溫榮看了眼盧嬤嬤手裡的大串鑰匙，抿了抿嘴，去書房喚晟郎回屋歇息。才走至廊下，溫榮就聽見書房裡傳來嬌滴滴的聲音——

「五皇子，請用茶湯。」

接著，是瓷碗碰到地上的脆響。

「誰允許妳進來的！」李晟的喝斥聲不大，卻極其的嚴厲冰冷。

婢子撲通一聲跪在了地上。「五皇子，是、是……當時淑妃殿下就是命奴婢在書房伺候五皇子的，故奴婢才送了茶湯進來……」

「侯寧呢？」聲音忽就高了起來，真的發脾氣了。

侯寧嚇得一頭汗，先才是他守在廊下的，見有婢子為主子送茶湯，他以為是王妃安排的，更何況原先在宮裡，五皇子的書房裡確實有婢子伺候。

溫榮朝侯寧笑了笑。「沒事的，進去吧。」

綠佩上前一步撩開簾子，侯寧這才跟在溫榮身後走進書房。

看到屋裡的景象，溫榮忍不住顰眉。那婢子跪在茶水裡，約莫是扎到陶瓷碎片了，故膝蓋處的赭色襦裙染了幾處鮮紅。婢子面容姣好，是王淑妃安排在紀王府、貼身伺候晟郎的其中一名婢子。

李晟一臉冷意，轉身回到了案桌後。

溫榮吩咐嬤嬤將那婢子帶回下人房，並讓人送了一瓶外傷膏過去。

書房裡的水漬狼藉很快被打掃乾淨。

侯寧站在一旁，戰戰兢兢地等主子發落。

「何必發那麼大的火？」溫榮走上前。

書案上是一幅展開的草法，筆法險峻堅勁，遒勁處飄風似鷙鳥乍飛，峻險處則如雪嶺孤松。若不是重單宣上未有落款，溫榮定以為此字跡是出自晉代書法家索靖之手。

李晟面上怒氣消失得一乾二淨，看了侯寧一眼。「下去吧。」

侯寧長舒一口氣，還好他是跟著王妃進書房的。往後除了王妃親口吩咐，他是再不敢讓婢子進主子的屋子了。

溫榮看著書法笑道：「可是五郎寫的？」

「是，榮娘等我一會兒。」李晟揚起嘴角，修長的手指親自打開櫥架，拿出一幅字畫，獻寶似地捧到溫榮面前。

隨著畫卷鋪展，溫榮眼睛一亮，面上是毫不掩飾的喜意。是〈草書狀〉！不想五皇子竟真的有索靖的真跡。

「榮娘可喜歡？我都將寶貝取出來了，榮娘也不能藏著掖著。」

溫榮想起在杭州郡的時候，她用自己畫的西湖遊春圖，換了阿爺送給軒郎的字帖。後來她才知曉，軒郎其實不喜歡花鳥風景，只是不想令她失望。

李晟見溫榮抿嘴笑卻不說話，顧自地說道：「今日遲了些，等榮娘高興了，再將藏寶與我看了。」

溫榮點了點頭，滿眼笑意。「快回屋歇息，明日五郎要早起去公衙了。」

回到廂房後，溫榮先服侍了晟郎梳洗，見晟郎安靜地靠在箱榻上看書了，才去外間吩咐事情。

先才將婢子送走的甘嬤嬤上前與溫榮回話。「那婢子還敢哭了道委屈，不知這事傳出去會不會得罪了淑妃？」

溫榮搖搖頭。「不會的。」

淑妃安排人進紀王府的真正目的是監視五皇子的舉動，貼身婢子得到寵幸，自然能更好地牽制五皇子，可連茶湯也侍奉不好的人，縱是貌美如花，淑妃也會認為是敝屣。

溫榮迷糊間聽到身邊傳來窸窸窣窣的聲響。今日晟郎要至左驍騎營領衛巡視宮門，本來聖主是放了晟郎假的，無奈安將軍昨日突發舊疾。想到這裡，溫榮準備起身為李晟換袍服。

「吵醒妳了？」

溫榮睜開眼睛就對上了李晟關切的目光。

李晟的笑容在暖暖晨光下越發明亮，他伸出手為溫榮掖了掖被角。「婢子已伺候了熱水和巾帕，時辰還早，妳再睡一會兒。」

既然五郎主動開了口，溫榮乾脆閉上眼再瞇一會兒。他不是三歲小兒，且早膳也安排好了。昨夜睡得遲，這般早起，眼皮子像打架似的。

溫榮再醒來已是卯時末刻，綠佩伺候了溫榮梳洗。簡單地用過早膳後，溫榮吩咐小廝將一小甕的蜜柚釀送去興寧坊中書令府，交與丹陽公主。

小廝才出府，溫榮就接到了三王妃請去臨江王府做客的信。溫榮瞥了眼府裡站在廊下的粗使婢子，多與臨江王府來往，正合了王淑妃的心思。今日在府裡無事，溫榮收下信，笑著與臨江王府傳話的陳嬤嬤說道：「麻煩嬤嬤與三王妃說了，約莫辰時中刻我會到王府。」

陳嬤嬤同溫榮躬身道：「那是再好不過了，奴婢這就回府，三王妃知曉了一定很高興。」

送走陳嬤嬤後，溫榮回廂房換一身鵝黃大袖衫裙，吩咐碧荷拿上她自娘家帶來的鑲貝榆木匣子。

紀王府到臨江王府乘馬車只需小半時辰，接到小廝通稟，三王妃便行至庭院月洞門處等候。

見到溫榮，琳娘笑著走上前牽過她的手。「住得近就是有這好處，想了馬上就能見面。」

溫榮頷首笑道：「可不是？怪道丹陽嫉妒，她要與我們一處說話就得辛苦奔波。」

二人說笑著走進了內堂，琳娘吩咐婢子送了茶湯和糕點，其中一樣杏仁酥十分精巧別緻，琳娘歡喜說道：「杏仁酥是我親手做的，前月在妳房裡吃了塊松子酥，很是合口味，回府閒來無事就試著用各式果仁做糕點了。」

溫榮執起帕子掩嘴笑道：「那我可得嚐嚐。」

琳娘靜謐了片刻，聲音有幾分無奈。「剛成親時覺得日子閒適清靜，久了心裡卻空落落的，平日在府裡也無甚可做，每日裡寫寫畫畫，現在連筆也不想拿了。」

溫榮抬起眼睛，成親不過數日，她似乎也可預見到以後的日子。德陽公主等人下帖子請打馬毬、赴宴、嬉戲，她和琳娘皆是能推就推了的，並不願與她們多摻和。縱是入宮請安拜見，亦無須太過頻繁，除了宮宴和節日，每月逢五進宮便可，禮數不讓人挑出錯，也犯不著為自己添麻煩。

不一會兒，婢子進內堂稟報。「王側妃過來了。」

溫榮有些吃驚地看了眼琳娘。

「不過是尋常的請安罷了。」琳娘斂起笑容，眉心微微一皺，語氣極為平淡。

說話間，侍婢撩起簾子，王側妃娉娉婷婷地走了進來，一身珠翠華服，打扮得比琳娘這正妃還要富貴三分。

王側妃同琳娘和溫榮作禮後，旋即看向溫榮，挑眉笑道：「喲，五王妃不是剛成親嗎，怎麼就有空過來了？」

王二娘是年初被接入臨江王府做側妃的，仗著三皇子母妃王淑妃是她的表姑母，在府裡頗為肆無忌憚。

溫榮面色淡然，毫不在意地說道：「是了，在府裡無事，就過來尋了三王妃說話。」

王二娘癟了癟嘴，看向溫榮的目光隱隱帶刺。雖說嫁與三皇子做側妃亦是極好，可終究是溫榮娘搶了她五王妃的位置。想來五皇子是一時讓溫榮娘那狐媚的長相迷住了，否則憑她王氏女的出身，怎麼也要比溫榮娘落魄勛貴家的身分高。

謝琳娘吩咐了坐，便不再理會王二娘，顧自地與溫榮說笑。「丹陽昨日送了信過來，問我們三月末可得空了，約在那時去樂遊園踏青。」琳娘頓了頓又笑道：「上月宮裡做拋球戲，德陽公主身子不利索而不曾去，竟讓丹陽奪了頭籌，故信裡提了踏青日要帶彩球去樂遊園，她和瑤娘已是摩拳擦掌了。」

溫榮捂嘴笑道：「是了，丹陽亦是第一好玩的性子，和瑤娘在一起做姑嫂好不熱鬧。」

王二娘坐在旁邊冷眼瞧她們，一句話也搭不上，半晌，趁琳娘請茶的空檔，終於尋得機會開口道：「三王妃和五王妃可知泰王府裡傳出了喜事？」

溫榮柳眉微皺。喜事？二王妃前日還在宮中芳萼苑打鞦韆，可不似懷孕的樣子。

琳娘用錦帕擦了擦手，去端矮案上的茶湯，淡淡地說道：「可是指二皇子的側妃褚二娘被診出有身孕了？」

王二娘臉上浮起一抹自得的笑來。

溫榮忽然覺得很好笑，難不成王二娘以為同為側妃的褚娘子有身孕，她也能跟著面上沾光？溫榮乾脆慢慢吃茶，一臉輕鬆自在，也不接話。

見無人放在心上，王二娘面上訕訕的，抬了抬手，露出雕石榴花紋鏤空金釧，很大一只，怕是有數兩重，還好王側妃身材豐腴，手腕厚膩，否則手要被墜折了。

琳娘看向王二娘，微微一笑。「前日殿下送了賞賜到府裡，早上妳不是說廂房裡空了些嗎？讓董嬤嬤陪妳去庫房，看看有何喜歡的擺件，只管挑了去。」

王二娘眼睛一亮，眉眼彎了起來。「事事姊姊都想得周全！」

董嬤嬤過來請了王側妃去庫房，內堂一下子清靜了。

前日宮宴後，聖主、太后、幾名位分高的妃子都送了賞賜下來，太后賞了紫檀柄羊脂玉如意，王淑妃是赤金葉子寶石盆景。溋縈命盧嬤嬤記入冊後，擺在了八寶櫥裡。

琳娘舒了口氣。「總算打發走了。」

王二娘性子貪婪又不知掩飾本性，想來不會得李奕寵愛，若非王氏一族在朝為官的府邸裡，適齡女娘只王二娘一人，王淑妃也不會選了她。溋縈目光微微閃動，至於先才王二娘提起的泰王府……

琳娘低聲道：「泰王府裡側妃先懷了身子，二王妃的日子怕是更不好過了。」

全盛京都知曉二皇子寵側妃。

溋縈頷首道：「東宮亦一直沒有動靜，想來二王妃不會太過難堪，只怕她自己忍不了。」

「忍不了也得忍，否則二皇子就容不得她了。」琳娘展顏笑道：「此事與我等也無甚關係。」

溋縈看了眼簾外。「莫要與己無關似的，真落得泰王府那般，妳豈不委屈？」

琳娘扶了扶鬢間累絲花簪。「三皇子鮮少去她屋裡，不過是看在王淑妃的面子。」

琳娘留了溫榮在府裡用午膳，二人話一投機，時間就過得格外快，轉眼已然未時中刻，溫榮看了看時間，再過一個時辰晟郎要回府了，遂起身向琳娘告辭。

碧荷將自府裡帶來的榆木匣子捧了出來，是一只溢彩壁畫琉璃杯盞。

琳娘接過後仔細端詳，琉璃杯盞上繪了荷花、錦盒、靈芝，琳娘不由得笑出聲。「虧妳能想到這寓意，畫在杯盞上的技藝可是令人嘆服，也就妳能一下子猜到我的喜好。」

取了同音的和合如意，是閒暇時的消遣，不名貴，卻是待姊妹的心思。

「早前見到有人在未上釉的魚口瓶上畫山水，我依葫蘆畫瓢罷了，不嫌棄就好。」溫榮笑道。

門口馬車準備好了，琳娘一路送溫榮至臨江王府門前。

回到紀王府不多時，庭院的婢子傳五皇子回來了。

溫榮正要出廂房接迎，甘嬤嬤聽到消息進了屋。「王妃，五皇子帶了幾名郎君回來，徑直去了南院。」

溫榮點了點頭，並未太過驚訝。南院裡安靜，適合五皇子與幕僚商議政事。

溫榮轉身回內室。「甘嬤嬤，讓下人候在南院，聽五皇子吩咐上茶湯，若幕僚有在府裡用晚膳，記得交代廚房。」

甘嬤嬤應下後出去安排。

綠佩端了飲子進來，頗為神秘地說道：「王妃，婢子先才在廊下隱約瞧見了五駙馬。」

五駙馬是丹陽夫君林家大郎。溫榮笑了笑，接過飲子。晟郎和林家大郎交好，邀請過府商討政事並無不妥。

不一會兒，甘嬤嬤回來稟告，一共來了四人，除了林家大郎，另外三人皆不認識。約莫過了一個時辰，南院的客人告辭離府。

等李晟回到廂房，溫榮已吩咐婢子在東次間擺好了食案。

溫榮將一碟果仁滑雞片和素什錦端到了李晟跟前，笑著道：「今日琳娘寫了信，請去她府上小坐。」

李晟笑容舒展。「出去說說話也好，平日得空了還可以常去看望老夫人。」

剛成親就頻繁回娘家也不成樣子，雖這般想，溫榮仍舊點頭應下，抿了抿嘴角。她想問晟郎一件事，卻又擔心聽到答案。晟郎分明待她極好，可不知為何，日子卻過得越來越小心翼翼。

用過晚膳，二人相攜回到主屋。

李晟牽溫榮坐在矮榻上，清澈的雙眸靜靜地看著溫榮。「今日請了門下省左諫議大夫劉循、兩名監察御史和五駙馬過府說話。」

請到了監察御史，難怪昨日阿爺滿臉嚴肅。溫榮抬起眼睛，道：「晟郎可有事？」

李晟微微一笑，搖搖頭，將溫榮攬在懷裡。「榮娘放心，有事的也不是我……」

溫蔓娘全大禮那日，倒是一切順利。溫榮本擔心菡娘會不依不饒，再惹出甚旁事，未想溫府二房早早為此做了打算，在蔓娘全禮前三日，先將菡娘送到了盛京郊區的咸宜觀。

迎親吉時將至，天色亦暗，懸停暮裡的斜陽於悠然層雲中搖晃了幾分金色。

自尚書左僕射趙府而來的迎親隊伍十分惹眼，除高頭大馬上著一襲金銀相間團花大科袍服的趙二郎，儐相隊伍前頭還有一身緇色團蟒錦袍、束銀玉冠的二皇子。

不消片刻，府門洞開，溫榮默立於旁，靜看溫蔓扶著婢子款款而行。待溫蔓乘上趙府的迎親帷幔車輦，溫榮微微舒展了眉心。這一世，從入府對蔓娘同情，到後來的提防，至如今溫榮不過偶爾感慨人各有命。

二皇子的目光若有若無地落在溫榮身上，溫榮神色淡然，姣美的面孔好似被風吹散陰霾的天空，無一絲愁雲慘淡，顧自的晴好明朗。他自有不甘，不及三弟和五弟娶得如意正妻，雖然他的側妃有了身孕，可畢竟嫡庶有別。李徵薄唇輕翹，心下冷哼一聲，擺出一副高臺看戲的模樣。五弟幫著王淑妃和三弟，處處咄咄逼人，怨不得他不念兄弟親情了。

在一片鼓樂喧天中，趙家終於接走了溫府二娘子。

「碧荷，夫人可是在嘉怡院裡？」溫榮輕攏滾雙層金線的琥珀幔紗大衫袖。四月的盛京雖已有繁花百色的熱鬧暖意，但時不時仍有寒風掠過，盛夏前冬寒的殘留仍透心的涼。今日溫榮要為蔓娘正冠，可林氏卻比溫榮還要早到溫家二房，過府後一直在嘉怡院裡幫忙。

現下溫家二房府裡是溫世珀之妻董氏掌中饋，可因溫菡與溫蔓爭親，溫菡被送入了道觀。親生女娘遭了罪，於情於理董氏都不可能無膈應，縱然她裝得賢良憨厚，為張羅溫蔓的親事鞍前馬後，亦會招人非議，背後難免有人嘲諷其裝模作樣。既然做與不做都是錯，倒不若遂心意旁觀。董氏一整日都在聚芳園的花廳裡招待女眷。

碧荷垂首道：「二房的大夫人留了夫人在府裡用晚膳，先才大夫人有吩咐婢子過來請王妃，碧荷照王妃吩咐推了。」

溫榮頷首道：「吩咐馬車，我們回一趟長房。」

府裡女眷賓客多留下用宴席，然溫榮有事掛心，無意應酬，同溫二老夫人等人作別。溫二老夫人等人見挽留不下，也不便為難已貴為王妃的溫四娘子。

溫榮帶了綠佩、碧荷，腳步不停地離府，乘上馬車急急往溫家長房去了。

四月下旬在外人看來不論街坊或朝中皆是風平浪靜，可溫榮知曉此時離廢太子之日不遠了，無波無瀾的平靜下是無盡的暗流湧動。

溫榮斜倚遮了天青輕羅帷幔的格窗，清亮眸光下忽有幾分黯然。

前月由溫世珩主事，安排御史巡按前往河東道，核查檀州州牧剋扣賑冰災糧資一案。

當時溫榮對此事頗為擔憂，李晟雖時不時寬解溫榮，可畢竟直接牽涉到了她的阿爺和夫郎，縱有九分把握，也無法高枕無憂。

短短一月，河東道的消息陸續進京，確如李晟所言，河東道和檀州州牧不禁查。先前傳出關於五皇子年少氣盛、一意孤行的流言，不過是末路的掙扎。

照理，朝中同河東道官員往來密切的朝臣該惶惶不安了，可不想又有人將矛頭指向御史臺，指向了御史溫中丞。五皇子是溫中丞的如意女婿，河東道一事由五皇子提起，如此一來，不免有唯親之嫌。雖清者自清，謠言能止於智者，然若僅如此，溫世珩和五皇子等人壓根兒不會在意，不承想到的是一波未平，一波又起。

先才溫蔓全禮時，溫榮就不斷地聽到賓客女眷們談論江南東道的揚州進貢商船沈江一事。

揚州在端陽節前進獻龍紋江心銅鏡為慣例。江南東道的能工巧匠是天下聞名，同時揚州那極其著名的龍紋江心鏡還有一段極得帝心的故事。

有傳聞江南東道的鑄鏡大師呂輝某年鑄鏡時，忽然遇見一名喚龍護的白鬚仙者，仙者助其造出了「真龍鏡」，鏡成後仙者消失，只在鑄鏡爐前留下一幅素絹，素絹上書「盤龍盤龍，隱於鏡中；分野有象，變化無窮；興雲吐霧，行雨生風」。

寶鏡徑九寸，青瑩耀目，背面刻盤龍紋飾。令寶鏡名聞天下、叫人稱奇的，是有史料記載，前朝大旱，道人持鏡作法，龍紋口吐出白氣，須臾白氣充斥滿殿，殿外則甘雨如注。

故揚州每年五月初五都將在江心開始鑄一批銅鏡，經整年打磨，於次年端陽節前進獻盛京聖主。揚州進獻江心鏡，是極得世人關注的。

不到半月就是五月初五端陽佳節，今年一如往常，四月初裝滿進貢物的商船隊由揚州司馬統領押護，順商漕大運河走水路，不想在邗溝轉淮水時，有一艘商船翻船沈入了江中！萬幸傷亡人數不多，可是船中金銀彩緞卻悉數沈入江底，費了不少人力才打撈上岸。封疆大吏進貢，自不可能單送鏡子那般寒酸，故商船上同時入京的還有江南東道的美食、藥物、珍禽異獸，就是彩緞亦在情理之中，唯獨數箱金銀落了人口舌。

一艘商船沈了，另外三艘不敢耽誤。花費一年工夫打造的盤龍江心鏡必須在端陽節前的一個吉日送入宮中，如此欽天監才可在端陽前的吉日，用此江心鏡祭天祈求轉年聖朝疆域風調雨順，無旱無澇，而揚州司馬一進京就被刑部扣審。

車輪吱嘎響了幾聲，馬車停在了溫府的獸首大門外，守門小廝將五王妃請進府邸，並往穆合堂通稟去了。

率先出來迎溫榮的是茹娘，姊妹二人相挽走在通往穆合堂的竹林青石甬道上。

茹娘聽聞林氏還在二房裡，噘嘴嘟囔道：「過了接親吉時我就在石亭等阿娘與阿姊的，不想阿娘會留膳。蔓娘都已被接走了，還有何事可忙？」

溫榮微微一笑。「都是親戚，不多時二房賓客散了，阿娘就回來了。」

大伯母將阿娘留下並非是為幫忙，只是為了名聲。長房雖不願與二房多往來，卻亦非刀槍不入。然縱是方氏如願攀上長房，也難以再掌二房中饋了，除非二伯父一院犯了牽累溫家一族的大事。

下青石甬道往右行數步就到了穆合堂的庭院，這一段清幽曲徑溫榮再熟悉不過。

庭院裡槐樹已結起一串串黃白相間的蕊珠，槐樹頂冠那繁茂延展的枝椏好似現下的三皇子與依附三皇子的朝臣，意氣風發。

溫榮轉頭看見庭院裡新栽了數叢梅紅九重葛，柔攀的蔓枝上是三瓣嬌花層層疊疊。

溫茹見溫榮在看九重葛，歡喜道：「不想阿姊真喜歡九重葛這種尋常小花，九重葛是祖母昨日吩咐人栽上的。」

此花在風水裡能化外煞於無形，祖母並非是因她喜歡而栽種，祖母也對揚州貢物沈江一事擔憂。

謝氏身子不適，在廂房歇息，溫榮和溫茹隨啞婆婆到了謝氏屋裡。

謝氏看到溫榮，撐著矮榻扶手準備起身，想喚溫榮的名字，可話還未出口，就猛地咳嗽起來。

溫榮幾步上前輕輕拍撫謝氏後背，蹙眉向汀蘭詢問祖母咳疾。

春日乍暖還寒，月初謝氏就染上了咳疾，李晟知曉後，讓溫榮將宮中尚藥局的宮製藥帶與老夫人，太醫署的醫官亦來看過，算算時日已長，怎還不見好轉？

汀蘭熟知溫榮品性，也沒有顧忌，抱怨道：「醫官交代了老夫人忌口，那葷腥油膩辛辣是不能多食的，偏偏老夫人說生病口淡，廚裡菜品不加辣就不肯用！」

溫榮扶謝氏起身，笑道：「祖母做長輩的，怎這般為難我們這些小的？祖母咳嗽不好，孫女是無法安心了。」

汀蘭奉了加甜棗絲的茶湯給溫榮，溫榮笑了笑接過。「祖母再不遵醫官叮囑，孫女是要回府守著老祖母了。」

謝氏瞪了溫榮一眼，忍不住好笑道：「妳這孩子，擠兌起祖母來了！妳要真住回溫府，五皇子定是會上門興師問罪要人的。」

溫榮擺了擺手，正色道：「那就要看老祖母是否肯安生將養了？」

用過晚膳後，祖孫三人在廂房又說了一會子話。

溫榮瞥眼看到八寶櫥裡的雲子箭刻指向酉時正，照往常此時辰阿爺已下衙回府了。

溫榮正擔心著，就有僕僮傳了衙裡的消息回府——

「老爺還未走出御史公衙，就被扣下了……」

謝氏聽言一驚，直起身子問道：「怎麼回事？」

溫榮的右眼皮跳了下，揚州進貢一事終究還是牽連到了阿爺，揚州王司馬與阿爺是故交。同屬江南東道官員，阿爺除了與杭州姚刺史交情匪淺，同揚州王司馬等人亦是志同道合之友，當年阿爺在江南東道為官時，便多次同王司馬等人泛舟澄湖，以棋會友，而乾德六年與十一年，阿爺自杭州郡進京考滿，更是與王司馬等地方官相攜而行。

今日阿爺還未出衙門就被扣下，可知早已有人在背後預謀……

溫榮抬眼看到祖母靠在染紫重樓大牡丹的夾纈圓枕上，眉心微陷，正仔細聽小廝回稟，可惜溫世珩身邊的小廝並不知曉內情。

申時中刻臨下衙時辰，小廝照主子吩咐前往外院備車馬，準備妥當折回衙內時就聽聞主子被扣下了，而衙內消息封鎖嚴實，小廝打探不到消息，無奈只得先趕回溫家報信。

溫榮又問了小廝幾句，知曉帶走阿爺的是監門衛時頗為驚訝。晟郎除了有五皇子身分，同時亦是十六衛裡驍騎中郎將，竟也被瞞著。

謝氏收回了探詢的目光，手指輕叩紫檀扶手。

比之謝氏靜心沈思的安生模樣，溫榮有幾分不自在，想必是大理寺丞在揚州司馬身上搜查出了與阿爺有關的物什。昨日晟郎才與她言，揚州進貢商船藏大量金銀珠寶一事不會累及阿爺，不料今日就出了變數。究竟是晟郎故意瞞著她，還是因事發突然？

阿爺為了李奕的大業鞍前馬後，有風吹草動，他們理當提醒阿爺一二。

溫榮抿了抿嘴，端起竹雪銀瓷茶碗淺吃了口，勉強笑道：「祖母莫憂心，待兒打聽了消息，便遣了人過來。」

謝氏頷首道：「前幾日聽聞聖主有意將妳阿爺提為御史大夫，妳阿爺這兩年仕途順利，有些得意忘形失分寸了，如此免不了遭無妄禍事。我們不過是一介婦孺，只求一府平安。」

溫榮連忙點頭稱是。祖母雖長居內院，但知曉阿爺在失去黎國公府庇護後能春風得意，是與三皇子、五皇子脫不開關係的。三皇子將阿爺視作棋子，祖母睜一隻眼閉一隻眼，可到了關鍵時候，他二人必須保證阿爺無恙。

溫榮又寬慰了祖母和茹娘幾句，便帶了綠佩與碧荷匆匆回紀王府。

紀王府裡。

李晟剛換了一身青色絹紗袍衫，斜倚在矮榻上，修長的手指捏起白玉棋子，正仔細端摩昨日與溫榮下的半局棋。

甘嬤嬤接到外院消息，想起先才五皇子一回府就緊張地詢問王妃在何處，必是心急在等王妃回來的，遂端茶進屋稟告道：「五皇子，王妃回府了，已至三進院子的月洞門處。」

李晟抬起了頭，雙眸清亮，先才蹙緊的眉心好似微風輕過的天空，散了雲彩是一片碧藍。李晟站起身，一拂袍襬往屋外走去。

甘嬤嬤鬆了口氣。五皇子眉眼肅穆，不怒自威，王妃不在的時候，下人皆是繃著弦，伺候得小心翼翼，好在五皇子和王妃相敬如賓，二人相合又不至肆意，彼此顧望的眼神灑脫相惜。

看到長廊上迎面走來的夫郎，溫榮柳葉般的黛眉輕輕揚起。

回到廂房，綠佩為溫榮取下雲水妝花緞小披褂。

不待溫榮開口，李晟已道出溫世珩被監門衛扣下的原由。「大理寺丞在揚州司馬身上搜出了一封要交與岳丈的書信。」

溫榮看了眼甘嬤嬤，甘嬤嬤將茶湯放下後，將伺候在旁的婢子打發了出去。

溫榮輕咬下唇低聲道：「王司馬為何帶大量錢帛入京？」

「榮娘，早前在杭州郡，妳可知曉江南東道賭船之事？」李晟拉過溫榮坐於身側，袍衫上是淡淡的梨花香。溫榮做女兒時就喜歡在淨衣的皂角裡混入花料，如今五皇子身上亦染上了她的習慣。

賭船溫榮自然知曉，頷首道：「江南水盛，端午前後漲水期，地方官員與富商會賭船做戲……」賭船輸的多為富商。聖朝商賈地位低下，賭船不但是為了圖樂子，更是為了讓大量錢帛名正言順地流入官員荷囊。溫世珩在杭州郡時便對賭船的行徑看不過眼，無奈此舉是慣例。

李晟皺起眉頭。「今年賭船，有賽舟在河心相撞，傷亡二十餘人，當地刺史未將此事上報，朝中亦有京官為他們遮掩，有傳此次揚州司馬攜帶錢帛入京是為上下打點的。」

溫榮的雙眸很是平靜。「現在是懷疑阿爺幫著江南東道的官員隱瞞？」

被富商選中賭船賽舟的男子水性都極好，漫說是落入河心，就是沿河兩岸游上幾個來回都是輕而易舉。更何況姚刺史、揚州司馬等人在江南東道與阿爺共事多年，熟知阿爺品性，阿爺是斷然不會欺上瞞下，視百姓性命為草芥的，那封信的由來著實可疑。

聰慧如五皇子，自不會被矇蔽，只不知是何人布了此局？為謀事而罔顧數十百姓性命，太過心狠。

嵌珐瑯的燒藍銀蓮香爐吞吐裊裊青煙，這幾日李晟因驍騎衛裡事務繁重，丑時中刻便要起身，夜裡才睡兩、三個時辰，溫榮擔心李晟身子，特意在屋裡點了寧神禪香。

李晟輕撩起溫榮垂落在眉梢的髮絲，眼眸微閃。「有人在江南東道看到薛成扈的寵妾。」

「薛成扈？」溫榮一愣，薛成扈是德陽公主的幕僚。溫榮本懷疑是二皇子在背後動的手腳，不想還有她沒猜到的利害關係。德陽公主究竟站在哪一邊？是太子，還是二皇子？

溫榮抿了抿嘴唇，不論是誰，德陽公主總歸不會幫三皇子和晟郎。自前年德陽公主在曲江宴上設計陷害她之後，祖母和她都留了心，暗地裡遣幕僚盯梢德陽公主。

溫榮看向李晟。「晟郎可有牽制德陽公主的法子？」

李晟搖了搖頭，頗為無奈。「暫時沒有，我會想法子保岳丈。」

「晟郎可從近年旱澇災後的賑災米糧查起。」溫榮輕聲道。

這幾年旱澇連災，盛京有不少自大河下游過來討生活的流民，都是德陽公主安排粥廠和施粥事宜。

李晟微微蹙眉。「這些年德陽因賑災一事博得了極好的名聲，用的無非是公中錢兩。」

德陽公主不只博得好名聲，更獲得聖主的信任和寵愛，早前德陽公主與德光寺僧人有染之事已無人敢提及。

德陽公主除了盛京勝業坊的公主府府邸，在陪都還有一座私宅，為修私宅，德陽公主強占數里民田，挖鑿定昆池。除了耗資巨大的兩座府邸，德陽公主在宮廷之外的行事作風亦極為奢侈，每年的食封根本不足以承擔她的花銷。

溫世珩早年就有懷疑賑災糧食被調換了，朝廷撥發的上等米麵經由米商被換成了陳年舊糧。在德陽公主等人的眼中，百姓的性命遠不如她們的一只翡翠匣。溫世珩雖懷疑，但無奈對方為皇家公主，且苦無確鑿證據，暗查此事更是諸多不易。

行事作風不檢點會讓聖主對德陽公主失望，但不會被重罰，可若是私吞賑災錢兩米糧，被揭發後極易引起民憤，縱是天潢貴胄，也無法全身而退。

人不犯我，我不犯人。溫榮撥弄羊脂玉鐲上的金線流蘇，阿爺辦不到的事，三皇子和五皇子卻可以辦到。

「晟郎，去年六月，盛京的灞柳碼頭有數艘商船連夜前往陪都，那商船並非是船舶司的，有人認出商船船主是德陽公主府的管家。」

李晟目光微盛，他和三皇子正在尋德陽公主的錯處。他看向溫榮道：「既如此，榮娘更不用擔憂了。我已安排人照拂岳丈，只委屈岳丈在大理寺裡住上幾日。」

說罷，李晟低下頭將溫榮攬進懷裡，暖暖的氣息令溫榮忍不住輕笑閃躲。

李晟柔聲說道：「時辰不早了，明日榮娘還要進宮同王淑妃商議端陽宴，早些歇息才是。」

溫榮莞爾一笑，伺候李晟換上素白絹衣，又吩咐甘嬤嬤準備了幾樣精巧禮物，這才掛帳歇息。現下形勢漸顯，動作太過無疑是在風頭浪尖上招搖，阿爺落在德陽公主手裡，確可保性命無虞。

溫榮輕輕翻了個身，格扇羅紗映著庭院裡的枝椏葉影，黑白的顏色在初夏夜風中交錯輕擺。端陽節越發近了，不知為何，溫榮心裡隱隱感到不安，直覺有何大事要發生……

第三十章

五月初五端陽節正日，宮中開宴向朝中三品以上重臣與封疆大吏頒賞節賜，到巳時未刻，大明宮西南處的昆明池更將作端陽競渡，到時聖主等人皆將移駕花萼相輝樓以觀龍舟。

紀王府寅時便上下掌燈忙碌起來，李晟一早入宮參宴，溫榮則領管家、婢子，在院門處插上蒲劍，房樑懸掛了艾草，備雄黃酒以期驅邪避惡。

眼見時辰不早，綠佩在溫榮的寶藍攢珠暗蓮荷紋束胸長裙上佩了石榴花。

一切收拾妥當，溫榮等人正準備出府，李晟又命人將聖主在宴會上的賞賜送了回來。

溫榮將賞賜的物件清點了一番，一匣百索九子粽，菖蒲、艾葉、雄黃、鐘乳等藥材，五彩絲縷一束，因晟郎是當朝武官，故還得了一條黑銀腰帶。

溫榮顰眉看向送賞賜回府的僕僮。「可還有其他物什？如團扇等物？」

僕僮搖了搖頭。「回稟王妃，箱籠裡已是紀王殿下得的所有賞賜了。」

溫榮頷首道：「我知道了，你下去吧。」

上徽年間，高祖帝曾在素扇上揮毫親題「鸞」、「鳳」、「蝶」、「龍」等字，於端陽日頒賜給有功朝臣。高祖清儉儒雅之舉傳至今日，故每年的端陽日，聖主皆會親筆題字贈朝臣，據溫榮所知，去年林中書令與三皇子等人皆有得到聖主的親筆題字團扇。難不成聖主對五皇子不滿？

綠佩一邊收拾賞賜物件，一邊小聲嘀咕。「這賞賜好生小家子氣！」

溋榮忍不住好笑。「王府裡還缺妳用度了？心思鑽錢眼裡，能得聖主賞賜可是莫大的榮譽。好了，時候不早了，我們快走吧！」溋榮又吩咐碧荷帶上裝禮物的楠木匣子，乘馬車往大明宮去了。

大明宮西南處的昆明池是引灃河和潏河水修建而成，池邊用於觀競渡的彩樓、席棚綿延，今日朝臣勛貴和府內女眷都將至昆明池觀賽。

溋榮的馬車徑直行往花萼相輝樓，相輝樓遙可窺函谷之雲，近可識昆池邊的銀槐，可謂是觀景的最佳去處，而王淑妃等人早已在相輝樓的棠梨層大殿坐定。

內侍引溋榮入相輝樓觀賞競渡的大殿，溋榮遠遠看見坐在王淑妃身側，綰雙環望仙髻、著銀紅高腰襦裙的褚娘子。褚娘子便是二皇子已懷孕的側妃，此時正被王淑妃喚在身邊說話。自從長孫皇后逝世，中宮皇后之位虛懸，這幾年後宮的掌權人一直是太后，前段時日太后感風寒，身子至今未痊癒，故如今中宮的事情多是王淑妃在打理。王淑妃雖非二皇子生母，可作為長輩，少不了要交代有身孕的小輩養好身子，為皇家開枝散葉。

韓秋嬏亦在大殿內，溋榮抬眼看到裝扮頗為素淨的韓秋嬏時很是訝異，前月宴席就有發覺韓秋嬏不似以往豐腴，今日再見，竟是清減了許多，面頰上雖施了厚厚的脂粉強充紅潤，可雙目空洞無神，神情裡是一副唯唯諾諾之象。

溫榮輕嘆一口氣，旋即撇開了目光。韓秋嬏在泰王府裡日子定然不好過，外憂或許不可畏，可心中難紓的鬱結，卻能生生壓垮一個原本心氣極盛的人。

「榮娘！」

聽見熟悉的聲音，溫榮回過頭，只見琳娘著頗為寬鬆的暗紅寶相花廣袖羅紗長衫，滿面笑意地朝她走來，步子比以往慢了許多。溫榮餘光漫過琳娘踩的雲錦平履，心下一喜，不禁替琳娘高興。溫榮眉眼含笑地走上前，小心扶過琳娘，壓低了聲音問道：「多久了？怎也不告訴了我？」

「盡胡說！」琳娘嗔怪了榮娘一句，警惕地左右看了看，面上卻是難掩的羞赧之色。

溫榮捂嘴，不依不饒地低聲道：「還說是好姊妹，這等大事卻瞞著我！盛京裡貴家女娘多穿玉底翹頭履，雖顯貴漂亮，卻也有玉底滑的顧慮，平日妳不是玉底鞋便是棠木屐，今日還想瞞我？」

「就數妳鬼靈精的！」琳娘輕輕擰了溫榮一把。「這個月的月事推遲了好幾日，我也不敢聲張。前幾日回國公府與阿娘說了，昨日阿娘請了程醫官過府為我診脈，脈象是喜脈，可月分太小，醫官也不敢斷定。」

溫榮連忙點頭應道：「是這個理，待顯懷了再讓他人知曉也不遲，妳如今安生養好了身子是正事。那程醫官可靠得住？」

月子小，脈象不一定準，前世溫榮就曾見過有妃子不知持重，醫官把出喜脈後大肆宣揚，不承想過了三月，肚子非但不顯懷，反而來了癸水，原來之前是醫官誤診，妃子不過是血瘀不暢，有假孕之症罷了。那妃子不久後就著了瘋魔，口口聲聲說她的孩子是叫人陷害了，雖亦有此可能，可終歸是她行事太過招搖，後不幾日就被聖人打入了冷宮。如此已算輕罰，重則是可治欺君之罪的。

雖然現下眾人的目光都聚在泰王府的喜事上，可褚娘子畢竟是側妃，皇家血脈向來重嫡輕庶，相比之琳娘是三王府正妃，三王妃有孕之事一旦傳開，不知會有多少人惦記，終歸不要太過聲張的好。

「那程醫官極善千金科，國公府女眷皆是請他過府看診的，和家中長輩私交頗好，他明白箇中利害，靠得住。」琳娘頓了頓，又掩嘴笑道：「榮娘哪日有需要了，與我說便是，那程醫官嘴是極牢的。」

「我還是安生等著沾妳的福氣吧！」溫榮瞥了琳娘一眼，也不再像以往那樣打鬧。「可是連淑妃殿下也要瞞著？」

「說到沾福氣，到時候我定將大郎的肚兜送與妳！」謝琳娘頷首笑道。「三皇子與我商議後，皆打算待脈象穩定了，再請尚醫局的醫官看診。」

懷象顯了，他人便無法悄無聲息地動手腳，畢竟傷害皇家血脈極為嚴重，想來二皇子等人不敢貿然犯險。

溫榮與謝琳娘一道上前向王淑妃道了安，王淑妃看了眼溫榮，眸光有幾分幽深，轉瞬又恢復了平日的和煦。王淑妃高髻上簪了攢絲銜南珠金鳳步搖和八寶如意正釵，最別緻的是一根冰紋玉蘭花簪子，貴氣又不失親和。

王淑妃溫和地與琳娘、溫榮說了會子話，餘光若有若無地飄過謝琳娘的小腹。很快的，有妃子過來向王淑妃請安，王淑妃這才讓溫榮和謝琳娘去一旁吃茶。

「榮娘，奕郎知曉揚州司馬案牽扯到溫中丞後，這幾日去尋了孫尚書和大理寺卿。」謝琳娘一坐定便談起溫世珩被押一事，面上很是關切。「大理寺卿有言，此事與溫中丞無關，想來過幾日溫中丞便能放出來了。」

溫榮轉頭朝琳娘感激一笑。「有勞三皇子掛心了。」

晟郎回府後有與她詳談此事，揚州司馬先是一口咬定阿爺就是幫他瞞報的京官，直到前幾日才忽然改口，坦言初始確有向溫中丞求助之想，可溫中丞其實並不知曉此事。雖改了口，可揚州司馬無論如何也不肯招出與此事有染的朝臣。

阿爺在獄中吃了點苦頭，好在有驚無險，阿爺不曾承認，另一邊也反了口，若無意外，端陽節後阿爺就該出來了。

謝琳娘張了張嘴，似想說什麼卻又不敢說。

溫榮微微抬頭。「琳娘有事但說無妨。」

謝琳娘頷首道：「榮娘，德陽公主可有去過紀王府？」

溫榮搖了搖頭。「不曾來過。怎麼了？」

「前日德陽公主到了臨江王府，本以為她是來與我說話的，不想徑直去了雲亭小築尋弈郎，」謝琳娘頓了頓，有幾分猶豫。「約莫是相談不暢，德陽公主與奕郎爭執了起來，當時在書房裡伺候的婢子被打發了出去，可他二人爭執的聲音極大……」雲亭小築的婢子將聽得的動靜一五一十告訴了謝琳娘，德陽公主怒斥李奕是狼子野心，玩弄權謀，說李奕利用太子性子執拗的弱處，離間太子與朝臣之間的關係，處心積慮地謀太子之位。

溫榮一愣，德陽公主行事竟如此莽撞？他二人起爭執，縱是臨江王府的下人口風再實，也會慢慢傳將出來，怪道先才王淑妃看她的眼神有幾分古怪。於王淑妃而言，阿爺不過是關鍵時候可隨意棄之的棋子，李奕為了一枚棋子同德陽公主鬧不合，不值當。

端陽宴的前幾日，溫榮便心神不寧，縱是得晟郎許諾，知曉阿爺不會有事，也難以靜下心來。朝中形勢就猶如一盤錯綜複雜的棋局，她看到了棋局大勢，但決定棋局走向的關鍵一步還不曾想明白。

睿宗聖主重親念情，更深愛著長孫皇后，究竟何事令聖主痛下決心廢除太子？這一世自聖主賜婚起，朝局走向便與前世不同了，太子被廢後，二皇子又會不會發起政變謀反？倘若二皇子未謀反，三皇子李奕還有可能被順利地立為太子嗎？

現下一波未平，一波又起，德陽公主與李奕的過節，不是一場爭執就能簡單解決的。

周圍忽然嘈雜起來，昆明池的鼓樂聲響起，龍舟競渡就要開始了。

琳娘見五皇子確實未將爭執一事告知溫榮，遂岔開話題，往四周看了看，詫異道：「都這個時辰了，丹陽還未過來？」頓了頓，又笑道：「想來她是仗著聖主的寵愛，憊懶了，我們先去那花萼長廊。」說罷，謝琳娘撐著溫榮起身，二人在花萼長廊尋了處蓆子坐下。

花萼長廊不似昆明池畔的彩樓般熙熙攘攘地擠滿了人，長廊裡只稀鬆寬敞地安放了幾處坐席，在花萼長廊的皆是妃子與公主。

衡陽公主瞧見溫榮和謝琳娘，遠遠揮了揮手，吩咐宮婢將她的食案搬了過來。

衡陽公主端端地向二人見禮，笑說道：「還請兩位嫂子莫怪衡陽唐突，瞧著衡陽可憐，容衡陽與嫂子們做個伴吧？」

聽言，謝琳娘噗哧一笑，說道：「瞧妳說的，一道觀龍舟便是。只是我們這處可沒妳先才那位置的視線好，與我們一道可是吃虧了。」

「龍舟競渡年年都是一個樣，哪有與嫂子們說話來得有趣！」衡陽眨了眨眼睛，執錦帕捂嘴，坦然說道。

三人一邊品茶，一邊有一搭、沒一搭地說話。

衡陽公主抬眼看著昆明池畔，那處彩樓坐著門下省侍郎褚家的女眷，她不經意地說道：「二哥的側妃有了身孕可真是大喜事，說來前幾日，我還在大姊府上瞧見二哥的幕僚呢！」

溫榮眉稍微動，用碗蓋將茶沫子撇開，正想仔細聽衡陽接下來說什麼，不想昆明池畔的絲竹笙簫聲大作。禮部官員又在昆明池坊上掛起了錦標，鼓聲三響，第一輪龍舟競渡就這麼開始了。衡陽公主不再開口，溫榮不悅地看那些龍舟如魚龍躍海，飛光逐電地在水面滑行。

歡呼和喝彩聲太大，花萼相輝樓上的人無法如常說話交流，好不容易捱到禮部官員為獲勝者頒賞彩緞，溫榮就聽見了再熟悉不過的聲音，轉頭瞧見是德陽公主、丹陽公主、滕王世子妃一道走了進來。

琳娘眉頭微顰，詫異道：「她怎麼也來了……」謝琳娘本想與溫榮說些什麼，可顧忌衡陽公主在旁，遂將話嚥了下去。

溫榮知曉琳娘口中的「她」指的是滕王世子妃。滕王世子妃是溫世鈺和方氏的嫡長女溫菱娘，溫榮和溫菱在宴席上見過數次面，母家雖同為溫府，可溫菱性子頗為孤傲，與溫榮、溫菡等溫家姊妹皆不親近。而方氏一族出事後，溫菱便稱恙在家，鮮少在貴家宴席上露臉。

德陽、丹陽、溫菱向王淑妃見禮。

由於距離較遠，溫榮只隱約瞧見王淑妃將德陽公主單獨留下說話。

丹陽公主到了花萼長廊，朝溫菱點了點頭，不再多言，徑直向溫榮和琳娘走過來，自顧在溫榮身邊的空蓆坐下。

丹陽公主吩咐宮婢端一份木蜜金毛麵過來，不待與溫榮、琳娘說話，先瞥了衡陽公主一眼，懶懶地說道：「昨兒太子妃還說要妳幫她講新戲，這會兒怎麼有空？」

衡陽公主頗為尷尬，起身訕訕地說道：「幸虧姊姊提醒，要不將這事忘了，衡陽就是大罪過了！」衡陽公主衝溫榮和謝琳娘淺笑道：「得空了衡陽再與嫂子說話。」

丹陽乜眼看著衡陽的背影，撇嘴低聲道：「牆頭草！」

謝琳娘對丹陽的態度頗為不解，好奇地問道：「怎麼了這是？好歹也是姊妹。」

丹陽用象牙箸將金毛麵分了三份，不以為意地回道：「她慣會察言觀色、見風使舵，那張嘴在長輩面前說得比唱得還要好聽。如今她瞧見太子不頂事，三哥春風得意，自然拋棄太子妃來巴結妳們了。」

見丹陽公主如此直白，謝琳娘和溫榮反倒不知該如何接話。仔細算來，丹陽公主才是太子的嫡親妹妹，溫榮二人也不知丹陽究竟是如何想的。

丹陽似是猜到她二人心思，嘆氣道：「雖然太子是我的嫡親長兄，可我也是明事理的。大哥糊塗殘暴，三哥明智儒雅，況且我自幼就同三哥親近，現下我夫郎又是三哥的至交，妳們是不用擔心我的。」

今日丹陽將話挑明了說，在溫榮和謝琳娘面前擺明了立場，可是三人都知曉，這事光靠嘴說不頂事。朝堂終究是男人的事情，縱是有波及也由不得女眷干預過甚。

琳娘捏了捏丹陽的手，笑道：「聊那些無趣的事做甚？我們還是沒心沒肺地看龍舟競渡，等著吃宮裡端陽席面吧！話說回來，我與榮娘可是第一次在興慶宮裡用端陽宴呢！」

丹陽鬆了口氣，好笑道：「還不就那些膾品羹臛，三哥和五哥什麼好東西沒給妳們，妳們還能新奇了這些？」

溫榮想起先前和丹陽一道進樓的溫菱娘，好奇道：「今日滕王世子妃怎與妳一起過來了？」

「我與她不過是恰好在興慶宮遇見罷了。」丹陽頓了頓，又不忘提醒溫榮和謝琳娘。「德陽公主前幾日去了許多朝臣府裡，打著商議端陽宴的幌子，背地裡卻不知在搞什麼鬼。德陽自然也去了滕王府，可惜滕王世子妃如今就是紙糊的老虎，若不是她肚子爭氣，得了嗣子，世子妃的位置是必然保不住的。」話說出口，丹陽才想起溫菱娘也算溫榮娘家的姊妹，如此一來倒像是在嘲諷溫家丟了國公爵位，是落魄勛貴，遂趕忙向溫榮道歉。「榮娘，妳別誤會，我沒有別的意思。」

溫榮捂嘴笑道：「她與我等何干？妳只小點聲，安生吃茶，別叫他人聽見了，像我在做撩撥似的。」

「就妳小心謹慎！」丹陽得意地晃了晃綴了一對赤金和合如意鳳的步搖，收回視線，眼睛來回地掃琳娘和溫榮的肚子，噘嘴說道：「二哥的側妃春風得意，太后生病了都還在唸叨她肚子裡的孩子。」

太后再尊貴也是尋常老人，年紀大了自然想抱重孫。

「再看我們的肚子也長不出花來！」溫榮又好氣又好笑，丹陽的語氣雖然是滿不在乎的，可溫榮知曉，丹陽有些焦急了。自去年二月嫁入林中書令府，一年過去了，丹陽的肚子都還沒有動靜。

「別用那眼神瞧我，我是無所謂的，便是無所出，林家亦不能奈我何。」丹陽瞧見溫榮眼裡的關切，有些不自在，捏起一塊獅子形狀、栩栩如生的金毛糕，不以為意地說道：「我只擔心了妳二人，若是真和泰王府一般，讓那側妃捷足先登，以後日子怕是不好過的。過幾日得空了我帶妳們去南郊的明光寺，明光寺的送子觀音是出了名的靈。」

聖朝公主嬌貴，尤其丹陽公主是長孫皇后所出，故丹陽公主先前所言非虛，她縱是無子嗣，夫家也斷然不敢有納妾之想，除非丹陽主動為林大郎納妾。

丹陽確實是擔心自己無所出，故才生出拜送子觀音的念頭。溫榮心下輕嘆，丹陽一心為林家著想，娶妻若此，林大郎該珍惜才是。溫榮遞了塊豌豆黃與丹陽。「那金毛糕少吃些，太過油膩，吃了痰濕重。求子之事莫要焦急，安心將養身子才是。」貴家女娘好面子，何況丹陽是聖朝公主，縱是真有顧慮，也不會輕易請醫官調理，況且一年時日並不算長。

丹陽張了張嘴，意欲反駁兩句，最終卻雙眸微黯，不再就此事多言。

不一會兒，德陽公主自內殿往花萼長廊而來，既未尋空蓆坐下，也不搭理向其道好的女娘，而是在距離溫榮等人不遠處停下來，冷冷地瞧著溫榮和謝琳娘。

溫榮和謝琳娘相視一望，德陽公主不似往日那般神采奕奕，精緻妝容下是濃濃的陰鬱。

溫榮隱隱感覺到德陽公主的不善，謝琳娘低下頭擺弄茶碗，溫榮亦避開德陽公主的視線。她是極不願與德陽公主有牽扯的，前世德陽公主染指朝政，利用剛愎自用的廢太子，言立儲之事長幼有序，嫡庶有別，企圖發起政變。

溫榮餘光看見德陽公主的嘴角噙著一絲若有若無的冷笑，心下對那一抹冷笑生出極大不安。那抹冷笑並非是針對她的，若德陽公主想算計她還好辦，她能請五皇子多派些人手確保她阿爺周全，可先才德陽公主的冷笑分明是衝著琳娘！

三王妃謝琳娘仍舊一臉恬淡，對周遭一切似無察覺。

溫榮想起先才衡陽公主所言，忍不住皺起眉頭。衡陽怎會在德陽公主府看到二皇子李徵的幕僚？若非巧合，這一世真有大變樣了！思及此，溫榮的心突突地跳個不停。

先至臨江王府同李奕大鬧，惹得人盡皆知，今日又陰沈著臉有意避開琳娘和她，一連串異於往常的行為，似是坐實了她在替太子鳴不平。可若德陽公主真為太子著想，是全力幫扶太子的，那她府中為何又會出現二皇子李徵的幕僚？

溫榮看了眼謝琳娘，面上現出擔憂的神色。現下聖主身體康健，故太子、二皇子、三皇子等人尚有顧忌，未敢鬥到明面上，德陽公主又是一介女流，理當避免沾到髒水，縱是與她們有仇怨，也不該有何出格行徑，如此想來，在女眷席的謝琳娘和自己該是無礙，可事亦不得不防。趁丹陽公主起身與他人說話，溫榮輕輕扯了扯謝琳娘的衫袖，靠近琳娘，附耳低語了幾句。

聽言，謝琳娘兩手緊緊扯著繡石榴蓮子紋的錦帕，臉色雖蒼白，卻也未太過慌亂。謝琳娘垂首悄聲與溫榮說道：「榮娘，此事我會提防。德陽與我們同席用宴，四處都是王淑妃的人，想來她不敢那般大膽對我等不利，我只是擔心三皇子和五皇子。妳是否讓桐禮傳話與他二人？雖說可能是畫蛇添足，好歹我們圖個安心。」

溫榮點了點頭，憑三皇子和五皇子的心思，想來也會提防這一著。溫榮想起一事，頗為不解，詫異道：「琳娘，妳身邊怎無三皇子的親信？」

謝琳娘搖搖頭，說道：「宮裡事態瞬息變化，三皇子身邊不能少了人幫襯。我一介女娘能有何事？遂只帶婢女過來。若派婢子去傳話，太顯眼，少不得誤了他們的事。」

溫榮雖覺得三皇子應該命貼身侍衛保護琳娘，卻也不便評論他人家事，而且知曉琳娘這般為三皇子考慮後，溫榮倒有幾分愧疚。溫榮頷首應下，正要起身，丹陽甩著錦帕回來了。

「妳二人瞧著我不在，偷偷摸摸地說什麼呢？」丹陽公主先才轉身瞧見溫榮和琳娘在竊竊私語著什麼，這會兒她回來了，她二人又坐得極端正，如此丹陽自然不悅。

溫榮抬眼笑道：「妳還敢問呢，真真的是自討沒趣了！我先才正和三王妃抱怨，抱怨妳要的那勞什子木蜜金毛麵，害得我吃了不舒服！」

溫榮一邊說一邊撫袖起身。「妳們先聊吧，我出去則個。」

丹陽也不多想，捂嘴笑道：「這等美食，偏偏妳無福消受！」

「隨妳怎麼說吧，我卻是不奉陪了。」溫榮朝丹陽和琳娘笑了笑，執錦帕輕抵鼻尖，自側殿緩步走出，下了花萼相輝樓後才匆匆忙忙地去尋桐禮。

平日溫榮獨自留在紀王府，或是一人回溫家長房時，李晟都是命侯寧保護她的。侯寧的性子直訥，行事欠缺靈活，可勝在身材魁梧，武藝高強，對主子更是忠心耿耿；桐禮的武功雖不如侯寧，卻懂得審時度勢，察言觀色，行事十分機靈。

今日溫榮進宮，皇宮四處皆有侍衛巡視，李晟不用擔心她的安全，只考慮到宮內人事複雜，桐禮平日常隨李晟入宮，熟知宮內事什，遂命桐禮聽候溫榮差遣，以防突發的事情。

桐禮入宮後照溫榮吩咐，一直在花萼相輝樓不遠處的偏室候著，此時見到主子焦急，亦知曉茲事體大，未敢耽擱，領了命速往興慶宮主殿尋李晟傳話。

桐禮匆匆繞過幾處花籬，不消一會兒就連背影也瞧不見了，溫榮卻未急著回花萼相輝樓，而是在閣樓長廊處站了會兒。端陽月正是芍藥綻放的時節，絢爛蝶翅顫巍巍地流連於花叢之中，空氣裡處處瀰散了濃郁的花香。

本是一幅明媚大好的繁盛之景，溫榮卻無心欣賞，溫軟而焦慮的視線意興缺缺地落在了銀槐的翠葉密枝上，直覺那翠葉密枝下的影子有不盡的暗風浮動。

溫榮深深吸了口氣，儲君之爭的結果直接關係到溫府眾人性命，故三皇子和五皇子不能出意外。她不喜歡小心翼翼、如履薄冰的生活，但更不願溫家覆滅，不願離開李五郎。

既然晟郎和三皇子都知曉了局勢，該是不會出意外了。

溫榮輕輕抬手，落在她手背處小憩的金絲粉蝶振翅翩然而起。待溫榮回到花萼相輝樓主殿，才知曉丹陽公主與謝琳娘已先行去偏殿休息了。

由宮婢引著來到偏殿，待見到她二人，溫榮朝琳娘頷首笑道：「龍舟怎這般快結束了？可是朝廷的紅血龍舟拔得了頭籌？」

琳娘展顏回道：「還沒結束呢，只是我嫌長廊鬧得慌，這才拉了丹陽回偏殿吃茶說話。」

丹陽瞪了眼溫榮，脖子直直挺著和白鵝似的，鬱鬱地說道：「如何去了這般久？不曉得的還以為妳私會五哥去了，不過是進宮一日也不肯消停！」

「丹陽這是怎麼了？才一會兒工夫，跟吃了爆竹似的，一肚子火氣。」溫榮吩咐宮婢擺了錦杌靠住，疑惑地瞧著丹陽公主。

謝琳娘又好氣又好笑地說道：「先才有消息傳到花萼相輝樓，五駙馬臨時要出公差了，聽聞是溫中丞早幾日便安排好的，聖主甚至准了五駙馬不用參加今日的宮宴。」

溫榮明白了事由，心下雖對丹陽公主頗為歉疚，卻也實實地鬆了口氣。五駙馬林家大郎半月前由翰林院破格調入御史臺，林大郎出公差一事是她阿爺早前安排的，既然御史臺的公事又按照她阿爺的安排進行，是否人也快被放出來了？思及此，溫榮心裡的一塊石頭緩緩落地，聲音也隨之輕快起來，不免戲謔丹陽幾句。「我阿爺還在大理寺關著呢，哪能使喚得動駙馬爺？妳可莫要將氣胡亂撒在我身上！」

「有三哥和五哥在背後護著溫府，溫中丞沒兩日就會放出來的，妳卻在這兒裝了樣子！」丹陽輕挑起眼睛，伸手輕點溫榮潔白的額頭，也未真氣惱。

溫榮輕拍掉丹陽的手，笑問道：「五駙馬去何處出公差？需多少時日？」

丹陽搖了搖頭。「只知被安排去了淮南道，想來沒有月餘是不會回來了，好在不至於太偏遠，氣候倒也合適。」

「那淮南道與江南道是極近的，氣候何止是合適，簡直再適宜不過了！只怕五駙馬留戀江南山水，月餘也不肯回來的。」琳娘掩嘴笑道。

丹陽忍俊不禁。「榮娘還未開口，妳卻言之鑿鑿，好似妳瞧見過淮南與江南一帶的山水似的。」

溫榮頷首，一本正經地說道：「三王妃是謬言了，縱然江南花紅柳綠風景正好，但也及不上盛京銀屏輕絮裡的半分紅顏笑。」

丹陽和琳娘微微一愣，反應過來後，琳娘掩嘴笑個不停，丹陽卻是不依不饒地要溫榮把話說明瞭。

三人又笑鬧了一會兒，那些在花萼長廊觀龍舟競渡的貴女才陸續回到內殿，丹陽差人去問了龍舟競渡的結果，果然是宮中貴人的漆桐油紅血龍舟拔得了頭籌，一會兒宮宴上聖主還將親自為得勝的力士頒彩緞和雕祥雲紋的銀盤。

今日端陽節宮宴擺在興慶宮的旖瀾廳裡，見時辰到了，王淑妃起身領宮中貴女們離開花萼相輝樓，前往旖瀾廳用宴。

旖瀾廳正前方鋪蜀錦繡毯的高臺上，有數名腳踏頂珠翹履、腰紮綠羅緞帶的嬌美舞伎翩翩作舞，廳內雖未鼓樂喧天，卻有笙簫絲竹聲陣陣，十分喜慶。

待眾賓客與女眷坐定，又過了約莫一盞茶工夫，便聽見內侍監尖細的通稟——

「聖主到——」

只見睿宗帝一襲明黃盤龍錦袍，髮髻高束金累絲米珠細攢九盤龍金冠，步履雖緩，卻是天子威嚴，其身後的二皇子、三皇子等人亦是沈穩幹練，英姿不凡。

如今聖朝可算繁盛太平，尤其淮南道、江南道、河南道一帶是五穀豐登，極盡富庶安樂。遺憾的是邊疆西蕃不肯安分，隴西未平，並汾亦未收復，思及此，睿宗帝是寢食難安。而朝堂裡眾皇子的爭鋒之勢，更是睿宗帝心尖上一碰就疼的芒刺。

睿宗帝是醉心乃至於苦心於朝政的，根本無心那些個宴席玩樂，今日聖主未前往花萼相輝樓觀端陽宴的龍舟競渡，就是最好的佐證。

眾人起身拜見了聖主。

「起來吧，宮宴不必拘禮。」睿宗帝輕揮袍袖，坐在雕龍鳳戲珠紋紫檀高背坐榻上，眉宇間有幾分倦色，但雙目仍舊神采奕奕。

眾人跪謝後，紛紛於旁席依次坐下，唯獨王淑妃坐在睿宗帝身邊。

丹陽公主的目光環視了賓客席一周，一副心不在焉的樣子，不一會兒湊近溫榮，壓低聲音說道：「今年的宮宴是王淑妃安排和主持的，宮裡向來重視此類節日的宴席，往年哪次不是花費大量錢帛？可今年卻不同了，聖人要求一切從簡。」丹陽頓了頓，又說道：「宮宴辦得體面與否，直接關係到宮中的顏面，既要辦得好，又要省錢，倒是為難王淑妃了。」

溫榮點頭贊同。往年中宮皆由太后主持，今年太后身體抱恙，才輪到了王淑妃，自有十分意義。

一道道精緻菜品被擺上宴席，溫榮細心地吩咐信得過的宮婢為琳娘換了一副碗筷，而那等單獨奉與個人的胡餅、冷淘，琳娘是一口未用，溫榮的吃食亦十分小心。

待宴席過半，杜樂天學士和宮廷樂師被請進旖瀾廳作詩譜曲，為宴會助興。眾皇子亦紛紛起身向聖主敬酒，賀大聖朝千秋萬代。

三皇子李奕端起一只雕葫蘆暗紋、拳頭般大小的翡翠杯，輕甩金線繡寶相花紋的暗紫袍襬，起身向聖主與王淑妃走去。

琳娘擱下杯箸，淺笑嫣然地望著三皇子李奕。

比之琳娘的滿眼幸福，坐在前席的二王妃韓秋嬏便有幾分戚戚然。溫榮微微抬起頭，餘光漫過韓秋嬏那執著團扇卻在不經意間輕顫的手。溫榮舒展眉頭，不作理會，轉頭看著琳娘問道：「三皇子那翡翠杯盞裡盛的可是梨花釀？」

琳娘杏眼微睜，頗為詫異，捂嘴低聲笑道：「不想榮娘還能識酒，隔了這麼遠的距離，便能由香知曉是何酒品，平日可是藏得深了！」

溫榮輕搖團扇，斜睨琳娘一眼，不以為意地道：「這麼遠怎可能聞出是何酒香？平日我亦是不吃酒的，縱是聞到了也不知是何名釀。先才是瞧見了那翡翠杯，才作此猜測。」

琳娘聽聞越發好奇。「這翡翠杯和梨花釀可是有典故？」

溫榮解釋道：「梨花釀在江南頗為出名，酒香醇而不烈，適宜江南氣候，只是在中原一帶不甚流行罷了。早年我居於杭州郡時，許多酒家會釀製少量梨花釀，但凡酒家新釀了這梨花酒的，必然在酒鋪子外懸掛滴翠似的青旗，翡青可增添酒色，映得梨花酒分外精神。大戶人家裡講究的就會配上翡翠杯，正如杭州郡裡有詩云『紅袖織綾誇柿蒂，青旗沽酒趁梨花』。」

「是了，想來『葡萄美酒夜光杯』也是這個理。」琳娘頷首，又說道：「我先前還以為那梨花釀是奕郎自己琢磨出的點子，不想是杭州郡早有的。若是尋常的釀酒之法也罷了，卻不知奕郎著了什麼迷，極是講究，釀酒用的白梨花必須是春分日子時半放的花苞，說是如此才能保有梨花清香，雖麻煩，可釀出的酒品確實味極醇香。」

丹陽公主聽言亦來了興致，湊趣地玩笑道：「三嫂回府了與三哥說則個，既然是我等不曾瞧見的新鮮玩意兒，又是杭州郡特品，怎麼也得捨一罈出來。不若就做了哪日溫中丞歸家的接風禮，我等三人可挑了日子一道去溫府品佳釀，兩位嫂子可贊同丹陽的提議？」

琳娘先忍不住笑起來，倒也不覺得丹陽的提議有甚為難，遂不以為意地點了點頭。

而溫榮聽聞李奕所用梨花是春分日子時半放的花苞時，心神一凜，心下疑惑頓生。記憶中，釀造梨花酒的方子，是她前世入宮後才告訴李奕的。前世後宮的生活太過無趣，她閒來無事，才會於子時守在梨花樹旁，靜待春分日的梨花綻放，而李奕在品嚐了她釀的梨花酒後大讚妙不可言。李奕定也依稀記得前世裡的事情，只是不若她的清晰和完整罷了。既然只是零星碎片，或許於李奕而言就如夢境一般，她也不必過於自擾。

丹陽見溫榮兀自出神，推了推她，問道：「榮娘怎麼了？可是高興壞了？」

溫榮回過神來，抿嘴笑道：「丹陽可是調皮，怎能唆使琳娘將三皇子的佳釀隨意贈人呢？若是令三皇子不悅了，該如何是好？」

丹陽笑道：「五嫂自是不瞭解三哥，三哥是最不會吝嗇好東西的主，兒時五哥與我瞧中的寶貝，三哥二話不說便送與我們了！」

溫榮笑了笑，不再接話，抬頭就見李奕穩步走至聖主與王淑妃案前，隨著修長挺拔的身姿緩緩拜下，清澈明朗的聲音響起——

「兒三郎謹祝阿爺、阿娘福綿安康，聖朝於阿爺福澤之下，舉國皆和，風調雨順，百姓泰安，歲歲如今朝。」

聖主於上席微微頷首，眉眼威嚴，可望向李奕的眼神卻滿是慈愛，緩聲道：「好，將某書房的躍魚葫蘆賞奕郎。」

賓客席上微有聲響，溫榮雖未曾見過躍魚葫蘆，卻有聽阿爺提起過，是一只刻金躍魚和多子多福紋的名貴葫蘆形玉器，睿宗帝頗為珍愛。

溫榮微抿嘴唇。躍魚躍魚，可是魚躍龍門，過而為龍之意？

李奕躬身道：「兒謝過阿爺。」

睿宗帝頷首道：「奕郎當兄友弟恭，平日裡多幫助你大哥，不怯不懼，理於朝政，心繫天下百姓。」

王淑妃眉眼嬌柔，輕聲道：「三郎當謹記你阿爺教誨。」

李奕舉杯躬身，自是不喜不悲，神情未見有異。「兒定不負阿爺之意。」說罷，李奕舉杯，仰首一抿，翡翠杯中晶瑩剔透的梨花酒便見了底。

聖主滿意地點了點頭，高聲道：「我李家兒郎不但要能提筆安天下，馭馬騁沙場，在酒上也不能輸於他人啊！」

李奕將拳頭大的翡翠酒盞放至鋪紅緞的托盤中，正要說什麼，身形卻忽一顫，右手緊緊拽著胸前衣襟，筆墨雕琢般的俊眉擰在一起，隨著一聲悶哼，嘴角竟是有血溢出來！

在旁伺候杯盞的宮婢一聲驚呼，嚇得將托盤和翡翠杯都碰在了地上。隨著幾聲脆響，整個旖瀾廳都亂了起來。

王淑妃臉色煞白，早顧不上何禮儀，連聲傳喚醫官。李奕身子搖晃，已是無法站穩，眼見就要摔在地上，二皇子李徵和五皇子李晟即時起身相扶。

聖主的表情先是震驚，回過神後顯出極大憤怒，曲掌重重拍向案几，目光冷冷地看著一眾賓客，而後主動扶起王淑妃朝李奕走去。

李奕的眼神已越來越渙散，模模糊糊地瞧著越走越近的聖主，極虛弱地張口喚了聲「阿爺」，便徹底暈將了過去。

聖主揮手令二皇子和五皇子退至一旁，命內侍和宮婢將李奕送入內殿。王淑妃淚水不斷滑過臉龐，雖極擔心，卻未大聲喧鬧和哭喊，更未在聖主面前求給他們母子一個公道，只是軟軟拜倒，請求先行離開旖瀾廳，前往內殿陪伴，得了聖主准允後，王淑妃未作停留，徑直離開。

謝琳娘亦是滿心擔憂，先才李奕中毒暈倒時，謝琳娘便猛地起身想衝上前去，此舉將溫榮嚇了一跳，忙拉著謝琳娘低聲安慰，叮囑琳娘小心肚子裡的孩子。

琳娘朝溫榮搖了搖頭，未與溫榮多說什麼，任由宮婢將她扶進內殿，隨王淑妃一道守在李奕床榻旁。

溫榮垂首沈默不語，她擔心謝琳娘誤會了什麼。先才她分明交代了桐禮，不知是否中間出了差錯，還是有其他緣故？現下還是祈禱三皇子平安無事吧。

端陽宮宴自是無法再行進下去，可沒有聖主吩咐，旖瀾廳裡無人敢擅自離開，眾人大氣不敢出，旖瀾廳裡一片死寂。

太醫署裡醫術最精湛的幾名醫官都被帶到了興慶宮內殿，醫官用針灸穩住了李奕的性命，再準備用藥催出體內餘毒。

聖主親自到內殿陪了會兒李奕，又安慰了王淑妃和謝琳娘幾句後，再度回到了旖瀾廳。

李奕暫無性命之憂的消息傳到旖瀾廳，許多人鬆了一口氣，亦有少許人頗覺失落，廳裡終於有了些許聲響。

聖主自高背黑檀坐榻上直起身，滿眼冷意地看著下首的太子和二皇子，整整一盞茶的工夫，聖主一言未發。

才恢復些生氣的旖瀾廳再度陷入極度的壓抑緊張中，眾人漫說喧譁議論，便連呼吸聲都壓到了最輕微。

睿宗帝拳頭收緊，嘆了一口氣後搖了搖頭，終於開口顫聲怒斥道：「反了、反了！竟然有人如此膽大，敢在某的眼皮子底下下毒，今日之事某必將徹查！」

就聽「砰」的一聲，睿宗帝一拳砸在雕盤龍石紋的紫檀案几上，茶碗與茶蓋被震得噼啪作響。

羽林軍照睿宗帝吩咐，將興慶宮團團圍住，除了防止有人進出，亦是要將下毒之事封鎖在興慶宮內，確保除了參加宮宴的貴人和重臣，再無更多的人知曉興慶宮裡發生的事情。

溫榮默默地坐在下席，垂首抿唇。如此封鎖消息看似家醜不可外揚，實際卻是因為聖主尚有顧慮，哪怕床榻上中毒昏迷不醒的是他的另一個兒子。

溫榮略微抬頭，小心地看向太子等人的方向。太子神情漠然，眼神中偶爾閃過幾絲輕蔑和幸災樂禍；二皇子則十分淡然，看不出悲喜；而晟郎明顯十分擔心，蹙緊的眉頭令溫榮頗為心疼。

感覺到溫榮的目光，李晟轉頭朝溫榮點了點頭。

約莫小半個時辰後，有大理寺卿和醫官至擒瀾廳求見聖主。原來那毒是下在梨花酒裡的，但梨花酒是三皇子李奕從臨江王府帶入宮中的，如此細算來，要麼是在臨江王府內，要麼是在酒罈送入興慶宮或端入擒瀾廳的途中被下了毒。內侍傳了尚食局的人問話，確認由皇子帶入宮內的酒品，都有尚食局的官員試食，絕無不妥。

至旖瀾廳傳話的醫官揖手恭敬地說道：「啟稟聖主，下在三皇子酒裡的是西域蠶毒，十分凶險，所幸聖主福澤天下，三皇子又吉人天相，蠶毒未及侵入五臟六腑，便有削弱之勢。」

醫官此言一出，旖瀾廳內眾人極小聲地議論起來。

丹陽更是驚訝，靠近溫榮低聲道：「榮娘，聽聞西域蠶毒極其凶險，少量便可奪人性命，三哥無性命之憂真真是僥倖乃至於萬幸了！」

溫榮心頭滋味雜陳，指尖微涼，眉梢若隱若現出一抹無奈的笑意。不論李奕將琳娘放在何位置，好歹他活著就好，如此琳娘和她肚子裡的孩子才有依靠，她也能有幾分欣慰了。

「是了，三皇子確實是吉人天相。」溫榮頷首認同丹陽所言，心下的疑團逐漸清晰……西域蠶毒溫榮不陌生，前世有妃子企圖用西域蠶毒的異香害她性命，她能躲過蠶毒，亦可稱之為僥倖。

丹陽滿面憂色，喃喃自語。「究竟是誰如此狠毒，竟要取三哥性命？難不成真是……」

「丹陽，事關重大，我們莫要胡亂猜測，便是有想法，也別說了出來。」溫榮皺著眉頭，神色凝重地朝丹陽搖搖頭。

丹陽嘆氣道：「以聖主的脾氣，今日若是不能有個說法，我們是要被困在興慶宮不能回府的，可我也想盡早將那凶徒揪出來。」

自李奕中毒已有一個時辰，溫榮踞坐在薦上一動不能動，早覺得十分疲累，好在宮內順藤摸瓜查個案子不難，很快就有內侍押著兩名渾身是傷、路也無法走的宮婢進入旖瀾廳。

梨花釀是由三皇子的親信送入興慶宮，再由尚食局官員試食，確認酒釀無毒後由這兩名宮婢看管。

兩名宮婢在拷打下始終不肯承認下毒，最後內侍監去查了宮人文牒，發現其中一名宮婢早前是在東宮服侍太子的。

聽到內侍報出宮婢的出處後，所有人的目光都轉向了太子。

由於前幾日德陽公主到臨江王府大鬧，所以太子與三皇子不和甚至結怨的事情，早已是人盡皆知。

三皇子的品性、才情有目共睹，如今勢力更是日漸益盛，太子不聾不盲，在如此形勢下必然有極大的危機感。如此太子十分有可能下毒謀害三皇子，以除心頭大患。

眼見旖瀾廳內所有人都在盯著自己，太子狠狠打了個激靈，明白所有人都誤會他是下毒的凶徒了！太子先前面上的幸災樂禍消失不見，雖惶恐卻還不至於茫然失措，只跪在地上，言之鑿鑿地申辯道：「阿爺，兒臣絕無謀害三弟之想，那東宮裡婢女千數，每日皆有人事往來，漫說兒臣未指使此賤婢下毒害三弟了，往日更是見都不曾見過此賤婢。事有蹊蹺，定是有人妄圖借此等巧合陷害兒臣。兒臣冤枉，還請阿爺明察，莫要令兒臣陷入不仁不義之境地，還兒臣一個公道。」

睿宗帝看著太子的眼神，憤怒裡透著哀痛。

未待聖主開口，廳裡有三品重臣站出來替太子說話。只見吏部尚書等太子一派的朝臣跪在地上，一力諫言，執意言此案疑點重重，斷不能因一名宮婢的出處，便斷定此事是太子所為。

旖瀾廳不復先前的沈靜，變得嘈雜起來。太子一派朝臣明白，此局若輸了，太子就徹底不能翻身。可相對的，非太子一派的朝臣是不依不饒，要求嚴懲，否則法將亂，將無以治朝綱。

睿宗帝深吸口氣，靠回紫檀矮榻，微合眼，覺得十分疲憊。睿宗帝對朝臣間的爭執閉口不予理會，心潮卻是洶湧。開枝散葉、兒孫滿堂在市井間是件大歡喜的事，可放在皇宮裡，就難免手足之亂、蕭牆之禍了。睿宗帝心下有數，若下毒之事真為大郎所為，他必不能輕饒。大郎的太子之位本就已搖搖欲墜，過去是他念及同長孫皇后自幼便深厚的情誼，念及太子李乾是他和長孫氏最疼愛的嫡子，而且幼時也曾聰慧進取，十分討人喜歡……

事到如今，過去的好再無濟於事。不論大郎今日是否殘害手足，就是論平日的德行，也讓他這當阿爺的心痛失望，早操碎了心。哀其不爭，哀其不知錯、不知革面進取，現如今的行徑越發下三濫。李乾枉費了他這做阿爺的心意和期許，若他執意堅持不重立太子，將來二郎、三郎、五郎必不可能從旁輔佐大郎，因為優異如他們三個，斷不會服氣，不會甘心。如果將來大亂，他不但對不起那三個極具才華的孩子，也對不起黎民百姓，對不起江山社稷。

但無論如何，李乾是他和長孫氏的孩子，縱然不能為君王，也必須留住性命。睿宗帝心裡對太子的殘念是消耗殆盡了，不再糾結是否還要給李乾機會，可是就算易儲，他也必須仔細思量，畢竟儲君一事事關聖朝國體，不是那般容易決定的。都是他親兒，讓他如何取捨？

睿宗帝吃了口茶，漸漸平靜下來，強壓住喉嚨口的腥癢和胸腔裡的那股子咳意，猛地睜開眼睛，沈聲說道：「此事確實不能單憑宮婢出處便妄下論斷。今日之事我將徹查，旁人不許妄加評論和傳揚，否則一律按同犯處理！」

睿宗帝的目光落在眾人身上，恍若利劍一般，這就是天子威嚴。既然聖主發話了，朝臣也不再多言，眾貴人和重臣跪拜於地，連連應諾，直呼聖主英明。

此事涉及太子與三皇子的生死，皇家子嗣的安危，無人敢做兒戲，縱是有人想要藉機造事，也不敢在天子雷霆之時行風雨。

溫榮雖不再疑惑，卻也被自己的想法震驚。有些事還是回紀王府同晟郎商議的好，此刻她與眾女眷一般，仍舊戰戰兢兢地垂首跽坐。

終於捱到聖主遣散重臣，待聖主拂袖離去後，眾人才起身離宮歸家。今日入宴的朝臣皆知輕重，此般境況下將暫時嚴管唇舌，以免惹禍上身。

溫榮起身去尋李晟，打算先回府再打聽宮裡的消息，不想卻被丹陽公主拉住。

丹陽公主看著溫榮，滿臉擔憂地說道：「榮娘可是準備回府了？不知三哥現在怎樣，先才琳娘的模樣也著實令人擔心，榮娘陪我去探望則個可好？親眼瞧見他們無事，我才能安心。」

溫榮有些躊躇，並非是不關心琳娘，而是著實有幾分顧慮。三皇子還未清醒，而且清醒了也無用吧？琳娘怕是多少對她和五皇子有誤會……溫榮撇了撇嘴，罷了，這般躲著三皇子一府的人也不是辦法，太刻意了反而可能令他人懷疑。

溫榮頷首道：「丹陽說的有理，我也是惶惶不安，無法平靜。待我與五皇子說了，就與妳一道去探望三皇子和琳娘。」說罷，溫榮轉身向旖瀾廳外走去。

李晟早已在旖瀾廳的正門處等溫榮，知曉溫榮要和丹陽一起去探望三皇子後，溫和地說道：「先才內殿有消息傳出來，說是三哥還未清醒，王淑妃和三王妃都在內殿守著，我等眾皇子為避人口舌，不便前往探望，妳與丹陽倒是無妨的。妳去了陪三王妃說說話，安慰了她也好。」頓了頓，李晟又說道：「只是興慶宮不宜久留，我先出宮，在延福門處等妳可好？」

溫榮低頭微微一笑，晟郎在宮門附近等她，她也能安心，遂頷首道：「三皇子吉人天相，一定不會有事。現在三皇子在靜養，丹陽與我不便久擾，晟郎等我片刻。」

溫榮離開李晟，隨丹陽公主前往內殿。

遠遠就瞧見三皇子李奕病臥的寢室外守著許多侍衛，二人走上前，正要命內侍通報，就先被侍衛阻攔下來。

丹陽公主滿臉不悅地質問侍衛是否要以下犯上，並要求其讓開。

侍衛謙恭地向丹陽公主和溫榮見禮，誠惶誠恐地說道：「聖主有令，除了王淑妃與三王妃，只有醫官和寢室的宮婢可以入內，還請五公主和五王妃見諒。」

丹陽公主黛眉橫挑，冷聲道：「聖主現下可是在內室？聖主知曉我與三哥的關係極親厚，而五王妃的夫郎與三皇子的關係更不必說，聖主怎可能不允許我們入內？莫要多言，快快讓開了吧！」

「無聖主口諭，縱是五皇子來了，我們也不敢放入內的，還請五公主莫要為難小的了。」那侍衛一臉為難，眼前都是得罪不起的皇親貴胄。細算皇宮裡皇子、公主這一輩，五皇子和三皇子的關係最為親厚，此刻搬出五皇子多少有用，好歹能讓丹陽公主平和一些。

丹陽公主顰眉不悅，卻也不便再發作和無理取鬧。想來五哥已知曉聖主的安排，故縱是極擔心三哥安危，也只安分地等消息，至多讓榮娘隨她一道過來看看。

溫榮輕挽丹陽胳膊，溫和地說道：「罷了，安侍衛是照聖主吩咐辦事，我們莫要為難了人家。」說罷，溫榮又上前一步朝侍衛說道：「打擾安侍衛了，我們這便離開，還請安侍衛保了三皇子和三王妃安全。」

「謝五王妃理解，還請五王妃放心，小的必將盡力而為。恭送五公主、五王妃。」侍衛躬身說道。

「就數妳好說話！若是一定要進去，有誰能攔了我們？況且我們是一心要三哥好的！」丹陽嘟嘴嘀咕道。

溫榮也不作理會，挽了丹陽的胳膊離開，不想才走了幾步，就聽到琳娘的聲音——

「榮娘、丹陽，請留步！」

丹陽與溫榮轉身，瞧見滿臉疲憊的琳娘，趕忙兩步迎上前。

丹陽迫不及待地拉著琳娘的手問道：「琳娘，三哥可醒了？」說罷，瞪了侍衛一眼，憤憤道：「這侍衛好生不曉事，竟不允我與榮娘去探望三哥！」

琳娘苦笑著搖搖頭，漫說奕郎此時需要靜養，不能染喧譁，而且奕郎那副憔悴的模樣，也不適宜讓他人看到。琳娘一臉黯然，眼裡和心裡都是奕郎因中毒而晦暗的面色。那西域蠱毒的毒性還未完全退去，奕郎的指尖都是沈重的黑色。

溫榮見琳娘此狀自是十分擔心，正要開口詢問，琳娘先轉頭望著丹陽，疲累地說道：「奕郎還未清醒，只是暫無性命之憂了，妳早些回去歇息吧，待奕郎有了起色，我立時遣人與妳說。」此時琳娘也沒有心情多說甚旁事，直接轉向溫榮，扯了扯嘴角。「榮娘，我有些話要與妳說。」

溫榮未曾想到琳娘會單獨留下她，思及丹陽的心情，溫榮不免有幾分尷尬。

丹陽薄唇微啟，卻難出一言，道是榮娘和琳娘還信不過她，心下十分失落，眼神也黯淡了下來，無奈現下三哥昏迷不醒，她也無從發洩和申辯。

溫榮與丹陽對望，低下頭輕聲道：「丹陽，有消息了琳娘一定會與我們說的，既然現下無事，妳先回府吧。」

丹陽抿了抿嘴唇，拍了拍琳娘的手背，勉強笑了笑，說道：「那我先回府了，妳好好照顧三哥。」

直到丹陽的身影淡出視野，琳娘才抬手捂住小腹，唇齒微顫，只覺得小腹裡絲絲牽扯的疼痛。她是極擔心奕郎，可也不能讓肚裡的孩子有事。之前她和奕郎是有意瞞著王淑妃等人，現在她一個人真不知該如何開口了，此時去說，他人是否會覺得孩子不吉利？謝琳娘心裡難過，先才她就是耐不住屋裡的中藥味，走出寢房至外間透氣，故而聽見丹陽公主和侍衛爭執。

溫榮看出琳娘的不適，緊張地握住琳娘的手，用極低的聲音說道：「琳娘，不管怎樣，千萬保重好身子，還有肚子裡的孩子。」

琳娘紅了眼睛，點點頭。「榮娘，此處人多口雜，偏殿無人，我們去那處說話。」

偏殿的侍從被打發了出去，琳娘站在雕盤龍枝紋的格窗前，焦急地問道：「榮娘，早晨在花萼相輝樓觀龍舟時，妳便與我說太子和德陽公主可能會對我們不利，妳還與五皇子傳了信，既如此，奕郎怎麼還是中毒了？若是有警醒，奕郎不該如此大意的。」

溫榮的眸光清明裡透了幾分不自在。出了這事，琳娘必定會懷疑她不曾傳話，或是懷疑晟郎未提醒李奕。她雖然知道李奕為何會中毒，甚至知道是誰下的毒，可這一切設想都是由前世的記憶推測而來的，這些想法可以與晟郎說，卻不能告知琳娘。李奕是琳娘的夫郎，是琳娘的一切，李奕昏迷於琳娘而言，勢同於塌了一片天。若她將想法告知，琳娘非但不會相信她，她更會失了琳娘這個朋友。處在這般為難的境地，也不過是乾著急罷了。

溫榮心弦緊繃，蹙眉說道：「許是中間出了何差錯，若是他人真要加害三皇子，實是防不勝防。好在已經揪出了下毒的宮婢，竟是太子的人，而聖主亦發話，定會嚴懲的。」

琳娘深深地看了溫榮一眼，嘆了口氣。「榮娘，乾德十三年太后的壽辰宴，我與妳相識，那時我便嘆妳敬妳的才情，更喜歡妳如冬梅的心性，與妳相交皆是發自內心的。今天的事情我相信妳，只是五皇子會不會……」

溫榮握緊雙手，新染蓮花紋蔻丹的指甲嵌進手心，一陣生疼。或許晟郎真有一些想法，可今日之事必定與晟郎無關，既然她已命桐禮傳話，晟郎就不會也不能藏著、掖著。「琳娘，我亦是真心待妳，絕無私心的，也不希望妳我捲入宮內的渾水。琳娘，既然妳信我，可否也信五皇子一次？三皇子與晟郎之間的手足情意妳我都看在眼裡，若是有誤會，也請放後，待三皇子醒後再作論斷可好？現在最重要的是三皇子的身子，那毒可能散去？是否有我們能幫上忙的？」

琳娘短暫地閉了下眼睛，穩了穩心神，輕聲道：「榮娘，我信妳。那宮婢真是聽了太子吩咐下的毒？」

溫榮鬆了口氣，雖知那宮婢無辜，卻也只得說道：「那宮婢竟是個硬性子，下了嚴刑卻不肯鬆口，想來是有把柄在太子手裡了。」

琳娘鬱鬱地說道：「未料太子如此狠毒，往後需更加小心了。」

溫榮看著琳娘蒼白的臉，終究是只關心琳娘的身子，關切道：「琳娘，三皇子是吉人天相，一定不會有事的。反倒是妳，千萬別太費神，無論如何都要照顧好肚子裡的孩子。」不過一個時辰工夫，琳娘清亮的雙眸便爬上了紅血絲。

琳娘看著溫榮，無奈地搖頭道：「榮娘，妳先莫將我有孕之事傳揚開去，我定會保護好腹中孩兒的。奕郎體內餘毒還未完全清出，萬幸梨花釀竟能化蠱毒，醫官說只要好生將養，不出月餘便能痊癒。」琳娘頓了頓，又嘆氣道：「可是西域蠱毒何其凶險，史上有幾人中了西域蠱毒後能安然無恙的？縱是醫官給了準信又能如何？奕郎一日不恢復，我就一日不得安心。」

溫榮柔聲安慰道：「尚醫局醫官的醫術是最精湛的，在聖主面前妄言是欺君之罪，醫官若無十分把握，怎敢斷診？既然醫官說三皇子無礙，那就是萬無一失了，琳娘何必庸人自擾？」

琳娘緩步走到溫榮身前，拉著溫榮的手，疲憊地說道：「榮娘所言有理，我就放下心，好好照顧奕郎和肚子裡的孩子便是。」

側殿八寶櫥上的白玉箭刻虛影晃動，琳娘頗為不捨地說道：「榮娘，這會兒時辰不早，想來五皇子還在宮門處等妳，我也要回奕郎身邊了。這幾日奕郎要在宮中將養，過幾日出宮了，妳多來臨江王府陪我可好？」

溫榮點了點頭，又叮囑了幾句，才告別琳娘，離開興慶宮，命內侍派宮車送她去延福門。宮車行駛在青石板路面上骨碌作響，溫榮出神地望著車窗外的巍峨宮殿，偶爾幾片粉白花瓣乘風而起，越出宮牆，不經意間落在雕細密花紋的青石磚上。可惜只是一眨眼的工夫，那嬌嫩得似能掐出水的花瓣兒，就在馬蹄或宮車輪下，與青泥一道被碾作了塵埃。

「五王妃，延福門到了。」

宮車停在了延福門前，隨車內侍蹲身放好了腳踏，畢恭畢敬地立於馬車旁，伺候溫榮落車。溫榮撩開簾子向外看去，不遠處，李晟騎著她再熟悉不過的皎雪驄，蔚藍天空散著淡金色的光絲，襯得那挺拔身姿十分英武好看。

李晟轉頭看見溫榮，鬆開轡繩，翻身下馬朝宮車走了過來。

溫榮心裡一點點地柔軟下來。嫁給李晟是順了她自己的心意，她也從不懷疑晟郎對她的情意，理當歡欣美滿，可她心裡卻總有一根刺，現在她是不去碰、不去想的，可刺扎在那兒，久而久之就會生出裂痕，若放任不管，是否有一天，那道裂痕會變成讓彼此越來越沈默的隔閡？

溫榮心中的那根「刺」，就是五皇子對皇位的態度。

五皇子是心性高潔，可身為皇子，怎可能無一絲君臨天下的念頭？

溫榮很在意，她不贊成，甚至恐懼晟郎有爭帝之想！

——未完，待續，請看文創風317《相公換人做》4

作伙來尋寶

書中自有黃金屋，書中自有顏如玉～
來到狗屋．果樹天地，裡頭不只有華屋、美女，
還有好康一籮筐，幸福獎不完！

- **【買 1 送 1】**→買參展新書1本，即贈送精緻書套1個。
- **【滿千免運】**→總額滿一千元，幫你免費送到家！
- **【好物加購】**→購買指定新書+25元，時髦小物讓你帶著走！
- **【FB樂趣多】**→書展期間記得鎖定 f 狗屋/果樹天地，
參加活動還能贏好禮～
- **【狗屋大樂透】**→不管您買大本小本，只要上網訂購且付款完成後，
系統會發E-Mail給您，附上抽獎專用之流水編號，
一本就送一組，買愈多中獎機率愈大！
- **【中獎公告】**→2015/8/17在狗屋官網公布得獎名單，
公布完即開始寄送，祝您幸運中大獎！

1 ASUS MeMO 7吋多核心平板 2名

極致輕盈，窄邊框設計不只時尚有型，
還讓顯示螢幕變大了！內建Intel處理器，
提供SonicMaster 聲籟技術與高品質喇叭，
讓你感受無懈可擊的音效！
還有臉部辨識+自動快門，自拍超方便～
Smart remove 模式能輕易移除相片中
多餘的移動物體，不讓陌生人當回憶裡的
第三者！

2 美國Nostalgia electrics棉花糖機 2名

麵包機不稀奇，氣炸鍋人人有，
那現在流行什麼？
答案是懷舊棉花糖機！
時髦復古的外型，直接放入糖果就能製作出
個人口味的棉花糖，讓你邊玩邊吃，
在家辦Party也超有面子！

3 CHIMEI 9吋馬達雙向渦流DC循環扇 2名

電風扇不再是冬天的倉庫常客，
循環＋風扇 2合1，一年四季都適用！
沙發馬鈴薯必備款——附有無線多功能遙控器！
雙向送風設計，有8段風速可選擇，
還有7.5小時定時功能！內設DC節能靜音馬達，
給你最清靜又環保的夏日時光！

4 狗屋紅利金200元 20名

狗屋紅利金永遠最貼心！超實用的省錢術，下次購書可抵結帳金額喔～

★小叮嚀

(1) 購書滿千元免郵資，未滿千元郵資另計。請於訂購後兩天內完成付款，
未於2015/8/8前完成付款者，皆視為無效訂單。
(2) 如果訂單上有尚未出版之預購書籍，會等到書出版後一併寄送。
(3) 活動期間，親自至本社購買亦享有相同折扣，但請先電話聯絡確認欲購書籍，以方便備書。
(4) 5折、50元、5本100元的書籍，皆會另蓋小狗章。
(5) 特賣書籍因出書時間較久，雖經擦拭、整理，仍有褪色或整飾痕跡，故難免不如新書亮麗。
除缺頁、倒裝外無法換書，因實在無書可換，但一定會優先提供書況較良好的書給大家。
若有個人原因需要換書，需自付來回郵資。
(6) 各書籍庫存不一，若遇缺書情形可選擇換書。
(7) 歡迎海外讀者參與(郵資另計)，請上網訂購，或mail至love小姐信箱
(love@doghouse.com.tw)詢問相關訊息。

狗屋．果樹有權修改優惠活動的實施權益及辦法。

2015年7月出版

嬌女芳菲

文創風 309～311

如何從嬌嬌千金蛻變成審時度勢的聰穎女子？
只需重生一回，便能看清世態炎涼，還要明白——
也許這一生，只要保得家門安穩，
與夫君即使疏離但仍相敬如賓，便是幸福，
只是……為何心底總是空落落的呢？

絕妙橫生 精彩可期／喬顏

沈芳菲曾是將門嫡女、名門正妻，金枝玉葉非她莫屬，
孰料新帝登基後，一道通敵叛國的罪名，不但令娘家滿門抄斬，
那涼薄夫婿為怕惹禍上身，更要她自盡以絕後患！
所幸上天讓她回到十二歲那年，一切都還可以重來——
前世姊姊嫁給九皇子，沈家鼎力助他上位，卻難逃兔死狗烹的下場；
加上兄長癡戀表妹，嫂子因而鬱鬱以終，親家反成了敵人落井下石……
很多事看似不相關，其實環環相扣，一環錯了便滿盤皆輸，
而她是唯一能拯救沈家上下百餘口性命的關鍵之人，
誰說閨閣千金就一定無能為力，只能眼睜睜被命運牽著走？
她無論如何都要使出渾身解數，絕不讓前世的悲劇重演！

文創風 316

相公換人做 3

國家圖書館出版品預行編目資料

相公換人做 / 麥大悟著. --
初版. -- 臺北市 : 狗屋, 2015.07
冊 ; 公分. --（文創風）
ISBN 978-986-328-477-2（第3冊：平裝）. --

857.7 104009188

著作者	麥大悟
編輯	黃淑珍
校對	黃亭蓁　馮佳美
發行所	狗屋出版社有限公司
地址	台北市104中山區龍江路71巷15號1樓
電話	02-2776-5889～0
發行字號	局版台業字845號
法律顧問	蕭雄淋律師
總經銷	知遠文化事業有限公司
電話	02-2664-8800
初版	2015年7月
國際書碼	ISBN-13　978-986-328-477-2
原著書名	《荣归》，由起點女生網（www.qdmm.com）授權出版

定價250元

狗屋劃撥帳號：19001626

網址：love.doghouse.com.tw　E-mail：love@doghouse.com.tw